PRIMEIRA INFÂNCIA

PRIMEIRA INFÂNCIA

Dicas de especialistas para esta etapa que é
a base de tudo

COORDENAÇÃO EDITORIAL
IVANA MOREIRA

Literare Books
INTERNATIONAL
BRASIL · EUROPA · USA · JAPÃO

Copyright © 2020 by Literare Books International.
Todos os direitos desta edição são reservados à Literare Books International.

Presidente:
Mauricio Sita

Vice-presidente:
Alessandra Ksenhuck

Diretora de Projetos:
Gleide Santos

Diretora Executiva:
Julyana Rosa

Diretor de marketing e desenvolvimento de negócios:
Horacio Corral

Relacionamento com o cliente:
Claudia Pires

Editor:
Enrico Giglio de Oliveira

Capa:
Victor Prado

Diagramação:
Gabriel Uchima

Revisão:
Samuel Victor

Impressão:
Impressul

Dados Internacionais de Catalogação na Publicação (CIP)
(eDOC BRASIL, Belo Horizonte/MG)

P953   Primeira Infância: dicas de especialistas para esta etapa que é a base de tudo / Coordenação Ivana Moreira. – São Paulo, SP: Literare Books International, 2020.
272 p. : il. ; 16 x 23 cm

Inclui bibliografia
ISBN 978-85-9455-296-9

1. Educação. 2. Educação de crianças. 3. Primeira infância. I.Moreira, Ivana.

CDD 370.1

Elaborado por Maurício Amormino Júnior – CRB6/2422

Literare Books International Ltda.
Rua Antônio Augusto Covello, 472 – Vila Mariana – São Paulo, SP.
CEP 01550-060
Fone/fax: (0**11) 2659-0968
site: www.literarebooks.com.br
e-mail: contato@literarebooks.com.br

Apresentação

Se a gente muda o início da história, a gente muda a história toda

Junto com meu filho mais velho, nasceu em mim um desejo enorme de ser a melhor mãe do mundo para aquele garotinho. Mas eu não tinha, àquela época, a menor clareza sobre o que significava, de fato, ser uma boa mãe para um menino nos seus primeiros anos de vida. Não tinha a consciência que tenho hoje de que as experiências vividas até os 6 anos de idade definem o futuro de cada criança.

Crianças que recebem os estímulos apropriados até os seis anos de idade têm um desenvolvimento emocional e cognitivo mais saudável. O que elas vivem nessa etapa vai impactar de forma complexa diferentes áreas da vida quando forem adultas – tanto na vida privada quanto na vida em sociedade.

Não faltam estudos e pesquisas ao redor do mundo com evidências econômicas, sociais e de saúde para atestar a importância do investimento nesta fase da vida: tanto em relação a atenção e afeto por parte dos pais e cuidadores; quanto em relação a recursos financeiros por parte das autoridades públicas.

Prêmio Nobel de Economia no ano 2000, o americano James Heckman mostrou que cada dólar investido em políticas de desenvolvimento na primeira infância gera um retorno de 13% para a sociedade – nenhum outro investimento social é tão rentável. O economista provou que qualquer nação que mire no desenvolvimento social precisa investir nas crianças com idade entre zero e seis anos.

Meus dois filhos já tinham passado dessa fase quando meu ofício, o jornalismo, me levou a descobrir todos esses estudos. Por puro instinto, acertei em algumas atitudes que tive como mãe. Mas também errei muito, por desconhecimento. E quero que outras mães (e pais) tenham mais informação do que eu mesma tive sobre essa fase ímpar do desenvolvimento de seus filhos.

Criar filhos melhores para o mundo é hoje o propósito que me move. Oferecendo informação, tento ajudar pais e mães a educar meninos e meninas que se tornem adultos emocionalmente preparados para conviver em sociedade e contribuir para o bem coletivo.

Uma das pioneiras mundiais no trabalho de *coach* para pais, a inglesa Lorraine Thomas costuma dizer que criar um filho é como colorir uma tela em branco. Cada mãe e cada pai é um artista em potencial para pintar uma obra prima: só precisa buscar as informações certas e praticar.

Nas páginas a seguir, você, que tem filhos na primeira infância (ou está planejando tê-los), vai encontrar uma seleção de capítulos de especialistas em educação de crianças. Nosso objetivo é ajudar pais e mães a fazer diferença na vida dos pequenos nessa etapa que é a base de tudo. Generosamente, cada um dos coautores desta obra compartilha conhecimentos e experiências em diferentes áreas de estudo para inspirar você na desafiadora missão de acolher, aí na sua casa, uma semente do futuro.

Diretora de um documentário tocante, "O Começo da Vida", a cineasta brasileira Estela Renner traduziu numa frase singular (que adoro) o papel dos pais na primeira infância: "Se a gente muda o início da história, a gente muda a história toda." Eu convido você a "escrever" a melhor primeira infância para o seu filho. E garantir um final feliz para a história dele.

Boa leitura!

Ivana Moreira

Fundadora da Canguru News, plataforma de conteúdo sobre infância. Certificada em educação parental pela The Parent Coaching Academy (Inglaterra). Colunista de educação do jornal Metro (Grupo Bandeirantes de Comunicação). Como jornalista, foi editora-chefe da revista Veja BH, editora executiva do jornal Metro, chefe de redação da rádio BandNews FM, chefe de redação da TV Band Minas, correspondente do jornal Valor Econômico e repórter do jornal O Estado de S. Paulo. É mãe de Pedro (nascido em 2004) e Gabriel (de 2008).

Prefácio

O que acontece na Primeira Infância

A primeira infância, fase do desenvolvimento infantil que vai dos zero aos seis anos de idade, é a fase de maior crescimento físico, cognitivo e emocional de um ser humano. Não é à toa que um bebê tão dependente até para se alimentar, em poucos anos, aprenda a andar, correr, falar, planejar, resolver problemas, vestir-se, comer e banhar-se sozinho entre tantas outras façanhas.

Os acontecimentos desse período – as experiências, descobertas e aprendizagens – são levados para toda a vida daquele ser humano. Por este motivo, os estímulos e a interação são tão importantes nessa fase – podendo tornar essa criança um adulto mais (ou menos) saudável emocionalmente.

Há alguns séculos, as crianças eram vistas como mini adultos e suas opiniões, ideias ou desejos não eram considerados. Houve até uma época da história da humanidade na qual o trabalho infantil foi estimulado. E, nesse período, as crianças tiveram o seu valor.

É recente, na história, a percepção da importância da infância no desenvolvimento de toda uma geração futura de adultos. Antes, as crianças precisavam apenas ser vestidas e alimentadas.

Os estudos mais recentes em neurociência comprovam que o cérebro de uma criança pequena aprende mais rápido e melhor do que em qualquer outra fase (1 milhão de conexões por segundo!) e se desenvolve a partir de relações e experiências no ambiente em que ela vive. No entanto, se não houver interações significativas nesse período, "janelas de oportunidades" serão desperdiçadas. O afeto, as brincadeiras, as conversas, o cuidado com a saúde da criança são fatores que podem ajudá-la a desenvolver seu poder pessoal e autonomia. Percebem o tamanho da nossa importância e contribuição na vida futura dos nossos filhos?

Primeira Infância e Parentalidade no Brasil

No Brasil, ainda temos uma alta taxa de mortalidade infantil, relacionada às péssimas condições de saneamento básico e à enorme desigualdade socioeconômica do nosso país. A porcentagem de crianças que tem acesso a escolas de Educação Infantil de boa qualidade e que tem suas necessidades básicas atendidas (nutrição, segurança, afeto etc) ainda é muito pequena.

Felizmente, o número de mães e pais que hoje busca compreender melhor as fases do desenvolvimento infantil, para poder lidar com mais sabedoria e eficácia com os comportamentos (muitas vezes desafiadores) das crianças, aumenta a cada dia. Você certamente faz parte desse grupo seleto de adultos, que sabe a importância dos estudos sobre Parentalidade. A criação dos filhos está deixando de ser vista como responsabilidade quase que exclusiva da mãe e muitos pais têm também participado ativamente dessa "revolução" nas formas de criação. Existem alternativas às tradicionais formas punitivas ou permissivas que vêm sendo discutidas, apresentadas e utilizadas com sucesso nas últimas décadas.

Como profissional da Educação, mãe e madrasta experiente que sou, percebo que o interesse de mães e pais por conteúdos da Pedagogia e Psicologia aumentou nos últimos anos. Eu trabalho com formação de profissionais da educação (professores e coordenadores pedagógicos) há mais de 30 anos e com formação de mães e pais há pouco menos de 10 anos. Atualmente, já formei mais de mil Educadores Parentais em Disciplina Positiva. Hoje, ser educador parental está se tornando uma profissão, além de um propósito de vida: divulgar formas eficazes e respeitosas de criação de filhos.

A quantidade de informação de qualidade era mínima há poucas décadas e o acesso ao grande público muito limitado, pelo menos em português e no Brasil. Minha filha tem, hoje, 23 anos e meus enteados mais velhos 28, 29 e 30 anos (eu os conheci – e me apaixonei por eles – quando tinham 1, 2 e 3 anos). Lembro que nossa maior preocupação, na gravidez e nos anos iniciais da vida dos nossos filhos, era quase que exclusivamente com a saúde do bebê: cuidávamos da nutrição adequada, de preparar um ambiente acolhedor, um enxoval prático e bonito e, as mais estudiosas, liam algum livro sobre limites. Os cuidados com o bebê eram responsabilidade exclusiva da mãe, que por vezes tinha ajuda de alguma outra mulher- uma avó, babá, empregada doméstica ou vizinha. As mães que, três meses após o nascimento do bebê, precisavam voltar a trabalhar, consideravam utilizar os berçários e creches. O foco da maioria das universitárias dos anos 80 e 90 não era a criação dos filhos, era a inserção no mercado de trabalho e a valorização profissional, mesmo sendo mulheres. Muitas de nós tínhamos sido criadas exclusivamente por mães que precisaram ou escolheram dedicar-se exclusivamente ao lar e aos filhos.

Queríamos romper com esse padrão da sociedade machista e capitalista que vivíamos (passado?). Talvez por isso o mercado da Educação Parental ainda fosse tão pequeno. Ser mãe não era nossa principal meta. E acreditávamos que não precisávamos estudar para isso. Bastava replicar o que nossas mães fizeram conosco ou fazer exatamente o contrário.

Felizmente, as novas gerações de mães e pais são muito mais conscientes da importância do seu papel na educação dos filhos, que, aliás, podem decidir ter ou não. Essa é a geração da liberdade: podem escolher trabalhar fora/para outras pessoas ou não, casar-se ou não, ter filhos ou não, ter parceir@s ou não, morar perto dos pais e familiares ou do outro lado do mundo. Hoje, finalmente, o cuidar de uma casa, saber cozinhar, costurar etc é tão valorizado como qualquer outra escolha pessoal e profissional. Há alguns anos atrás era um trabalho desvalorizado, invisível. O segredo do sucesso, na minha opinião, é cuidar bem de si mesmo primeiro para poder fazer escolhas sábias e respeitosas e aí, se quiser, ter filhos e assumir a responsabilidade de educá-los.

Há um longo caminho a ser trilhado por cada um de nós que acredita em maneiras mais respeitosas, empáticas e eficazes para criar filhos e lidar com os desafios da maternidade e da paternidade.

Este livro está repleto de exemplos e reflexões que acredito que podem ajudar você nesse processo de autorreflexão e tomada de decisões. Bons estudos!

Bete P. Rodrigues

Graduada e licenciada em Letras (Português e Inglês) e Mestre em Linguística Aplicada pela PUC-SP. *Trainer* em Disciplina Positiva para pais reconhecida pela Positive Discipline Association (da qual é membro), *Coach* pelo ICI (Integrated Coaching Institute) especializada em atendimento de pais, psicólogos e educadores. É diplomada em Neurolinguística pela International Neuro-Linguistic Programming Trainers Association. Cotradutora dos livros: *Disciplina Positiva; Disciplina Positiva em Sala de Aula; Disciplina Positiva para Crianças de 0 a 3 anos; Disciplina Positiva para Adolescentes* e os baralhos *Disciplina Positiva para Educar Filhos, Disciplina Positiva para Professores, Disciplina Positiva para Casais.*

Sumário

Ivana Moreira
Apresentação 5

Bete P. Rodrigues
Prefácio 7

Adriana Tonelli
A importância de conviver com a natureza durante a infância 15

Aline da Costa Rotter
Por uma criança confiante 23

Ana Bonocielli
O poder do toque 31

Ana Celma Dantas Lima & Isadora Farias Carvalho Lacerda
É preciso nos educarmos emocionalmente para termos relações mais saudáveis ao longo da vida 39

Ana Gissoni
Construindo aldeias - a importância da rede de apoio para exercer a criação dos filhos 45

Ana Luisa Meirelles
As nossas escolhas podem transformar positivamente a vida dos nossos filhos? 53

Ana Paula Majcher
Maternidade ideal *versus* possível no século XXI 61

Camilla Sabbag
Um novo olhar para as relações com cuidadores 69

Carina Bovo
A importância de darmos suporte aos nossos filhos no processo da identificação e gestão das emoções 77

Carina Cardarelli
Birra 85

Carmen Penido
A importância dos avós na vida dos netos 93

Carol Kfouri
Sono do bebê – o que esperar e o que pode te ajudar nos primeiros meses de vida 103

Carolina Robortella Della Volpe
Por uma vida mais movimentada 111

Clarissa Belotto Pellizzer
O despertar para a primeira infância 119

Daniele Bicho do Nascimento
Educação financeira na primeira infância 127

Danielle Vieira Gomes
A importância dos vínculos de afeto na primeira infância 133

Elisa Scheibe, Thaís Reali & Vanessa Rocha
Amor multiplicado e muito mais: o que o universo dos gêmeos tem a ensinar 141

Jane Rezende
Uso de telas na infância 149

Juliana Araujo
Construção de competências socioemocionais em pais e filhos durante a primeira infância e o seu impacto na sociedade 155

Juliana Martins Santos
Auxiliando os pequenos a se desenvolverem 163

Lana Ludmila S. C. Alvarez
Mães conscientes, filhos prósperos 171

Lívia Ferraz
O brincar e sua importância para o desenvolvimento de habilidades socioemocionais da criança 179

Lívia Praeiro
Sono e apego seguro 187

Lucinda Moreira
O filho real 195

Mariane Fazolim Simioni
A mãe professora ou a professora mãe? 203

Paula Campos
O afeto e as emoções: uma relação fiel de aprendizado 211

Patrícia Del Posso Magrath
Mãe em foco: a importância da mãe dentro da família na primeira infância ... 219

Roberta Nascimento Soares
Confissões de uma mãe segura 227

Sarah Donato Frota
Vivenciando a parentalidade consciente: um novo olhar para a educação no século XXI 235

Tatiane Cristina Semmler
Por que optei por ter um único filho? 241

Thais R. M. Victor
Ansiedade: dicas práticas para os pais lidarem e reduzirem o estresse de seu dia a dia 249

Verônica Garrido
É preciso ir além! 257

Viviane Iziquiel
Brincar! Descontração para desenvolver com conexão 265

Primeira infância

Capítulo 1

A importância de conviver com a natureza durante a infância

Neste capítulo, abordaremos a importância do contato com a Natureza na infância e adolescência, os percalços encontrados no caminho que dificultam este contato no cenário atual e os benefícios à saúde que esta presença traz, assim como as complicações na saúde. O texto instiga o leitor a um movimento de mudança que nos leva ao encontro da Natureza e traz à mente as lembranças da nossa infância, tão lúdica e saudável, que tanto falta atualmente.

Adriana Tonelli

Primeira infância

Adriana Tonelli

Médica graduada pela Faculdade Evangélica do Paraná (2001), pós-graduada em Genética Humana pela Pontifícia Universidade Católica do Paraná (2002), especializada em Pediatria pelo Hospital Infantil Darcy Vargas (2006) e subespecializada em Pneumologia Pediátrica pelo Instituto da Criança da Faculdade de Medicina da Universidade de São Paulo (2010). Membro da Sociedade Brasileira de Pediatria. Atuante em consultório particular e no SUS.

Contatos
www.draadrianatonelli.com.br
contato@draadrianatonelli.com.br
LinkedIn: linkedin.com/in/dra-adriana-t-6b87b48a
(11) 3230-4560

Adriana Tonelli

No tempo em que vivemos conectados 24 horas por dia, confinados em salas de escritórios, consultórios, *coworkings*, onde muitas vezes pouco vemos a luz solar, e nossos filhos necessitam ficar por vezes mais de 8 horas em atividades escolares, é de suma importância se lembrar do valor da natureza no desenvolvimento infantil.

A maioria de nós teve uma infância inesquecível. Nas décadas de 60, 70, 80, as ruas ainda eram tranquilas. Brincávamos até altas horas com amigos da vizinhança e primos, muitos primos! Pulávamos corda, elástico, jogávamos *"bets"* com latas de óleo e algum pedaço de vassoura. Bolinhas de gude, "5 marias" com caroços de jaca, jogávamos amarelinha. Subíamos em árvores sem medo de cair.

Tomávamos sol sem proteção. E também tomávamos chuva.

As crianças não tinham medo de pegar lagartixa na mão e nem correr atrás dos sapos durante a chuva. Era diversão garantida!

E, nesse meio tempo, passava o "tio do sorvete", tocando uma cornetinha típica. Era vendido o sorvete "da cidade" (na minha cidade, era o famoso sorvete "Cinderela").

Inesquecível isso tudo, não?

Agora nos projetamos para o século atual. Século 21.

Estamos no ano de 2020. Ano difícil, tragédias ambientais, crises econômica e política. Crise da água. E atualmente estamos vivendo uma pandemia, a do coronavírus, que nos faz ficar em casa isolados social e sanitariamente.

Num momento onde encontramos, de um lado da balança, uma abundância de recursos, sejam eles tecnológicos, financeiros, sociais e educacionais, temos o outro lado abalado.

A infância. Nossos filhos, netos e bisnetos.

Cenário da infância atual

Eles estão vendo a infância voar em alta velocidade.

E será que estão aproveitando ao máximo? Ou têm sua infância roubada?

Quando falamos de infância roubada, significa excluir recursos que promovam o bem-estar físico, mental e social das crianças, providos pelo contato direto com a Natureza.

Primeira infância

Muitas crianças estão privadas do contato direto com a natureza. Do sol, da lua e do brilho das estrelas. Sendo cada vez mais banhadas em álcool gel antes, durante e depois de brincar no parque ou após fazer carinho num animalzinho.

Essa exclusão do contato com a Natureza, o que se traduziria em brincar livremente, causa outro grande impacto na saúde pública, o sedentarismo infantil. A falta de sol se traduz clinicamente em baixos índices de vitamina D, tão essencial para a saúde óssea, além de suas múltiplas funções no organismo.

Quando perguntei para minha filha, de 6 anos, o que é natureza para ela, rapidamente recebi a resposta: "Natureza é a Mãe-Terra".

A minha leitura foi que, para uma criança, *Natureza é tudo*. É onde vivemos, plantamos e colhemos.

E por que desestimulamos ou pouco estimulamos o contato das crianças com a Natureza? Falta-nos tempo, segurança, locais apropriados e talvez até um pouco de paciência.

Dificilmente vemos um adulto num espaço verde com seu filho sem manipular o celular. Sem fazer fotos e instantaneamente postar nas redes sociais.

Dificilmente vemos uma criança brincando com objetos simples num parque ou numa piscina. Estão brincando com objetos extremamente estruturados.

Não se fazem casinhas com pedaços de tijolos e pedras encontrados pelo caminho. Fazem-se com casinhas já prontas.

Deixamos de trabalhar a criatividade das crianças, já que tudo *está* pronto. Deixamos de exercer a paciência da criança quando nós mesmos executamos tudo com base no *imediatismo*. Tiramos foto. Postamos. Chorou. Ganhou.

É necessário refletirmos sobre esse modo de vida que vivemos.

A urbanização e seu impacto no brincar na natureza

É fato que não podemos condenar a urbanização como a culpada por essas questões. Com o crescimento das cidades e os cuidados integrados das sociedades e organizações, associados aos Direitos Internacionais da Criança, o trabalho infantil diminuiu, a escolaridade aumentou e o acesso à saúde melhorou. Entretanto, muitos avanços ainda são necessários.

Porém, a questão é multifatorial. Muitas vezes uma praça é distante da residência, ou falta segurança ou faltam cuidados locais.

A questão da diminuição do brincar na natureza não é apenas no cenário brasileiro. Desde 1970, no Reino Unido, áreas onde as crianças poderiam brincar sem supervisão caíram a quase 90%. E o número de crianças que tem atividades em áreas externas caiu à metade.

A Sociedade Brasileira de Pediatria (SBP) lançou em 2019 um manual de orientação sobre os benefícios da Natureza no desenvolvimento de crianças e adolescentes (encontra-se disponível *on-line* no site da SBP).

O manual contextualiza a urbanização na questão das atividades do brincar livre e do lazer. Brincar na natureza é um direito universal concedido à criança e traz inúmeros benefícios no que tange ao seu desenvolvimento sócio-bio-psicomotor. Sérios problemas de saúde física e mental podem surgir na ausência desse direito.

E quanto ao confinamento ao qual estamos sujeitos, enumera-se, num cenário complexo, a dinâmica familiar, a mobilidade, o planejamento das cidades, a desigualdade social, a violência, o consumismo exagerado, o uso abusivo de eletrônicos, o medo e a violência.

A dinâmica familiar é diversificada em todas as camadas sociais, porém o resultado final é o mesmo: pais trabalhando excessivamente, crianças em período integral nas escolas ou em casas de "cuidadoras", onde não há planejamento educacional ou de lazer, falta de planejamento urbano e perda excessiva em trânsito. Não é difícil pensar que a rotina dessas crianças se torna limitada, inclusive ao contato com os próprios pais.

No que se refere ao planejamento urbano, houve um crescimento do mercado imobiliário, o que favorece a melhoria das condições de moradia, inclusive da condição sanitária da população. Porém, esse crescimento não se fez na mesma velocidade da implementação e melhoria da mobilidade ou da presença de áreas verdes próximas às residências ou escolas.

Nesse interim, as crianças estão por 8 horas ou mais nas escolas. Pais, eu lhes pergunto: a disponibilização de área verde na escola foi primordial na sua escolha?

A ONU recomenda 12 m2 de área verde por habitante. Em São Paulo temos 2.6 m2 por habitante. E essa mínima área verde é muitas vezes desprezada pelo poder público e pela população, já que muitos pensam "essa terra não é minha". Ações comunitárias de moradores dos bairros estão sendo feitas com a intenção de recuperar praças e parques, inclusive assumindo com os custos, para que as crianças se beneficiem. Essa é uma atitude memorável, pois caso contrário, esse espaço pode se tornar mais um espaço de violência e uso de drogas, lícitas ou não.

Crianças e natureza protegidas pelas leis

Mas porque é tão importante o contato da criança com a natureza? Vários marcos legais garantem o direito à natureza e ao brincar: a Constituição Brasileira nos artigos 227 e 225; a Convenção das Nações Unidas Sobre os Direitos da Criança e do Adolescente no artigo 31 e no comentário #17; o Estatuto da Criança e do Adolescente; a Lei de Diretrizes e Bases da Educação e pelo Marco Legal da Primeira Infância. Todos eles dizem respeito ao direito que a criança tem do descanso e lazer, e de brincar na natureza.

Muitas pesquisas têm sido feitas, corroborando os aspectos positivos no desenvolvimento infantil: controle de doenças crônicas, diminuição do risco de dependência química (seja ela qual for), desenvolvimento adequado da psicomotricidade, diminuição de problemas de comportamento em geral, melhora do bem-estar mental e da imunidade. O contato com a natureza cria um indivíduo preocupado com o próximo e com o bem-estar do planeta, preocupado com o destino do lixo, estimula o cuidado com a fauna e com a flora, além de construir um ser criativo, dinâmico, responsável, feliz, autêntico, sensível, ético e com senso de pertencimento. E*u devo cuidar, pois isso (a praça, o parque, o rio) também é meu.*

Brincar na natureza estimula a maturação neuronal. Várias neossinapses são formadas. Constrói-se um ser humano diferenciado. A sua aquisição neuropsicomotora e nas áreas de linguagem, matemática, criação, execução de tarefas, entre outras, são indiscutíveis. Por outro lado, o "não brincar" pode acarretar depressão, obesidade, doenças crônicas, estresse, déficit de atenção ou outros transtornos comportamentais. Vários estudos mostram esse impacto na saúde do adulto.

A natureza a que me refiro é aquela que citei no início desse capítulo, são áreas saudáveis e incluem o verde, o sol, a lua, as estrelas, os animais, as pedras encontradas pelo chão.

De acordo com a Sociedade Brasileira de Pediatria, recomenda-se brincar no mínimo 1 hora por dia ao ar livre, no ambiente escolar ou familiar. Cada faixa etária tem sua especificidade e deve seguir tais orientações: 0-7 anos, brincar livre com supervisão e reforçando o vínculo pais-filhos. Dos 7-12 anos, descobertas e autonomia, os riscos e brincar com amigos. Adolescentes: buscam desafios e aventuras entre pares.

As escolas, onde as crianças ficam a maior parte do tempo, precisam investir em áreas verdes, planejar estudos de meio que envolvam o meio ambiente e outras culturas, fornecer áreas naturais abertas para as crianças brincarem na hora do recreio e instigar um pensamento crítico sobre os cuidados com o meio ambiente. Desde as instruções sobre lixo reciclável, desperdício na cozinha, manejo de horta, cuidado e curiosidades sobre os animais que "moram" nas escolas. Hoje em dia é cada vez mais comum encontrar escolas com coelhos, galinhas e cães, que são os "mascotes" das escolas, e pelos quais as crianças também têm que zelar.

Simbiose do bem

Não nos esqueçamos que as crianças precisam da natureza. E a natureza precisa delas. Não puna a criança que quis colher uma flor para lhe dar. É um gesto de amor e retribuição.

Deixe-a jogar as pedrinhas no riacho. Deixe-a parar uma caminhada para observar as formigas, as borboletas, a lagarta. São momentos riquíssimos de aprendizado, que fortalecerá o vínculo familiar e tornará esse momento inesquecível.

Crie a criança imersa na natureza. Apenas desta forma teremos pessoas engajadas no cuidado com a Terra e na sua preservação.

Deixe-a brincar livremente. Ela precisa observar, descobrir, criar. "O contato com a natureza é muito produtivo, pacificador e restaurador[1]."

É nossa missão, como pais e orientadores, promover uma infância verde e feliz. Desta forma, e apenas assim, teremos civilidade no planeta. Adultos engajados, saudáveis e conscientes.

Referências

ENGEMANN, Kristine et al. *Residential green space in childhood is associated with lower risk of psychiatric disorders from adolescence into adulthood.* PNAS, v. 116, n. 11, p. 5188-5193, 12 mar. 2019. Disponível em: <https://www.pnas.org/content/116/11/5188>. Acesso em: 29 out. 2020.

MONBIOT, George. *If children lose contact with nature they won´t fight for it.* The Guardian, 19 nov. 2012. Disponível em: <https://www.theguardian.com/commentisfree/2012/nov/19/children-lose-contact-with-nature>. Acesso em: 29 out. 2020.

PROJETO CRIANÇA NATUREZA. Disponível em: <www.criancaenatureza.org>. Conheça o projeto: <https://www.youtube.com/watch?v=_GeRQKzMmCM>. Acesso em: 29 out. 2020.

SOCIEDADE BRASILEIRA DE PEDIATRIA. *Manual de orientação: benefícios da natureza no desenvolvimento de crianças e adolescentes.* 2019. Disponível em: <https://criancaenatureza.org.br/wp-content/uploads/2019/05/manual_orientacao_sbp_cen.pdf>. Acesso em: 29 out. 2020.

Primeira infância

Capítulo 2

Por uma criança confiante

Aqui neste capítulo, compartilho conhecimento através da minha experiência como fisioterapeuta e mãe para educar uma criança autoconfiante e autônoma com segurança.

Aline da Costa Rotter

Primeira infância

Aline da Costa Rotter

Fisioterapeuta graduada pela UNIP (Universidade Paulista) (2009), especialista em Fisioterapia Cardiorrespiratória adulto/infantil pelo Centro de Estudo do Hospital Maternidade Nossa Senhora de Lourdes (2010). Fisioterapeuta supervisora de estágio de graduação em fisioterapia na UNIP (desde 2014). Mãe e apaixonada pela transformação que a gestação trouxe. Influenciadora digital há três anos, compartilhando qualidade de vida, saúde e maternidade.

Contatos
alinedacostarotter@gmail.com
Instagram: @alinerotter
Facebook: www.facebook.com/paginaalinerotter

Uma criança estimulada a fazer suas próprias escolhas por meio do que é oferecido cria seu senso moral e crítico, é capaz de tomar decisões e se adaptar facilmente. Essa criança vai desenvolver autoconhecimento, autoestima e habilidades interpessoais com empatia, respeito e proatividade.

Cada pessoa amadurece e se desenvolve por meio de suas experiências de vida, acredito que assim também cada mãe/pai faz de tudo e do que confere ser o melhor para educação de seu filho pelo que viveu. Quando me lembro de minhas experiências como filha, o que me vem primeiramente à memória é a confiança que meus pais sempre depositaram em mim. Não tenho lembranças tão claras da primeira infância, mas tenho certeza de que foi lá que tudo começou.

Naquela época não se falava em BLW (*Baby Led-Weaning*) e eles não sabiam quem era Montessori, mas estimularam meu irmão e eu a nos alimentarmos sozinhos assim que aprendemos a segurar o primeiro talher. Criados soltos pela casa, o desfralde veio rápido e aprender a se vestir desde pequeno fazia parte de uma rotina de pais empreendedores que precisavam de filhos mais independentes.

Quando decidi escrever sobre isso, a primeira lembrança que me veio à cabeça é uma muito especial, de quando aprendi andar de bicicleta sem rodinhas. Um dia de sol, em frente a nossa casa no interior de São Paulo, em uma rua asfaltada com muitas pedrinhas que ralavam os joelhos diariamente da molecada. Meu pai que já tinha tirado as rodinhas há uns dias da minha bicicleta, nesse dia me encorajou e me segurando pela parte de trás do banco, dizia "agora vai". Caí algumas vezes, o joelho já era de praxe estar vermelho, mas quando me vi sendo conduzida pelas próprias pedaladas e sem a sombra do meu pai junto da minha, foi sensacional, uma liberdade que não saberia descrever naquela idade.

Acredito que muitos devem ter essa lembrança, aprendendo andar sem rodinhas, pois quando criança é um avanço tão grande que realmente fica marcado, e quem está ali encorajando deve passar muita confiança, assim como meu pai me passou. Mas o que eu gostaria de destacar para vocês, é a atitude do meu pai, que me encorajou, ensinou-me e me fez acreditar que eu era capaz, sem nunca ter subido em uma bicicleta. Detalhe que fui descobrir muitos anos depois. Um exem-

Primeira infância

plo de que ele sabia o que era melhor para mim, acreditava naquilo e me passou confiança sem titubear.

Isso se repetiu e se repete até hoje em diversas situações da minha vida. Meus pais e eu temos uma relação de confiança muito grande e hoje cabe a mim, como filha, manter esse vínculo.

Na adolescência, pude escolher o curso que eu gostaria de seguir após o Ensino Médio, e mesmo com poucas pessoas na família tendo ensino superior e nenhuma trabalhar na área da saúde, segui o que o coração indicava e escolhi de peito aberto a fisioterapia. Onde me realizei profissionalmente após 5 anos de dedicação, morei sozinha e me virei na cidade grande podendo sempre contar com a confiança deles, meus pais.

Com a fisioterapia, eu aprendi muito sobre a vida, sobre como nossa natureza é perfeita e que ainda temos muito a descobrir na medicina, porém foi pelas minhas experiências profissionais que conheci ainda mais sobre o ser humano e o quanto o tato é importante, o quanto ouvir pode ser a cura e o quanto o amor é primordial.

A fisioterapia me trouxe mais embasamento para me tornar mãe, trouxe-me mais curiosidade e me fez confiante para lidar com a saúde frágil de um bebê.

A minha curiosidade me fez pesquisar muito sobre o melhor para minha filha, Margot, e confesso que ficou mais latente depois que ela nasceu. Li sobre mil gurus da internet, cada um defendendo uma linha a seguir, li artigos científicos e crenças não provadas. O que fiz e faço sempre, é ler e estudar determinado assunto, avaliando o que posso tirar de bom para depois aplicar em casa. E é o que espero que a maioria dos pais façam, estudem e encaixem com o que cabe para cada família, o que acreditam ser melhor, pois nenhuma família é igual e temos que discernir sobre a realidade de cada uma.

Existem diversos estudos e linhas que podemos estudar, mas aqui quero deixar minha experiência por meio de informações relevantes para uma construção de confiança e autonomia.

Todo pai, mãe ou cuidador deve entender que as crianças têm um tempo para cada aprendizagem, elas têm a necessidade de observação, de explorar cada objeto e espaço, pois exatamente tudo é muito novo para elas. E para desenvolver qualquer habilidade que seja, elas precisam estar confiantes, assim como nós adultos, que só confiamos no que conhecemos.

Após todo o processo de ambientação da criança, e dela ter observado bem a tarefa que foi ensinada, ela começa a explorar o processo e testar. E assim chegamos na parte mais importante, a nossa, de encorajar, corrigir e incentivar a realização dessa determinada tarefa. E como é esperado, não vai ser na primeira tentativa que vai dar certo, por isso sempre, paciência!

Desde a amamentação, as primeiras roladas, aprender a sentar e engatinhar, toda habilidade adquirida precisa de tempo, paciência e muitas vezes incentivo de algum adulto, seja posicionando o bebê ou estabelecendo espaço para tal. Imagine, então, para uma tarefa mais elaborada. Quando isso estiver bem estabelecido para quem cuida da criança, tudo fica mais leve. E a partir da vivência do dia a dia dentro de casa, vamos percebendo o que podemos oferecer como instrumento ou como podemos criar situações para o desenvolvimento da autonomia. Lembrando que segurança é o primeiro fator a ser considerado e não devemos esquecer da importância de sempre termos nossas crianças sob supervisão de um adulto.

Aí vem a dúvida, por onde começar?

Nossa observação é sempre muito importante, devemos deixar as crianças se movimentarem livremente, os limites que o corpo pode chegar também são algo que estão descobrindo, deixe-as se mostrarem interessadas por determinada situação ou objeto e assim nos guiamos para o próximo passo de incentivar a elaboração de alguma tarefa.

> "O movimento é fator essencial para a elaboração da inteligência, que se alimenta e vive de aquisições obtidas no ambiente exterior."
> (MONTESSORI, 1936)

Sempre falo que devemos nos colocar no lugar dos nossos filhos e que para as crianças aprenderem algo elas devem entender o processo, não adianta, por exemplo, ensinar para elas como se vestir se elas não souberem onde as roupas ficam guardadas e onde se deve colocar quando retirá-las.

Segundo Guizzo, B. S. et al (2019), "uma importante conquista da pequena infância refere-se à autonomia de crianças nos cuidados pessoais com o próprio corpo. Tomar consciência e ter controle das suas ações, daquilo que o seu corpo produz, de como vestir-se e colocar os seus calçados podem ser 'pequenices' aos olhos dos adultos, mas são grandes conquistas na vida de uma criança.".

Devemos sempre nos mostrar confiantes no que eles estão executando, encorajando e apenas mostrando o próximo passo. E assim que a tarefa terminar, é imprescindível elogiar e se mostrar feliz com o que seu filho acabou de realizar. Para eles é um grande avanço, esforçaram-se para tal. Vão se sentir importantes, úteis para realizar outras vezes e outras tarefas, cada vez melhor. Lembrando que devemos elogiar mesmo que não esteja perfeito aos nossos olhos, tudo é aprendizado e evolução, e se dermos a negativa, eles não vão sentir prazer na próxima vez, vão demorar mais para aprender e talvez não queiram mais evoluir nada sozinhos. Também serve para quando estão aprendendo algo e ficamos interrompendo o processo. A relação que temos que criar com nossos filhos é de respeito, confiança e incentivo. Com certeza, com esses três pilares você conseguirá dar autonomia para o seu filho com segurança.

Pela minha experiência com a introdução alimentar da Margot e estudos baseados no método BLW, concluí que a tarefa mais simples para os bebês começarem a desenvolver a autonomia é na alimentação. É instintivo para eles levarem objetos/alimentos à boca, portanto, todo alimento ofertado vai ser explorado, independentemente do método escolhido para introdução alimentar, o bebê sempre vai tentar alcançar a comida. Na nossa casa, o primeiro alimento foi apresentado aos seis meses para a Margot se alimentar sozinha, eu estudei e estava confiante em fazê-lo, mas caso inicie com papinhas, também é muito importante a criança ter o contato diretamente com o alimento e explorá-lo para estabelecer uma relação de intimidade com o mesmo.

Para a maioria das crianças, a partir de um ano, elas já conseguem desenvolver a habilidade de usar o talher, podemos ensinar como espetar os alimentos em um primeiro momento com um garfo e depois desse ganho, ensinar como recolher o alimento com uma colher, sempre incentivando e nos mostrando como modelo. Nesse caso, assim que a criança desenvolve essa habilidade, os pais podem colocá-la sentada à mesa e apenas oferecer o alimento para que ela se alimente. É importantíssimo enfatizar sobre os cuidados que devemos ter com os alimentos oferecidos para evitar possíveis engasgos, assim também sempre digo que todo cuidador deve saber como proceder a uma manobra de desengasgo.

Quando apresentamos situações que estimulam a autonomia, refiro-me também a um ambiente facilitador e seguro para as crianças desenvolverem suas habilidades, os cuidadores também devem saber como proceder os primeiros socorros garantindo mais confiança para cumprir o trabalho de educar.

O que seria um ambiente facilitador?

Cômodos que você consiga adaptar para seus filhos conseguirem realizar suas tarefas. Uma criança precisa alcançar determinadas superfícies ou objetos que não estão na sua altura e precisa de utensílios que possa utilizar com facilidade e segurança. Um banquinho com base estável já é um ótimo começo para a criança alcançar a pia. Outros exemplos: uma cama em que ela consiga subir sozinha na hora de ir dormir e gavetas em que ela consiga pegar objetos pessoais.

Na nossa casa, desde que comecei a comprar os utensílios para a introdução alimentar da Margot, separei uma gaveta baixa na cozinha, onde até hoje todos os objetos de cozinha dela ficam guardados, e quando ela precisa de algo ou vai me ajudar a pôr a mesa, ela mesma se direciona e pega o que precisa, e deu certo desde o início. Mostrei e ensinei como abrir a gaveta quando ela ainda estava engatinhando, expliquei que ali era a gaveta dela e ela teria liberdade de escolha dentro daquele limite. Quando tratamos as crianças como um membro da casa que tem seus direitos, deveres e objetos pessoais tratados por igual, eles se sentem importantes e fica mais fácil desenvolver a autonomia.

E devemos sempre lembrar: uma criança deve sim ter autonomia, porém são crianças e precisam de limites e disciplina, pois muita coisa do mundo adulto ainda é incompreensível para elas. Devemos ser referências, modelos reais que também têm limites, dificuldades e erros, cabe a nós educar e ajudá-las a desenvolver esse discernimento. Assim ganhamos credibilidade perante aos nossos filhos e garantimos que estamos formando adultos autoconfiantes.

Manobra de desengasgo / manobra de Heimlich

Para realizar a manobra em um bebê, coloque-o de bruços em cima do seu braço e faça cinco compressões com seu punho nas costas dele (entre as escápulas). Vire-o e faça cinco compressões no peito do bebê (entre os mamilos), tentando visualizar o que está atrapalhando sua respiração, e tente retirar cuidadosamente. Caso não seja revertido, mantenha as compressões até a chegada de um serviço de emergência.

Em crianças maiores e adultos, deve-se posicionar por trás (em crianças pequenas, devemos ficar de joelhos) enlaçando com os braços ao redor do abdômen da vítima, com uma mão fechada e a outra por cima posicionadas na "boca do estômago". Assim realize compressões fortes para dentro e para cima, até que a pessoa elimine o corpo estranho.

Referências

GUIZZO, B. S. et al. *Protagonismo infantil: um estudo no contexto de instituições dedicadas à educação da primeira infância em Bolonha*. Educar em Revista, Curitiba, Brasil, v. 35, n. 74, p. 271-289, mar./abr. 2019.

MONTESSORI, M. *A criança: a atividade motora*. São Paulo: Ed. Círculo do Livro, 1936.

Primeira infância

Capítulo 3

O poder do toque

O toque enriquece um ponto fundamental para a relação entre pais e filhos: a proximidade. A massagem para bebês traz essa essência de vinculação entre eles. Também contempla aspectos fisiológicos, psicológicos e emocionais. Uma ferramenta tão simples e tão potente. O principal conceito deste capítulo é uma reflexão em relação às interações entre os pais e filhos, e sobre a importância dessa troca.

Ana Bonocielli

Primeira infância

Ana Bonocielli

Filha da Jucineide e do Anesto. Casada. Psicóloga, Massoterapeuta e Instrutora de Massagem Infantil. Psicóloga há 12 anos pela Unifil (PR). Há quatro anos, iniciou seus estudos na Psicologia Perinatal, possui Curso de Saúde Mental Perinatal: gestação, parto e pós-parto no Instituto Sedes Sapientiae, e o Curso Psicologia do Puerpério pelo Instituto Aripe. Massoterapeuta pelo Ibrate (PR), e pela escola Jamu Spa School, em Bali, desenvolveu tratamentos corporais para atender as necessidades de cada mulher, na gestação e pós-parto. Instrutora de Massagem Infantil pela Associação Internacional de Massagem Infantil (IAIM), nos Estados Unidos, realiza aulas de Massagem Infantil para pais e bebês. Como idealizadora da Canggu Rede Materna, oferece apoio e acompanhamento psicológico para mães através do atendimento individual e em grupos, massagem para as mulheres no puerpério e massagem para os bebês.

Contatos
www.cangguredematerna.com.br
contatocanggu@gmail.com
Instagram: @cangguredematerna
(11) 99388-8690

Ana Bonocielli

> "Para ter um desenvolvimento saudável, a criança necessita ser acariciada, olhada, beijada, percebida e, sobretudo, muito amada."
> (Maria Aparecida A. Giannotti)

Bem-estar nas pontas dos dedos

Se você já recebeu uma massagem, sabe o quanto essa experiência pode ser prazerosa, relaxante e benéfica para a saúde. No caso dos bebês, não é muito diferente. Atualmente, existem várias técnicas que podem ser aplicadas por você em seus filhos desde os primeiros meses de vida, como a *Shantala*, Toque de Borboleta, *Tuiná* e Massagem Infantil. Mas o que importa aqui não é o tipo de massagem escolhido. Independente da opção adotada, os reflexos nas vidas dos pais e dos bebês podem ser inúmeros e muito positivos. As pessoas querem se sentir acolhidas e amadas, e essa é uma das propostas dessa prática.

A prática que passou a fazer parte da minha vida foi a Massagem Infantil, e a partir dessa experiência, passei a enxergá-la como uma proposta diferenciada em relação a como inserir o momento de massagem para bebês na rotina das famílias. Como psicóloga e massoterapeuta, encontrei no curso de Massagem Infantil, composto por cinco encontros semanais, um espaço completo para acolher as mães no puerpério e contribuir para o desenvolvimento inicial do bebê.

Benefícios que não têm idade

Para começar a entender os benefícios da massagem para o seu filho, basta realizar um exercício bastante simples. É só imaginar como o corpo de um adulto reage a essa técnica, como mencionado na abertura desse artigo. Se você ouvir relatos de pacientes que experimentaram algumas sessões, provavelmente notará que eles se dizem muito mais relaxados, com alívio de dores locais e melhora significativa na qualidade de vida.

Mas se você acha que isso é apenas uma impressão, sem qualquer explicação biológica, você está completamente enganado. Vários estudos comprovam que, enquanto recebemos esse tipo de toque, acontecem efeitos fisiológicos e psicológicos no nosso organismo:

Primeira infância

> "Durante a massagem são estimulados ossos, músculos, fáscia, pele e, consequentemente, os sistemas que regem a integração corporal".
> (SCHENKMAN, 2014)

É como um efeito cascata. Um dos efeitos observados é a liberação da serotonina, um neurotransmissor que atua no cérebro regulando, entre outras coisas, o humor e o sono. Também é possível verificar a produção de endorfina, um hormônio capaz de trazer uma sensação analgésica e de bem-estar. Junto a esse grupo conhecido como "neurotransmissores da felicidade", a ocitocina também pode ter os níveis aumentados propiciando a formação do vínculo mãe-bebê.

Outra substância produzida pelo nosso corpo durante a massagem é a histamina. Quando presente em nossas células, ela desempenha uma função vasodilatadora, promovendo uma maior circulação sanguínea e melhora no fluxo linfático. Além disso, essa substância também atua na renovação das células de defesa do nosso organismo, como vemos a seguir:

> "Motangu afirma que a estimulação cutânea em recém-nascidos exerce uma influência benéfica sobre seu sistema imunológico tornando-os, portanto, mais resistentes às doenças".
> (REGO et al., 2014)

O toque também é capaz de reduzir a produção de substâncias que podem atrapalhar o nosso equilíbrio psíquico, como o cortisol. Hormônio que desempenha a função de nos manter em estado de alerta em situações de perigo. Dessa forma, o desequilíbrio nas taxas de cortisol pode aumentar nossa propensão à irritação, ansiedade e insônia, tanto no adulto quanto na criança.

Ou seja, depois de todas essas informações, podemos perceber que a massagem é capaz de trazer uma lista considerável de benefícios para o nosso organismo. Então por que não proporcionamos tudo isso aos nossos bebês? Imagine o quanto a massagem no seu filho pode proporcionar tranquilidade, melhores noites de sono, e também pode ser uma excelente ferramenta de conexão.

Um novo olhar sobre o corpo

Pensando agora especificamente na Massagem Infantil, gostaria de trazer uma reflexão que acredito ser essencial. Você já refletiu sobre como o corpo pode ser fundamental na maneira como o bebê experimenta o mundo? Os estímulos chegam para o bebê através dos sentidos: visão, audição, olfato, tato e paladar. Tudo é sentido e impresso pelo corpo.

Na contramão, hoje vivemos uma tendência ao universo virtual, por isso a importância de refletir sobre a nossa consciência corporal. Consciência corporal é uma consciência do próprio corpo, um conhecimento seja do conteúdo externo ou interno. Conceito esse que se torna ainda mais relevante quando falamos sobre a formação do bebê.

Não é à toa que tantos estudiosos demonstram interesse em acompanhar o desenvolvimento da criança nos primeiros mil dias de vida (desde a gestação até os dois anos de idade). Temos que aprender desde reconhecer as próprias mãozinhas e pezinhos até dar os primeiros passos e falar as primeiras palavras, e tudo isso possivelmente se refletirá ao longo das nossas vidas.

Porém o bebê não compreende tudo de uma só vez, ele precisa de tempo e suporte para que possa organizar toda essa bagagem. De que forma é possível trazer consciência corporal para o bebê? Primeiramente, pelo toque, visto que o tato é o sentido mais desenvolvido do recém-nascido. Trocar a fralda, segurar no colo, dar banho e outras atividades rotineiras. Porém é importante ressaltar que esse contorno do corpo do bebê não vai depender só de uma delimitação a partir do toque, mas também do reconhecimento do bebê como um sujeito potente e amável. O momento da Massagem Infantil se apresenta como uma oportunidade de atender a esses dois pontos e, consequentemente, de contribuir para o equilíbrio corporal e emocional do bebê.

Vale lembrar que os processos mais importantes na relação dos pais e o bebê se formam no cotidiano, dando um passo de cada vez. Como acabei de mencionar, toda experiência da criança, desde a vida intrauterina até o pós-parto, passa pelo corpo. Assim ela vivencia suas descobertas e seus aprendizados em relação a si e ao mundo a sua volta. Não há necessidade de guia especializado, cabe aos pais criar um ambiente suficientemente seguro e livre para que o bebê possa explorar e se expressar.

Uma comunicação mais eficaz

Você acredita que seja possível se comunicar com seu bebê? O ponto essencial é compreender que a comunicação deve ser sempre uma via de mão dupla. Você conversa com seu bebê?

Conversar com o seu filho é uma forma de acalmá-lo, mas é também o primeiro passo para que ele desenvolva sua comunicação, uma premissa algumas vezes desvalorizada.

Importante frisar que nossa comunicação é uma forma de interação, que inclui a comunicação verbal e não-verbal. Os bebês precisam do toque, da voz e do olhar da mãe. Este último revela-se como uma essencial comunicação silenciosa com o bebê, como formulado no livro *O toque na psicoterapia*, que apresenta a citação do psicanalista D.W. Winnicott:

> "Ser visto pelo olhar da mãe é uma das bases do sentimento de existir: quando olho sou visto, logo existo."
> (WINNICOTT, 1975, p. 157 apud REGO *et al.*, 2014)

Primeira infância

Mas, os bebês são capazes de falar? De algum modo, sim! Eles se expressam através de gestos, caretas, sorrisos, gritos e pelo movimento do corpo. É na sua disponibilidade de escuta que será possível interpretar essas formas de se comunicar. Em sequência, é na resposta do adulto, seja com palavras ou com ações, que o bebê estrutura significados às suas expressões. Sabemos que nem sempre é fácil compreender os sinais do bebê, por isso mais uma vez valorizamos a potência do momento da massagem, que pode ser propício para escutar e falar com seu bebê sem desviar atenção para outras coisas. Uma prática que potencializa a presença seja no espaço e no tempo, popularmente conhecido como "aqui e agora".

O choro do bebê

"O que eu faço se o meu bebê chorar na hora da massagem?". Dentre todas essas maneiras de falar da criança, não podemos esquecer do choro. Talvez, ele seja uma das mais importantes formas de comunicação. Basta lembrarmos que essa é uma das primeiras reações da criança ao encontrar com o mundo exterior. Infelizmente, o choro quase sempre é interpretado como algo negativo, porém essa manifestação tem poderosas funções. Ela atua como um chamado que demanda um sentido, que geralmente quer dizer: preciso comer; estou com dor; minha fralda está suja; estou incomodado. Mas pode também expressar qualquer outra informação que o bebê ou a criança precisa transmitir aos adultos.

Durante as aulas de massagem, conversamos sobre a presença do choro do bebê e como isso nos afeta. Você já se questionou sobre quais são suas reações e atribuições de significado ao escutar o choro de alguém? No momento em que você fala e toca o seu bebê no processo da massagem, é importante escutar a resposta dele, que pode ser dada por uma infinidade de possibilidades com gestos de satisfação ou de incômodo, e o choro é uma delas. Essa troca irá resultar em conexão e conhecimento de quem é seu bebê. Quando falamos em vínculo mãe-bebê, não cabe a ninguém ditar regras. As escolhas precisam ser tomadas a partir do desejo da mãe em conjunto com seu próprio filho. Ou seja, delicadeza e observação são fundamentais neste processo de interpretação e troca.

A massagem como um momento de troca

Talvez a palavra mais importante para definir o poder da Massagem Infantil na vida de quem a faz e de quem a recebe é troca. Quando você toca o corpo do seu filho, os dois experimentam uma sensação de amor e de conforto que reforça os laços afetivos. No caso da mãe, só aumenta o vínculo que é criado no início da gravidez. Já no caso do pai, possibilita formas de aumentar essa ligação. Vale lembrar que uma massagem feita pelo pai oferece uma sensação diferente daquela provida pela mãe, por isso é tão importante que ele também participe desse momento.

Quando o toque começa a ocorrer já nos primeiros meses de vida do bebê, ele pode ser essencial para quebrar essa tensão que existe no início da convivência entre pais e filhos. Esses primeiros instantes são muito intensos e repletos de alegria, mas também trazem bastante agitação, tanto para mães/pais recém-nascidos quanto para o bebê recém-nascido. Isso acontece por ser um momento em que ambos precisam encarar o desconhecido. Sendo assim, separar alguns minutinhos para você e seu filho estarem juntos pode ser fundamental para criar um instante de relaxamento e aliviar o estranhamento desse período.

A troca proporcionada pela massagem também mostra bastante resultado ao longo do crescimento de seu filho, pois a relação que uma criança cria com seus pais fomenta os ritmos e o desenvolvimento de cada bebê. É essencial compreender que não existe um jeito único de realizar uma massagem nos bebês, pois é na troca que temos a oportunidade de dar condições dele ser ele mesmo, um indivíduo singular e não apenas um bebê. Além disso, é uma oportunidade para nutrir o seu filho com cheiro, calor, voz e tudo o que é capaz de transmitir o sentimento mais importante que pode existir entre os pais e uma criança, o amor.

Como começar

É comum ouvir falar as indicações, contudo é essencial conhecer também as contraindicações para realizar a massagem que seriam: logo após a amamentação, o bebê estar dormindo, mal-estar do bebê ou da mãe, alguma sensibilidade na pele e sintoma de inflamação como febre. Depois de escolher qual técnica você irá utilizar, então escolha um ambiente agradável, separe um óleo ou creme de massagem específico para bebês, algumas toalhas, uma roupa fácil de manusear para seu bebê e almofadas para vocês dois. Procure usar uma roupa confortável e retire todos os acessórios que podem enroscar no momento da massagem. Procure relaxar o seu corpo, respire quantas vezes forem necessárias antes de começar para que seu batimento cardíaco possa desacelerar e entrar em sintonia com coração do seu filho. Aproveite!

Referências

ALENCAR, Roberta (coord.). *O acolhimento de bebês: práticas e reflexões compartilhadas*. São Paulo: Instituto Fazendo História, 2015.

GIANNOTTI, Maria Aparecida A. *O toque da borboleta: massagem para bebês e crianças*. São Paulo: Edições Loyola, 2014.

MCCLURE, Vimala. *Infant massage: a handbook for loving parents*. New York: Bantam Books, 2017.

REGO, Ricardo "Guará" A. et al. *O toque na psicoterapia: massagem biodinâmica*. Petrópolis: KBR Editora Digital, 2014.

Primeira infância

Capítulo 4

É preciso nos educarmos emocionalmente para termos relações mais saudáveis ao longo da vida

Sim! Pai, mãe e cuidadores precisam estudar sobre emoções e observar como cada uma reage no corpo, pois a partir disso acreditamos que as relações tornam-se mais saudáveis, equilibradas e positivas. Neste capítulo, convidamos você a viajar pelo mundo das emoções conosco e esperamos que ao sair dele, vocês estejam reflexivos, motivados e encorajados para fazer a diferença nas relações e na saúde emocional das novas gerações.

**Ana Celma Dantas Lima &
Isadora Farias Carvalho Lacerda**

Primeira infância

Ana Celma Dantas Lima

Ama ler poesias, ouvir música, curtir a família e não fazer nada. No restante do tempo, cuida das crianças internas de seus pacientes através da Psicóloga Clínica (CRP 19/2376) pela Universidade Federal de Sergipe (2013) com base na Terapia Cognitivo Comportamental (Especialista pela IWP, 2016) e nas abordagens Esquemas e Dialética (Formação pelo InTcc, 2020), e algumas vezes ao ano se aventura a aprender dando aulas na pós-graduação da Estácio/SE.

Contatos
anacelmadl@gmail.com
Instagram: @anacelmapsi
(79) 99869-5340

Isadora Farias Carvalho Lacerda

Mãe do Rodrigo, psicóloga clínica (CRP 19/2755), escolar e hospitalar. É especialista na Terapia Cognitivo Comportamental com ênfase em Infância e Adolescência pelo InTcc e na Psicologia Hospitalar pelo HCFMUSP (InCor). Possui formação na Terapia do Esquema e Dialética pelo InTcc e é certificada em Disciplina Positiva pelo Positive Discipline Association (EUA).

Contatos
www.casapositiva.com.br
isadorafclacerda@gmail.com
Instagram: @sejaefloresca
(79) 99971-2929

> Para que os bebês se convertam, finalmente, em adultos saudáveis, em indivíduos independentes, mas socialmente preocupados, depende totalmente de que lhe seja dado um bom princípio, o qual estará assegurado, na natureza, pela existência de um vínculo entre mãe (ou o cuidador substituto) e bebê: o amor é o nome desse vínculo.
> (D.W. Winnicott)

Há um tempo, ouvi uma frase que reverbera até hoje: "Se você quer cuidar do bebê, cuide da mãe" (Bowbly). A relação entre a mãe ou o cuidador e a criança envolve uma conexão em que ambos se afetam. Todo ser humano apresenta uma série de necessidades, que variam a depender do momento de suas vidas, desde que somos bebês. Quando tais necessidades não são atendidas, agimos – muitas vezes de modo instintivo – através de comportamentos e reações emocionais.

A maneira como expressamos nossas necessidades emocionais nem sempre ocorre de uma forma "tranquila" e "saudável". Nossas reações geram problemas nas nossas relações sociais e familiares em muitos momentos. Quantas vezes uma mãe exaurida de cansaço age de modo aparentemente agressivo e descontrolado? Muitas, não é? (Sem culpas, tudo bem?) Nesse momento, inúmeras necessidades não estão sendo atendidas pelo meio. Em outras situações, a mãe pode conseguir acalmar suas emoções e pedir ajuda ao pai, por exemplo. Todas as ações dependem de muitos fatores e das circunstâncias do momento. Mas, há sempre aprendizados que podem nos ajudar a sermos melhores e mais gentis conosco e com os outros.

Nossas crianças também apresentam muitas necessidades emocionais básicas, como: alimentação, cuidados com a higiene, proteção, acolhimento e aceitação dos sentimentos; limites e lazer. Quando suas necessidades não são atendidas, fazem uso dos recursos dos quais dispõem – chorar, fazer birras, isolamento e ser fofos outras tantas vezes. Algumas atitudes podem parecer bem inadequadas, mas elas são explicadas por aspectos relativos ao seu desenvolvimento cerebral, ainda muito impulsivo. Assim, cabe a nós – adultos – ajudá-las e nos ajudar a cuidar dessas necessidades e nossas emoções relacionadas.

Primeira infância

Uma viagem no mundo das emoções

Ao longo de milhões de anos, os seres humanos passam por um processo de evolução da espécie e isso inclui nossas emoções. No meio desse processo todo, o que percebemos é que elas foram e são fundamentais para a nossa sobrevivência. Se estamos hoje aqui – conectados através deste texto – é porque nossos ancestrais experimentaram uma série de emoções como ansiedade, medo, raiva, nojo e amor.

Geralmente, nós gostamos de sentir relaxamento, conexão e amor. Por outro lado, tendemos a desaprovar nossas sensações de medo, insegurança, tristeza e raiva. Sinto muito informar, mas precisamos de todas elas. Por isso precisamos ajustar nosso olhar para justamente esse aspecto: aceitação das emoções. Elas vão e vem e está tudo bem! Elas podem ser desagradáveis em muitos momentos, mas elas passam. Se não houvesse infelicidade, como perceber o que é a felicidade? Dual, não é? A vida é assim e ela é perfeitamente imperfeita e bela, exatamente como é. Assim, podemos resumir que estar neste mundo pressupõe vivenciar diversas situações: da calma ao caos, do prazer ao desprazer. Logo, na maternidade não seria diferente, muito menos na infância - ou melhor, em ciclo algum!

Ainda assim, muitas vezes é difícil lidar com as nossas emoções e com as da criança. Nesse momento, algumas ferramentas da psicologia voltadas para a regulação das nossas emoções podem ajudar bastante. Esse processo pode nos ajudar a compreender sua função, a mensagem que querem nos passar e reduzir o desconforto trazido por algumas delas.

Vamos começar olhando para o amor. Essa emoção tem relação com conexão, apego e a união com os outros. Aprender a amar foi fundamental para que os adultos se conectassem e cuidassem de suas crias ao longo de milhões e milhões de anos. O que fazer com ele hoje? Simples: cuidar, conectar-se emocionalmente através do olhar, do toque afetuoso e das palavras cuidadosas. Pode ser desafiador dar e receber amor se você não teve isso na sua vida. Mas lembre-se que como seres humanos podemos sempre evoluir e melhorar.

E a raiva? Ela gera muitos problemas às vezes. Porém, ela não é nada de má nem ruim. Ela nos ajuda a dar limites e nos defender na vida. O problema é quando falhamos na dose e nos envolvemos em situações de brigas corporais, ofensas e desrespeito a si e aos outros. O que fazer com ela hoje? Se ela ocorrer com vocês pais, tentem dar um tempo e deixar para agir um pouco depois. Se ela for muito forte, um banho bem gelado pode ajudar (nada como um bom susto no nosso cérebro para fazê-lo mudar o foco).

Se a criança tiver problemas com a raiva, a estratégia do banho pode ajudar igualmente. Além disso, vocês podem criar com ela o "cantinho da calma", onde deve ter objetos sensoriais (como tintas, "amoebas ou melecas similares"), objetos fofos e que geram distração; como o pote da calma – água, cola, glitter e muito encantamento. Riscar o papel com força, pular bem alto ou cantar podem também ajudar a extravasar essa emoção.

Quando a ansiedade aparece, muita gente se desespera, não é mesmo? Mas ela também não é tão ruim assim. Ela antecipa os "perigos reais e imaginários" para nos proteger! Quando ela aparecer, papais e filhos podem fazer automassagem com cremes nas mãos e pés. Pode ser bem divertido! Outra opção é treinar nossa respiração (puxando o ar pelo nariz – como se estivesse cheirando uma flor, depois segura um pouquinho o ar e solta como se estivesse assoprando uma vela). Tomar um chazinho ou um bom gole d'água também ajuda ao seu cérebro perceber que você está bem e que o que ocorreu foi apenas uma mensagem de perigo por engano.

Ao longo da vida, aparece a tristeza também. Ela geralmente dá sinais de que estamos perdendo algo. Além disso, ela nos ajuda a refletir e sinalizar que precisamos de ajuda. Sermos ouvidos e ouvir ajuda bastante. Tudo bem se você ou sua criança precisarem ficar um pouco sozinhos nesse momento. O mais importante é garantir que teremos um colo quentinho, se quisermos compartilhar nossos pensamentos e sensações.

Sabe, pais, nós adultos também temos nossas vulnerabilidades e não temos que bancar os durões o tempo todo! Cabe a nós proteger nossas crianças, mas em alguns momentos está tudo bem elas notarem que somos humanos e temos emoções! Agora, convido você a olhar com mais cautela, cuidado e empatia para as suas emoções e as do seu filho. Vamos contribuir com a saúde emocional das novas gerações? Sigamos e estamos juntos, conectados através do amor.

Referências

ABREU, Cristiano Nabuco. *A teoria do apego: fundamentos, pesquisas e implicações clínicas*. São Paulo: Casa do Psicólogo, 2013.
LEAHY, Robert L. *Livre de ansiedade*. Porto Alegre: Artmed, 2011.
LINEHAN, Marsha M. *Treinamento de habilidades em DBT: manual de terapia comportamental dialética para o terapeuta*. 2. ed. Porto Alegre: Artmed, 2018.
PAIM, Kelly; ROSA, Martha. *O papel preventivo da terapia do esquema na infância*. In: WAINER, Ricardo (org.). *Terapia cognitiva focada em esquema*. Porto Alegre: Artmed, 2016.
PAPALIA, Diane E.; FELDMAN, Ruth Duskin. *Desenvolvimento humano*. Porto Alegre: Artmed, 2013.
YOUNG, Jeffrey. E.; KLOSKO, Janet S.; WEISHAAR, Marjorie E. *Terapia do esquema: guia de técnicas cognitivo-comportamentais inovadoras*. Porto Alegre: Artmed, 2008.

Primeira infância

Capítulo 5

Construindo aldeias - a importância da rede de apoio para exercer a criação dos filhos

Uma das necessidades para vivenciar plenamente a maternidade e a paternidade é a construção de uma rede de apoio. Nesse capítulo, você encontrará um debate sobre como a educação, o auxílio e a presença desse recurso humano auxiliam pais e mães psicologica e socialmente no exercício intenso que é educar um novo humano. Uma aldeia em volta desse novo núcleo pode ser aproveitada em diferentes fases.

Ana Gissoni

Primeira infância

Ana Gissoni

Jornalista formada na Universidade Metodista de São Paulo (2005-2008), com especialização pela Faculdade Cásper Líbero. Teve passagem pelas redações do portal Terra, editora Caras e editora Globo. Contribuiu com os portais UOL, MSN e o site Vila Mulher. Trabalhou em publicações focadas para o público médico e revistas de saúde. Especializada na editoria de Vida e Estilo, tem a carreira focada no *lifestyle* feminino. Desde 2016, editora do site *Debaixo do Guarda-Chuva*, no qual lida com o público feminino e com questões como criações dos filhos. Tornou-se referência nas redes sociais com textos sinceros e bem embasados sobre a primeira infância, conteúdo que pesquisa diariamente em estudos de especialistas e artigos científicos.

Contatos
www.debaixodoguardachuva.com.br
blogdebaixodoguardachuva@gmail.com
Instagram: @debaixodoguardachuva

Ana Gissoni

Existe um provérbio africano que diz: "é preciso uma aldeia inteira para educar uma criança". Em tempos de tanta aproximação virtual e distância física, o quanto essa afirmação consegue se fazer presente na vida de mães e pais recentes? Quem consegue ter por perto uma aldeia para auxiliar na educação daquela criança em formação? Como se conseguir esse apoio em uma sociedade tão conectada e ao mesmo tempo tão desapegada?

Quando uma mulher engravida, fala-se muito sobre a montagem do enxoval. Quantas mantas, pijamas, fraldas se devem ter. Orienta-se sobre o melhor e mais preciso termômetro, pratos para as primeiras papinhas, mamadeira - mesmo sem nem saber se a mãe irá amamentar - e até mesmo sugadores de secreções nasais. Mas além de não alertar aquela família em formação sobre todas as questões sentimentais e psicológicas que ela irá passar com a chegada de um novo membro, ninguém faz a recomendação mais necessária: tenha uma rede de apoio.

A rede de apoio nada mais é do que aquele grupo de pessoas que estará em volta dos novos pais para auxiliar na criação daquele bebê. Engana-se quem pensa que pai é rede de apoio. Não. Pai é parte da equação e tão responsável quanto a mãe nos cuidados de seu filho. Rede de apoio é a tal da aldeia, que tanto precisamos. São os avós - maternos e paternos -, tios, amigos próximos, parentes, vizinhos ou até mesmo algum tipo de ajuda paga. E esse auxílio é necessário desde o princípio de tudo, quando se inicia a gestação.

Rede de apoio no pré-natal

"Gravidez não é doença!". Quantas vezes você já não ouviu essa afirmação? Realmente, para a maior parte das mulheres, gravidez é um período sem nenhum comprometimento da saúde. Mesmo assim, é um momento sensível da vida daquela mulher e daquele pai, que por mais que ignorem, está passando por um processo de transformações também. São hormônios, enjoos, vontades, dúvidas, medos, aflições, alegrias, euforias e uma explosão de novos sentimentos que precisam de uma pessoa neutra para ser bem estabelecidos. A rede de apoio durante a gestação pode ajudar a mulher a manter a calma em todo o processo. Quem foi que disse que é fácil trazer uma nova vida para esse mundo?

Primeira infância

É durante a gravidez também que o casal se prepara para a maior mudança da vida deles. A presença de uma rede de apoio ajuda na necessidade de conciliar tarefas, discutir tópicos importantes e revelar a real necessidade de itens para um enxoval. Será que realmente é preciso aquele remédio milagroso ou seria melhor investir em uma bolsa de água quente? É melhor pesquisar a chupeta que mais imita o seio ou ser bem orientada quanto à amamentação? A rede de apoio pode ser formada por pessoas que não necessariamente passaram pela experiência de ter um filho, mas que ajudem na busca por informações reais e confiáveis e auxiliem os pais nesse momento conflitante para tomar as melhores decisões sobre o bebê que está por vir.

A relação de intimidade e confiança entre os pais e sua rede de apoio é essencial. Se os pais buscam conforto e auxílio naquele grupo, eles precisam confiar o suficiente que aquelas pessoas irão seguir sua linha de raciocínio e criação. Então, é durante a gestação que os pais precisam sentar com os avós do bebê, os tios, os amigos ou seja quem for que vai cumprir esse papel. Com conversas sinceras, explanar as preferências do casal sobre como agir com o filho que está para nascer: amamentação, colo, tipo de criação, medicalização, alimentação e até mesmo religião são assuntos que precisam ser debatidos com quem vai oferecer esse suporte para a família. Imagina-se que a rede de apoio são pessoas que irão - e querem - criar vínculos significativos com a criança. Então é bom deixar claro desde o princípio os limites que aquele pai e mãe preferem manter e quais tópicos podem sofrer ajustes de acordo com a opinião dos familiares. Ou seja, delimitar bem o que é auxílio e o que é intromissão. Com tudo bem conversado e acordado, as chances de erro são menores.

Nasceu, e agora?

O momento do nascimento é um dos mais sensíveis em qualquer maternidade e paternidade. Principalmente para as mães, que são inundadas por mais hormônios, inseguranças e ao mesmo tempo por aquela vontade de proteger a cria do resto do mundo. Acontece que, independentemente do tipo de parto - seja o mais natural possível no qual você saia digna de cumprir uma maratona ou um com bastante intervenção -, a mulher precisa se recuperar. O corpo se transformou por cerca de 40 semanas para a chegada do bebê e o nascimento não faz com que o processo acabe de uma hora para a outra. Agora, a mãe está com o corpo a todo vapor trabalhando no processo de amamentação, os órgãos recuperando seu espaço, o útero voltando ao tamanho original e o corpo tentando definir a sua forma. Em meio a tudo isso, ela ainda se torna do dia para a noite a responsável principal pela criação de um ser humano que nem ao menos sabe sustentar o peso da própria cabeça.

Ana Gissoni

E é aí que a rede de apoio entra. Para tudo dar certo, os pais precisam daquela rede por perto. O bebê nasce, mas a vida continua. Mães e pais precisam trabalhar, alimentar-se, cuidar da casa e deles mesmos. Como que a aldeia se encaixa nessa? Nesse primeiro momento, é importante saber que nenhuma mãe quer delegar os cuidados com o filho para outra pessoa. Mas ela precisa de auxílio. Ela precisa de comida feita, precisa de casa limpa, precisa comer, precisa tomar banho. E então entra a rede de apoio. Entra a rede de apoio para que a mãe encontre um colo alternativo para o recém-nascido dormir, encontre um tempo para tomar banho, uma forma de comer uma comida quente e um momento para relaxar.

Na sociedade atual, é comum os pais voltarem ao trabalho após cinco dias de licença e as mães serem incumbidas sozinhas de cuidar do bebê. Recém-paridas, com pontos, em pleno puerpério e muitas vezes com o leite ainda descendo (nos primeiros dias, o bebê mama o colostro, uma espécie de "primeiro leite" que contém tudo o que ele precisa para aquele momento enquanto o corpo da mulher se ajusta para vir o leite principal - e essa "descida do leite" pode trazer desconforto momentâneo para a mulher). Além disso, o puerpério é marcado por uma série de sentimentos e emoções conflitantes, que em algumas mães podem vir acompanhados de *baby blues* e depressão pós-parto. Com o auxílio de alguém para os afazeres diários e como companhia, essa mãe consegue enfrentar o período de forma mais leve. Além disso, uma pessoa de fora consegue identificar caso ela precise de ajuda profissional em alguma questão emocional.

Quando se fala sobre amamentação, a rede de apoio é fundamental para o sucesso desse período. O Ministério da Saúde e a Organização Mundial de Saúde, além da Sociedade Brasileira de Pediatria, recomendam que a amamentação seja feita até a criança completar 2 anos ou mais. Sendo que os primeiros seis meses devem ser de aleitamento exclusivo, até 1 ano de idade o leite materno ser o principal alimento durante a introdução alimentar e após o primeiro ano de vida, como algo complementar. A amamentação também é recomendada em livre demanda, o que significa que a mãe deve oferecer o seio toda vez que o bebê solicitar. Estudos apontam que o vínculo da amamentação vai além da nutrição. Serve também como aconchego, porto seguro e até mesmo analgésico para o bebê em momentos de dor, podendo também regular o sono por liberar melatonina (o "hormônio do sono") durante a madrugada.

Para alcançar sucesso nesse tópico, a mãe precisa conseguir se alimentar corretamente - amamentação consome pelo menos 300 kcal por dia do corpo materno -, dormir bem, descansar e ter uma boa hidratação. Como fazer isso cuidando exclusivamente e sozinha de um bebê 24 horas por dia, incluindo madrugadas? Com a rede de apoio. A rede de apoio pode auxiliar essa mulher a se alimentar, a descansar durante o dia quando o bebê não estiver mamando, a encontrar outras formas de acalentar a criança quando ela precisar dormir e incentivar a continuação do aleitamento materno, já que pode ser um período fisicamente desgastante para a mulher, mas essencial para a saúde da criança.

O bebê cresceu. Como ajudar?

À medida que o bebê cresce, muitos cuidadores auxiliares acreditam que pai e mãe não precisam de uma ajuda mais presente porque a criança não necessita mais do contato exclusivo o dia inteiro. Não é mais um bebê de colo, mama menos, agora engatinha, anda pela casa ou até mesmo vai para a escola. Acontece que é com o crescimento do filho que o casal, mas principalmente a mãe, começa a buscar o reencontro da personalidade que foi deixada de lado antes do bebê nascer.

É comum uma dedicação total e exclusiva ao filho, principalmente da mulher lactente, nos primeiros dois anos de vida. A mulher fica imersa na famosa "bolha do bebê", quando os cuidados são excessivos, a temática restrita e ela é extremamente solicitada. Após os 2 anos, o bebê passa a ser classificado oficialmente como uma criança e é nesse período em que vemos claramente sua transformação para se tornar um ser mais independente e menos parecido com aquele recém-nascido que precisava de tantos cuidados. É nessa hora que a mãe começa a se redescobrir como mulher, o casal passa a reencontrar a necessidade de momentos a sós e que a presença de uma rede de apoio parece algo tão crucial.

É quando está se transformando em uma criança que o bebê começa a fortalecer vínculos familiares. Ele aprende as primeiras palavras, realiza as primeiras conversas e identifica a figura dos avós e tios mais presentes. Para fortalecer esse vínculo, é essencial que a família solidifique o seu papel de aldeia dos pais. Esteja presente nos cuidados primários da criança - trocar fralda, alimentar, ensinar a usar o banheiro, dar banhos, carinho etc. e seja identificada pelo casal como um porto seguro de confiança para ser responsável por seu filho. Com isso, o pai e a mãe conseguem reencontrar seu espaço na sociedade e no casamento, com momentos para lazer, relaxamento e oportunidades para vivenciar experiências a dois ou individuais que a vida em família pode dificultar. É importante conceder essa oportunidade para que, principalmente a mãe, aproveite sem culpa e se distancie um pouco das atribulações da rotina materna. Com momentos individuais, os pais podem voltar mais fortalecidos para cuidar dos filhos e os filhos mais próximos do restante da família e certos de sua independência como pessoas em formação.

Como separar ajuda de intromissão?

É nesse momento também que a conversa sobre limites se põe a prova e a rede de apoio justifica sua escolha para esse papel, apoiando os pais em sua forma de criação, mantendo os ensinamentos e não extrapolando limites. É com o respeito aos pedidos dos pais que o vínculo da criança com a rede de apoio se fortalece e a relação dos pais com esses familiares e amigos se torna mais efetiva.

Com o crescimento da liberdade na criação da criança, é importante definir bem os papéis para que o relacionamento não seja desgastado. Seja a rede de apoio composta por familiares ou não, é preciso entender que o papel de delimitar o modo de criação, os ensinamentos e proibir ou liberar coisas cabe aos pais. Qualquer ação que fuja daquilo que foi previamente combinado ou que possa soar como julgamento na forma que pai e mãe encontraram para criar seus filhos pode desestabilizar a relação de confiança conquistada para que a rede de apoio assuma seu papel.

Vale reforçar que o apoio não precisa ser realizado apenas por familiares. Com expectativas de vida altas, globalização e modernização da vida, muitos avós trabalham fora ainda na chegada dos netos e tios não conseguem ser tão presentes quanto gostariam. Além de pais poderem ter conquistado sua vida profissional fora da cidade natal. Mesmo assim, é importante para o equilíbrio dessa família em formação que se consiga estabelecer uma rede de apoio de alguma forma. Existem grupos de pais e mães que se auxiliam nesses cuidados (em escolas ou condomínios) ou até mesmo cuidadores profissionais que possam estabelecer essa relação de confiança de forma paga com a família e cumprir o papel de rede de apoio. O importante é conseguir esse auxílio, buscar referências e não deixar que as dificuldades acomodem a necessidade dessa vivência.

Em meio a uma sociedade tão atribulada com afazeres diários, conectada virtualmente, mas distante no dia a dia, é importante cada vez mais reforçar a necessidade de se construir uma aldeia para criar uma criança. A criança é fruto de toda a sociedade, é peça fundamental para o futuro de nossa geração e quanto mais apoio os pais tiverem em seu cuidado, melhor será a sua formação. Lembre aos pais sempre que além de apoio virtual, eles precisam de um apoio físico para cuidar do filho, cuidar deles e vivenciarem uma maternidade e paternidade mais leve e tranquila.

Primeira infância

Capítulo 6

As nossas escolhas podem transformar positivamente a vida dos nossos filhos?

O que queremos para os nossos filhos? Podemos nutrir a mente e as emoções em desenvolvimento dos nossos filhos? A maternidade foi transformando a minha vida e fui percebendo que esse momento da vida é único, um momento para amar, viver e cuidar desse "Começo da Vida" dos nossos filhos, e então sim, pode ser transformador, para eles, para nós e para a sociedade.

Ana Luisa Meirelles

Primeira infância

Ana Luisa Meirelles

Mãe, *coach* de pais e empresária. Apaixonada pela maternidade, vem estudando e se formando na Parentalidade: *Parent Coaching*, Educadora com Respeito e Disciplina Positiva, Com a experiência no mundo corporativo acredita que a vida de mãe é possível também para as mulheres que querem continuar trabalhando, mas precisa de um equilíbrio. Criou a comunidade *Universidade de Pais*, selecionando bons profissionais e conteúdos para tornar a vida em família mais gostosa e conectada, para que você possa se formar e se informar. Seu propósito é ajudar os pais a criarem famílias conectadas. Mãe da Luana e do Eduardo e esposa do Felix. Atleta competitiva do Enduro Equestre no Brasil e exterior por 10 anos, formada em Administração e *Marketing* - ESPM e pós-graduada em *Ebusiness* -UFRJ, sócia-fundadora da Agência Digital Castwork.

Contatos
www.universidadedepais.com.br
anameirelles@universidadedepais.com.br
Instagram: @UniversidadedePais
(11) 98175-1158

Ana Luisa Meirelles

> "Será que cuidamos bem dos primeiros anos de vida? Entendemos como investir no presente é capaz de definir – e mudar – o futuro da humanidade?"
> (Estela Renner)

Eu estava no ritmo do mundo corporativo e da vida de empresária. Desde muito cedo fiz estágio, trabalhei, nunca parei, também competi em provas de Enduro a Cavalo representando o Brasil internacionalmente, gerenciando patrocínios e mídia, fundei minha empresa aos 27 anos, a agência Digital... e a vida foi seguindo...

Casei-me aos 34 anos e a maternidade chegou. A gestação é um período de transformações e quando você tem seu filho nos braços, nada explica essa sensação, essa explosão de emoções e responsabilidade, sonhos e expectativas, aí a vida começa. É o começo da vida do seu filho.

E esse "Começo da Vida" é a fase mais importante para o desenvolvimento dele em toda a sua amplitude, e se você mudar o começo da vida, você pode mudar uma história.

O filme documentário *O começo da vida* traz a maravilha e a importância desse começo e convida todo mundo a refletir: será que cuidamos bem dos primeiros anos de vida? Entendemos como investir no presente é capaz de definir – e mudar – o futuro da humanidade?

O começo da vida da criança, da gestação aos 7 anos, é o momento de mais conexões neurais e de aprendizado da criança, uma fase onde o mais importante é o amor, o afeto, a troca, o cuidar. Ao garantirmos esse apoio amoroso, abastecemos o aprendizado socioemocional dessa criança que irá permear por toda a sua vida, suas descobertas, frustrações e realizações.

Proporcionar um ambiente com amor e segurança para as crianças nessa fase é o maior investimento que se pode fazer na humanidade.

Mesmo em formação, na gestação, o feto tem um senso de percepção de ser, de existir e de ver o mundo. Os primeiros anos de vida são como estruturar a base da casa, onde todo o restante irá se desenvolver depois. Ela aprende muito mais que em qualquer fase da vida, o desenvolvimento crítico cerebral e das relações da criança com a sociedade.

Não subestime a quantidade da atividade cerebral de um bebê. Deixe seu filho sonhar, pela luz, pela imagem, o som, banho... Abrace-o, sinta-o, deixe-o se conectar com a natureza, com o mundo...

Primeira infância

Você acha que crianças não prestam atenção? Na verdade, elas não param de prestar atenção, percebem tudo. A criança traz muito dentro dela, também para te mostrar e para te ensinar. Eles têm um senso de percepção e de admiração maravilhoso. As crianças vivem fazendo experiências, e nós adultos ficamos entediados, mas é interessante perceber e você se lembrar como foi para você quando era criança.

E eles erram muito, vivem tentando, e precisamos ajudá-los a persistir, a manter uma autoestima elevada, para continuarem tentando, e então eles se dispõem a continuar explorando, errando. Frustrar-se e persistir em continuar tentando e conquistando, desenvolve paciência. Afinal, qualquer coisa que é muito fácil, não tem graça, e o que é difícil demais, pode ser desmotivante – um balanço entre os dois é essencial. E assim vão se desenvolvendo os 5 sentidos e inclusive o desenvolvimento socioemocional. Muita experiência de conversa, construção de relacionamento, discernimento social, brincadeiras, imaginação.

Acredite, você é a coisa mais importante que seu filho tem, o maior carinho que você pode oferecer é a segurança que você dá. Palavras, amor, brincadeiras são a conexão que você constrói entre você e seu filho. Isso vai fazer toda a diferença do mundo, isso sedimenta o caminho para a escola, para a vida. Pode ser exaustivo e trabalhoso - é o maior trabalho do mundo - a verdade é que você mesmo que tem o poder de colocar o seu filho nessa trajetória, para toda a vida dele. Quanto mais você investir nessa fase, mais terá como retorno.

Tem uma fala indígena que diz: "Os velhos são os donos da história, os adultos são os donos da aldeia, a criança é a dona do mundo".

A infância não deve ser só responsabilidade dos pais, para criar uma criança precisamos de uma vila. Não basta a mãe, o pai, a família, toda essa rede é muito importante nas trocas e experiências dessa criança.

Como pensar em um futuro de esperanças se o começo da vida não é levado em conta? A Humanidade pede que as crianças possam ser ouvidas, sejam livres para encontrar seu próprio desejo. Precisamos pensar em um futuro mais humano, onde acreditamos que o homem, a sociedade pode fazer a diferença. E as nossas crianças fazem parte desse mundo mais humano?

Vivemos em uma sociedade onde a referência da educação nos mostra que para educar é preciso usar a punição, o autoritarismo ou a permissividade. Será que isso ainda faz sentido? As relações humanas mudaram, as empresas não vivem mais uma hierarquia vertical, hoje todos são ouvidos, podem e devem trazer a sua opinião, as inovações e experiências são estimuladas, os erros são considerados oportunidades de aprendizado, ou seja, o respeito impera, e a sociedade prospera! Até rimou!

Não estou dizendo que não recebemos amor de nossos pais, tenho certeza que nossos pais, avós fizeram o melhor deles, e hoje, com outros conhecimentos e estudos, acredito que podemos olhar diferente.

Ana Luisa Meirelles

As relações nas famílias também mudaram entre marido e esposa, será que a relação com os filhos ainda deve seguir nessa linha da punição? Corrigir comportamento ou ensinar habilidades? Parece que ficamos sempre atentos para corrigir o que o filho está fazendo? Como vamos criar aqueles seres humanos criativos, cooperativos que vão interagir e prosperar na sociedade do futuro?

Estudos comprovam que é possível conquistar uma educação positiva e criar relações duradouras e que a punição ou a permissividade podem gerar consequências enormes quando a base é o medo ou o descaso.

Fiquei maravilhada quando conheci o trabalho da Mariana Lacerda, criadora do curso online "Educar com Respeito". Foi um oásis de conhecimento e experiências que soavam como música aos meus ouvidos, uma forma firme e respeitosa de lidar com as crianças, e isso foi transformando a minha forma de me perceber e de me relacionar como pessoa, como profissional, como mãe. Tudo fez mais sentido para mim. "Educar com Respeito" é baseado em abordagens da antroposofia, pedagogia Waldorf, Reggio Emilia, Emmi Pikler, Montessori, integração sensorial e disciplina positiva.

Educar com Respeito é um caminho para relações de mais conexões, relações mais profundas que nos levam para movimentos de mais equilíbrio, de mais amor, tanto com nossos companheiros como com nossas crianças. Não significa ser perfeito, significa ser humano, tentar fazer o seu melhor, e terão dias que serão exaustivos, que será difícil, mas o importante é seguir, um dia de cada vez. Para cada erro ou arrependimento, será uma oportunidade de aprendizado, e você vai precisar de um tempo para você, reequilibrar-se. E você vai passar a perceber que o que muda não são os desafios, é a forma como você enxerga, como você lida com os desafios, e a forma de se relacionar com as crianças com essa perspectiva.

Educar com respeito não significa serem pais perfeitos e nem terem filhos perfeitos, teremos desafios que vão nos ensinar muito, nos fazer evoluir e amadurecer. Para se conectar com a criança que você convive com respeito, baseie-se nos seguintes pilares:

- **Respeito**
- **Empatia**
- **Vínculo**
- **Autonomia e liberdade**
- **Autoconsciência**
- **Amor incondicional**

Respeito pela conquista, não pelo medo. Um adulto que respeita a criança, enxerga as suas capacidades de fazer escolhas, de se colocar como um ser que tem muito a acrescentar na sua vida. A relação de respeito entre o adulto e a criança deve ser um caminho de mão dupla, assim como queremos o respeito da criança, precisamos dar esse respeito. Construir uma relação onde os filhos não sintam medo, mas na verdade que se sintam respeitadas, com carinho e afeto.

Abrir mão do controle é um passo importante para lidar com o outro com respeito. Quando queremos controlar, abrimos mão do respeito e agimos a qualquer custo.

Temos o desejo de nos sentirmos aceitos, amados e importantes - respeitar a criança é também respeitar essa necessidade da criança.

O que está por trás de um comportamento para chamar a atenção dos pais? Será que devido à correria do dia a dia a criança está pedindo atenção, um carinho? Olhe outra vez – não reagir, ter um autocontrole, entender qual é a mensagem, o que ela está tentando dizer e não está conseguindo dizer, qual é a necessidade por trás desse comportamento?

O caminho para descobrir e entender o que a criança precisa, é ficar atento às emoções dela, aos comportamentos, colocar-se no lugar dela. Ela pode até ter um comportamento desafiador, mas tem que entender que é aceita, é amada, é importante, que pode ser quem ela é. O que ela não pode é ter um comportamento desrespeitoso com o outro. Oferecer a clareza sobre isso, para que ela não vá somando crenças sobre não ser aceita, amada ou importante.

Permitir que a criança seja quem ela é. Ser quem ela é, é diferente de fazer o que ela quer.

Empatia não é se colocar no lugar do outro com a sua visão, com seus valores, a empatia é sentir como o outro - coloca os óculos do outro com os olhos do outro. Se agimos com a perspectiva de adulto, aquilo não faz sentido para nós. Não tire conclusões antecipadas: "... ah, essa criança é muito manhosa...". Peraí, para lidar com a criança de forma respeitosa, precisamos sair da nossa perspectiva e ir para a perspectiva da criança.

Têm pesquisas interessantes. O documentário *The altruism revolution* demonstra como uma criança de 1 ano e meio já é capaz de perceber isso e viram que as crianças conseguem ter empatia a partir dos 3 meses. E nós aqui, adultos, batalhando para exercer a empatia. O que aconteceu conosco?!

Pense: hoje eu já saí da minha perspectiva e fui para a perspectiva da criança?

É muito importante para a nossa relação com a criança, isso gera conexão, vínculo, afeto, respeito, gera senso de pertencimento.

Vínculo é ligação, uma construção diária. O que posso fazer diariamente para manter esse vínculo? Quando mantemos a criança conectada, esse mesmo carinho que desejo para mim, eu desejo para ela.

E quando estamos vinculados, temos essa fusão e conseguimos sentir essa empatia. É estar presente em corpo e mente. Para nós, adultos, é como um exercício de *mindfulness*.

Autonomia e liberdade - autonomia é ter a liberdade de experimentar, tentar e errar. Quando a criança se sente respeitada no papel de descobrir algo, ela constrói uma base forte de autonomia para si. Liberdade de fazer com impulso o que muitas vezes a impedimos de experimentar. Oferecer a liberdade de ser quem ela é e saber que alguns comportamentos não são adequados, mas que para ela são maravilhosos. Precisamos ensinar isso para as crianças saberem que têm liberdade.

Autoconsciência é estar conectado consigo mesmo, saber o que você está sentindo, um processo intenso de observação. Isso ajuda a não colocar nas crianças responsabilidades de cuidar e lidar com as nossas emoções. E temos que lembrar que nós somos o adulto, eu sou responsável por lidar com os meus sentimentos.

Amor incondicional é você se aceitar, ter compaixão por si mesmo, aceitar ser imperfeito e também aceitar o seu filho. Todos os dias deixe claro para o seu filho que você o ama, você o aceita, pode ser frágil, forte, imperfeito, é completo, não precisa fazer algo gigantesco para ser melhor, ele já é suficientemente bom. Vem da sua autoaceitação, autocompaixão, de se sentir completo, suficientemente bom, ver o erro como uma oportunidade de aprendizado, de crescimento, e a criança vê isso, e ela vai ter a oportunidade de fazer diferente.

Pense:

- Como é a família que você imagina daqui a 10 anos?
- O que você deseja para os seus filhos?
- Que tipo de mãe ou pai você quer ser?
- Quais os rituais você quer ter com a sua família?
- Quais memórias você quer que seus filhos tenham?
- Qual é o meu propósito com a criança?
- A criança é um outro ser, talvez terá outras expectativas, outros valores?

Estudamos, formamo-nos, fazemos especializações e nos preparamos para ser pais? O papel mais importante da nossa vida?

O desafio de equilibrar a parentalidade com a vida profissional é enorme. Se possível, se dê esse tempo de alguma forma ou mesmo uma alguns assuntos. Não é fácil, mas é muito gratificante, isso me deu uma satisfação enorme por poder ter me dedicado ao começo da vida dos meus filhos e manter as minhas conquistas e desafios, e continuar sempre aprendendo. Ache o seu equilíbrio.

> "Comece fazendo o que é necessário, depois o que é possível, e de repente você estará fazendo o impossível."
> (São Francisco de Assis)

Referências

ALEXANDER, Jessica; SANDHALL, Iben. *Crianças dinamarquesas*. São Paulo: Editora Schwarcz, 2017.
LACERDA, Mariana. *Educar com respeito*. 2018. Curso online.
NELSEN, Jane. *Disciplina positiva*. São Paulo: Editora Manole, 2015.
O começo da vida. Roteiro e direção: Estela Renner. São Paulo: Maria Farinha Filmes, 2016.
SIEGEL, D.; BRYSON, T. *O cérebro da criança*. São Paulo: nVersos, 2018.
The altruism revolution. Direção: Thierry Lestrade e Sylvie Gilman. Paris: Via Decouvertes Production, 2015.

Primeira infância

Capítulo 7

Maternidade ideal *versus* possível no século XXI

A maternidade nos traz diversos aprendizados, alguns maravilhosos, outros nem tanto, e viver o dia a dia dela pode ser muito desafiador, apesar de trazer uma sensação de propósito de vida. Quando nos tornamos mãe, nosso mundo se transforma, surgem inseguranças, medos, angústias, alegrias, motivações, razões diárias para querer um mundo diferente. E é justamente sobre esta ambiguidade que falaremos aqui.

Ana Paula Majcher

Primeira infância

Ana Paula Majcher

Mãe do Pietro e da Laura; Psicóloga desde 2011; idealizadora do *Gestando e Aprendendo*, projeto criado nas redes sociais com o objetivo de levar um maternar mais leve, alegre e tranquilo para as famílias. Iniciou sua carreira com atendimento infantil, e em 2015 decidiu que seguiria no nicho da parentalidade, trabalhando desde então, com adultos - tanto os que já são pais, como aqueles que estão se preparando para isso. É parceira do psico.club, plataforma exclusiva para psicólogos, onde produz conteúdos sobre Psicologia e maternagem. Atua na área clínica em Itajaí/SC, além de realizar atendimentos *online* – para psicoterapia ou mesmo aconselhamento psicológico, além de realizar consultorias, palestras, *workshops*, rodas de conversa e grupos de apoio materno. É extremamente apaixonada pelo universo da parentalidade e transformou suas próprias vivências em combustível para o seu trabalho.

Contatos
www.gestandoeaprendendo.com
gestandoeaprendendo@gmail.com
Instagram: @gestandoeaprendendo

Ana Paula Majcher

A história acontece mais ou menos assim: você descobre que está grávida e imediatamente é tomada por um turbilhão de sentimentos, questionamentos, inseguranças, medos, planos. Começa a imaginar mil coisas, pensar no futuro distante e naquele não tão distante assim. Pensa em como vai dar a notícia aos familiares e amigos, em quando a barriga vai começar a crescer, como serão as primeiras consultas, exames, ultrassons. E de repente o seu mundo se transforma, você só vê bebês e gestantes em todo lugar, sua rotina é dormir e acordar pensando neste ser que está dentro de você, o qual você nem conhece ainda, mas já mudou a sua vida de uma forma indescritível!

Você faz o primeiro ultrassom e não consegue acreditar como que aquela "bolinha" tão pequena, dentro de um saco gestacional minúsculo, pode causar uma alteração hormonal gigantesca! As semanas vão passando, sua barriga crescendo, e a cada ultrassom e consulta a ficha começa a cair, você será mãe, e este bebê, que logo saberá se é menino ou menina, passa a se tornar cada vez mais "real".

Com o passar do tempo, além das mudanças hormonais e alterações corporais, inicia-se aquela fase onde sentimos os primeiros movimentos e chutes do bebê, e poucas semanas depois, os outros também já podem sentir. A essa altura, provavelmente já sabemos o nome e possivelmente recebemos muitos mimos e presentes para o bebê, então começamos a preparar e adaptar nossa casa para a chegada deste filho.

Surgem, então, os dilemas: escolher se quer fazer cesárea, parto normal ou mesmo deixar abertas as duas possibilidades. E obviamente, para isto, ir em busca de um hospital e maternidade adequado para a sua demanda, além de ter que encontrar um obstetra que te acolha de braços abertos, indiferente da escolha de parto que você faça – não necessariamente nesta ordem.

A gestação vai chegando ao fim, é hora de preparar os últimos detalhes do enxoval, correr atrás de chá de bebê/fraldas, curtir seus momentos antes do nascimento, montar o quarto. A barriga está grande e com ela vem muitas limitações, desconfortos, readaptações, afinal, coisas simples, como amarrar os sapatos, podem se tornar bem complicadas diante daquele barrigão. O sono já não é mais o mesmo, algumas dores passam a nos incomodar com maior frequência e a sensibilidade está à flor da pele. A ansiedade começa a bater na porta, e você não vê a hora

Primeira infância

de finalmente poder pegar seu filho nos braços, aquele momento lindo que assistimos em filmes e comerciais, tão sonhado e desejado durante todo esse processo da gestação.

Chega, então, o grande dia, e você está super feliz, sentindo-se a mulher mais sensacional do mundo, pois em breve vai conhecer o grande amor da sua vida e dará tudo certo porque você realmente se preparou muito para tudo isso, leu vários livros, devorou sites e pesquisas na internet, onde havia vários manuais que certamente te ajudariam muito para ser a mãe que você tanto sonhou!

Mas de repente, algo acontece, e você percebe que aquele parto lindo idealizado talvez não aconteça exatamente como planejou, que a amamentação não fluiu como você tanto leu e se preparou; ou sim, e tudo ocorre bem da maneira que deveria ser, no seu mundo encantado. E após o nascimento, você percebe que a maternidade é linda, encantadora, apaixonante, desafiadora, mas muito assustadora e desesperadora em alguns momentos. Tudo aquilo que você estudou e planejou com tantos detalhes por algum motivo a frustrou e aconteceu completamente diferente do desejado.

E então surgem situações às quais você sequer imaginou que passaria e começa a se perguntar: "Como eu posso estar sentindo tudo isso, e passando por essas dificuldades se eu me preparei tanto? Eu preparei o enxoval, estudei, fiz cursos de gestantes, li artigos, assisti diversos vídeos, sabia tudo sobre amamentação, o sono do bebê recém-nascido, os primeiros 100 dias do bebê...". Então, o que pode ter dado errado?

Estamos falando de uma história, partindo do princípio de que durante a gestação praticamente tudo ocorreu da forma "perfeita" ou "ideal" até o momento do parto, ou logo após. Mas aí vem a realidade, o dia a dia, os desafios, a parte não tão romântica e linda da maternidade, o tal puerpério, e nos traz sensações e sentimentos até então não experimentados, e junto com isso tudo, vem o medo, a insegurança, a culpa, porque na teoria você sabia de tudo, mas na prática as coisas parecem um pouco diferentes e bem mais assustadoras, é como se ninguém tivesse a alertado de nada disso antes, ou se ouviu algo sobre, talvez você nem deu muita atenção ou pensou que havia um certo exagero.

Surgem, então, novos pensamentos: "Como faço para lidar com isso?", "Cadê aquela maternidade linda e maravilhosa que a amiga postou nas redes sociais?", "E essa barriga aqui que continua do tamanho de quando eu estava com seis meses de gestação", "Se eu falar isso pra alguém será que serei julgada?", "Podemos falar desse lado nem tão mágico e encantador assim?".

Sentimo-nos perdidas, sem apoio e sem saber para onde correr. Aquele mesmo bebê que nos faz sentir a mulher mais especial do mundo, que transforma a nossa maneira de ver a vida, também nos proporciona momentos dificílimos, desagradáveis, desanimadores, de dor, sofrimentos e angústias. E nem por isso a maternidade deixa de ser maravilhosa. Apenas passamos a aceitar suas duas faces, suas dores e delícias – nem sempre com tanta facilidade, não é mesmo?

E é neste ponto que queria chegar. Preparamo-nos tanto para algumas coisas e tão pouco para as mudanças e desafios que teremos após o nascimento do bebê. Criamos expectativas, sonhos, idealizamos muitos momentos que infelizmente acabam não acontecendo ou ocorrem de forma muito diferente do que pensávamos que seria. Sim, isso gera frustração, assusta-nos, faz com que tenhamos que lidar com coisas jamais imaginadas, antes, quando aquele bebê ainda estava no plano do "bebê ideal".

Aliás, como psicóloga e mãe de dois, sinto-me no dever de esclarecer uma coisa. Sabe aquela criança idealizada, que tanto sonhamos e imaginamos antes de nascer? Desculpe a desapontar, mas ela nunca existirá. Estava apenas nos seus planos, no seu imaginário, mas não é exatamente assim que ela se torna quando nasce – nem quando cresce. A boa notícia é que você não é a única a passar por isso, acontece com todas nós, você não é um extraterrestre por isso.

Os filhos não vieram ao mundo para realizar os nossos desejos e sonhos, nem para ser quem e como gostaríamos que fossem. E acredite, eles vão errar – muito – e você terá que repetir mil vezes as mesmas coisas, afinal, criança pequena aprende por repetição, vai ser cansativo e desgastante. Muito mais que isso, crianças aprendem com o exemplo, portanto, quer que seu filho respeite e seja educado, trate os outros bem, com educação e respeito, ensine valores aos seus filhos, pois estes ele vai carregar para o resto da vida.

E sabe o que mais? É exatamente por estas questões que do meu ponto de vista, temos o dever de falar sobre esse lado, de informar e alertar outras mães, para que quando passarem por isso, saibam que não estão sós e que como tudo na maternidade, são fases, umas melhores, outras piores, mas todas passam. O simples fato de falar sobre isso faz com que muitas mulheres se sintam acolhidas e respeitadas, elas se identificam e por vezes sentem isso como sendo um apoio.

Não acredito que devemos romantizar nem demonizar a maternidade, afinal, cada mãe tem sua própria forma de maternar, encara e passa pelas situações de formas diferentes. No entanto, quanto mais pudermos contribuir com isso, melhor. Por isso, apoie, acolha o sofrimento alheio, seja empática, não julgue, colabore, seja gentil, principal e especialmente com aquelas mães que pensam e agem diferente de você! Afinal, empatia e respeito com quem pensa como nós, é fácil, difícil mesmo é se despir dos próprios conceitos de certo e errado, julgamentos e críticas.

Se tem algo que sentimos, é medo de errar na educação de nossos filhos ou no nosso maternar. A culpa que vem seguida de um "erro" geralmente é muito intensa. Mas lembre-se: nós não vamos conseguir acertar sempre, vez ou outra – ou vez e sempre – vamos fazer diferente do que gostaríamos, e tudo bem por isso. Se você, por algum motivo, se identificou com as questões e situações mencionadas até aqui, vou lhe dar sete dicas para levar o seu maternar de forma mais leve, alegre e tranquila.

1. Pare de buscar a perfeição

Essa maternidade perfeita e idealizada só existe nos comerciais. A perfeição é uma utopia, aliás, nem combina com ser humano, todos nós em algum momento vamos errar e não vai ser pouco. Ao invés de focar no erro e ficar se culpando e se desgastando, tente olhar para ele como uma oportunidade de melhorar algo!

2. Evite comparações entre as formas de maternar

Muitas vezes, no anseio de se identificar com alguém que esteja passando pelas mesmas questões, as mães fazem comparação com outras e facilmente se frustram. Cada criança é única e não existe apenas um jeito de maternar, inclusive, nós somos mães diferentes com cada um dos filhos. Acredite, não é questão de certo ou errado, mas sim de "funciona" ou "não funciona" para mim.

3. Cuidado com as redes sociais

Redes sociais são grandes motivadoras de sentimento de "não sou deste mundo" dentro da maternidade, pois dá a impressão que quase todos estão vivenciando uma maternidade perfeita e florida e que só nós enfrentamos os lados difíceis e desafiadores deste universo. Mas o que realmente acontece é que muitas pessoas não têm coragem de falar do lado B da maternidade pelo simples fato de não querer ser julgada, por isso, não se iluda com a realidade tão perfeita dos outros.

4. Não assuma todas as responsabilidades sozinha

Em muitos casos a mãe acredita que só ela sabe fazer bem feito e acaba sobrecarregada e extremamente desgastada, perdendo a oportunidade de dividir as tarefas com o pai ou quem quer que possa auxiliar. Aqui me referi ao pai, mas pode ser qualquer pessoa que assuma este papel, muitas vezes uma avó, outro familiar, uma amiga, enfim. Cuidar de uma criança fica muito mais leve quando dividimos responsabilidades.

5. Lembre-se de cuidar da mulher que existe por trás daquela mãe

Quando nos tornamos mães, é muito comum mergulhar neste universo e acabar se deixando para trás. Depois de um tempo, percebemos que já nem sabemos mais ao certo quem somos ou o que gostamos de fazer. As roupas de antes parecem não fazer mais sentido, a rotina muda, a visão de mundo muda. E tudo bem, isso faz parte, mas é muito importante que a mãe se cuide, tenha um tempinho para fazer o que gosta, como sair com amigas, ter momentos de lazer só para ela ou mesmo cuidar da aparência (se isso fizer sentido a ela, lógico). Encontre algo para fazer por você e inclua isso na sua rotina.

6. Cuide da sua saúde física e emocional

Se a mãe quer que os filhos fiquem bem, é preciso que ela também fique bem. Mas repare: estar bem não significa se sentir bem, feliz e plena o tempo todo, estamos falando de uma vida possível, certo? Por isso, é importante lembrar de ter uma alimentação equilibrada, ter contato com a natureza, fazer coisas que te façam sentir bem e não ignorar as emoções. É fundamental ter uma boa rede de apoio que possa auxiliar e se permitir dar um tempo, de vez em quando, para cuidar da saúde. Tudo bem, sabemos que nem sempre conseguimos ter um "estilo de vida saudável", mas quanto mais tivermos, melhor vamos ficar, por isso, cuide-se.

7. Não acredite em verdades absolutas

Este é um ponto delicado e que gera muito conflito entre mães. Muitas vezes elas acabam tendo algumas verdades particulares e levam isso "a ferro e fogo". No entanto, falando em maternidade, estamos falando de seres humanos, e nenhum é igual ao outro. Por isso, é fundamental abrir a mente e lembrar que as verdades podem se tornar inverdades no dia seguinte. A dica é viver um dia de cada vez, não criar expectativas e não levar tudo de forma radical.

Minha sugestão final para você que é mãe: esqueça as "fórmulas mágicas" para resolver as dificuldades que você tiver. A maternidade não precisa ser tão pesada e solitária! Viva com mais leveza e não se cobre nem se culpe tanto. Lembre-se do quanto as coisas podem ser melhores se você buscar ajuda e passar pelos seus desafios junto a outras pessoas, você é um ser humano comum como qualquer outro e não precisa e nem deve dar conta de tudo sozinha.

Primeira infância

Capítulo 8

Um novo olhar para as relações com cuidadores

Aqui você encontrará importantes reflexões sobre a relação entre famílias e cuidadores infantis. São inúmeros desafios ao delegar parte dos cuidados e desenvolvimento de seus filhos a outra pessoa. O objetivo deste capítulo é trazer segurança às famílias e empoderá-las para que possam conduzir com responsabilidade o direcionamento dos cuidados infantis, mantendo relações harmoniosas e efetivas.

Camilla Sabbag

Primeira infância

Camilla Sabbag

Graduada em Administração de Empresas, Pós graduada em Gestão Estratégica de Pessoas pela FEA-USP, vasta experiência em Treinamento e Desenvolvimento de Pessoas em empresa do setor bancário. Fundadora da Babaterna Educação, empresa de Desenvolvimento e Acompanhamento de Cuidadores Infantis, assim como Orientação e Assessoria às famílias. Mãe do Gabriel e da Bella, grandes inspiradores nesta linda jornada. Apaixonada pelo mundo materno infantil e preocupada com os cuidados na primeira infância e relações decorrentes do maternar, se especializou em filosofias e metodologias nesta área: Educadora Parental pela Positive Discipline Association, Teoria do Apego pelo Instituto Aripe, Inteligência Emocional Escola Conquer, Método Donamãe treinamento de babás, Primeiros Socorros e Prevenção de Acidentes, Planejamento Brincante, Sexualidade Infantil e Prevenção ao Abuso, entre outros.

Contatos
www.babaterna.com.br
contato@babaterna.com.br
Instagram: @babaternaeducacao
Facebook: babaternaeducacao
(11) 99320-9156

Desenvolver e cuidar de crianças na era em que vivemos pode ser considerado um dos maiores desafios da atualidade. É na primeira infância que se constrói o alicerce do humano, a base onde serão fixadas todas as estruturas para a vida.

Essa grande responsabilidade muitas vezes é desconhecida e pouco explorada nos dias de hoje. Trago aqui questões básicas comprovadas: o cérebro do bebê se desenvolve através dos relacionamentos iniciais e respostas dos cuidadores (mãe, pai ou outra pessoa que se ocupa integralmente do bebê), daí a importância, neste processo, de formação da criança, em proporcionar relações de qualidade baseadas tanto na atenção às necessidades do corpo e organismo como na construção de vínculos afetivos consistentes.

Mas não para por aí. Em complemento a isso, temos mais um desafio para as famílias: delegar os cuidados e parte do desenvolvimento a outro cuidador, seja ele um familiar, babá ou escola/creche.

Ao longo deste período encontrando famílias e babás, investiguei a fundo as principais dificuldades nestas relações, as quais trago em seguida.

Ei mamãe, você não precisa dar conta de tudo

Quando nos tornamos mães, sentimo-nos responsáveis e empoderadas a resolver todas as questões que envolvem nossos filhos. Queremos dar conta dos cuidados e educação e de todo o resto que sempre existiu: casa, trabalho, marido, estudos e equilíbrio pessoal. Com isso, vemos muitas mães sobrecarregadas e esgotadas física e emocionalmente. Algumas conseguem perceber este esgotamento, mas receiam confiar em outras pessoas para esta tarefa e passam a viver a maior parte do tempo controlando e vigiando a conduta do cuidador escolhido.

Neste contexto, delegar tarefas pode ser desafiador. Meu primeiro convite à reflexão está ligado à verdadeira necessidade de ter um cuidador infantil.

Antes de mais nada, gostaria que você se fizesse uma pergunta: qual é o real motivo que te leva a contratar uma pessoa para cuidar do seu filho(a)? Talvez a pergunta adequada seria: quais são suas possibilidades de escolha? Veja, independente do motivo, se você realmente não tem opção, inevitavelmente terá que delegar os cuidados a outra pessoa e, para que isso seja realizado com tranquilidade e segurança, o primeiro passo é se livrar da culpa e aceitar que precisa de ajuda.

Temos a tendência a achar que precisamos dar conta de tudo, que é somente nossa responsabilidade, afinal, o nome "mãe" por si só já carrega um fardo enorme, e se somado às cobranças inadequadas da sociedade de que não podemos errar, temos um triste cenário de mães em busca da perfeição, pois acreditam que não são boas o suficiente.

A única certeza que tenho é de que a maternidade não nos transforma em seres perfeitos, e enquanto não aceitarmos a imperfeição como parte deste processo, não conseguiremos lidar com todas as ramificações deste maternar.

Como disse Elisama Santos, em seu livro *Educação não violenta*: "Brigar consigo mesmo é uma batalha sem vencedores, inútil e dolorida. Acolher-se e perceber qual a sua forma de estar nesse mundo é o que pode tornar os seus dias mais leves e fluidos" (SANTOS, 2019, p. 166).

Livrar-se da culpa de ter que deixar seu filho com outros cuidadores é essencial para o fortalecimento do seu eu interior e consequentemente para a construção de relações saudáveis com os cuidadores.

A importância do planejamento materno

> "Se você não sabe para onde ir, qualquer caminho serve."
> (Lewis Carroll, em *Alice no país das maravilhas*)

Tão importante quanto a aceitação é a definição clara de todos os valores que envolvem este maternar. Ainda na gestação, começamos a reunir ideias, ouvir conselhos, observar mais atentamente as mães mais próximas e suas condutas, estudar filosofias e métodos e assim vamos construindo uma vaga noção de como queremos conduzir os temas que envolvem os cuidados e educação do novo integrante.

Somente após o nascimento e primeiras experiências com o bebê é que começamos a realmente ter clareza de como tudo funcionará. As decisões envolvem processos que vão do simples ao complexo: amamentação com horários fixos ou livre demanda? Dar colo ou deixar chorando? Introdução alimentar BLW, participativa ou tradicional? Escola ou babá? Castigos ou disciplina positiva? A lista é infinita e estas definições serão construídas ao longo desta história, e muitas vezes serão testadas e ajustadas, à medida que a experiência tenha sido prazerosa ou desagradável.

Se fizermos uma analogia a uma empresa, percebemos o quanto é essencial que ela tenha valores definidos, além de uma estratégia bem estruturada, para que possa alcançar suas metas e objetivos. Somente após esta definição clara a empresa poderá envolver equipes e delegar os processos.

Em nossos encontros, frequentemente recebo depoimentos de babás que não receberam qualquer direcionamento sobre como conduzir determinadas situações e se veem obrigadas a tomar decisões de acordo com as informações que possuem, assim como suas crenças e experiência de vida.

Voltando para a nossa realidade, quando não temos a definição clara dos nossos valores e estratégias, tendemos a super controlar os processos delegados e acabamos por tirar a autonomia da babá. "A falta de confiança das mães faz a gente se sentir incapaz" – depoimento de uma babá em pleno treinamento.

Com esta clareza será mais fácil iniciar a relação com uma cuidadora. Talvez ou muito provavelmente você tenha que treinar a babá para que ambas tenham mais segurança, e veremos esta questão em seguida. O principal ponto aqui é, uma vez delegados estes processos, confie. Confie na sua decisão e na profissional, precisamos liberar esta carga mental e quando conseguimos confiar e delegar com serenidade, temos muito mais parceria, pois o outro lado sente que pode ter autonomia dentro dos valores e limites existentes.

Não estou dizendo para não acompanhar o trabalho da cuidadora, mas o que eu quero evitar é que você seja a louca da babá eletrônica. Você não conseguirá sustentar esta relação controlando os microprocessos. Se você tira da mão de alguém o que foi designado para ser feito, você está comunicando que não acredita na capacidade desta pessoa de realizar aquele feito ou mesmo de melhorar algo.

Não é feio pedir ajuda, não é feio delegar processos, mas não se esqueça, este é o seu maternar. A seguir mostrarei um caminho para que este acompanhamento seja mais efetivo e ajude a evitar desgastes emocionais.

Fui promovida a gestora, e agora?

Novamente utilizo a analogia com uma empresa em sua dinâmica de trabalho entre gestores e suas equipes.

Você já analisou em algum momento os desafios e responsabilidades de um gestor? Trabalhei durante anos na área de Recursos Humanos e trago aqui algumas informações.

Cuidar das pessoas é tão importante quanto estabelecer metas e estratégias. Exemplifico algumas práticas na gestão de pessoas:

- Comunicar à equipe os desafios, estratégia e valores definidos;
- Direcionar e acompanhar a equipe;
- Conhecer suas necessidades e seus motivadores individuais;
- Avaliar o desempenho individual de acordo com competências e metas definidas;

Primeira infância

- Fornecer *feedback* constante e valorizar as qualidades e habilidades individuais;
- Contribuir com o aprimoramento pessoal e profissional através de treinamentos e outras ações que apoiem o desenvolvimento.

Ufa, acho que é um bom começo para esta reflexão. Agora vamos lá: se você tem uma babá dentro de casa, logo, você tem um papel de gestão, já se deu conta disso?

Nesta analogia, seu filho pode ser considerado a "empresa", e você, como gestora, tem uma enorme responsabilidade de conduzir todas estas frentes para que sua equipe atinja as metas e objetivos definidos e alcance os resultados almejados para esta empresa.

Imagino que esteja pensando: sério que preciso fazer tudo isso? Ora, se um gestor não realiza este papel, certamente seu resultado estará comprometido. Estas ações estão diretamente ligadas ao resultado que você espera, e por isso, deixo contigo esta reflexão.

Lembro que esta relação teve início pelo contrato de trabalho, ou seja, uma relação profissional onde duas partes combinaram entregas e recompensas. Não estou dizendo que você não possa manter uma relação próxima e afetuosa com a babá, inclusive afirmo que respeito e parceria serão essenciais nesta jornada e explorarei esta questão mais à frente.

Vejo um erro muito comum na condução das relações com cuidadoras: na ânsia de manter o clima o mais harmonioso possível, constroem uma relação permissiva e sem abertura para conversas importantes de alinhamento. "Já falei pra não fazer desse jeito e ela continua fazendo", "já repeti várias vezes e o erro persiste", "não tenho coragem de dizer que não gosto quando ela faz determinada coisa". Estas são algumas das muitas questões que recebo frequentemente onde as mães receiam comprometer a relação e gerar desconforto e por fim, acabam tendo que lidar com situações mal resolvidas e stress desnecessário.

A resposta para todas estas questões envolve assumir o seu novo papel de gestão. Em algumas destas situações, as cuidadoras não recebem as informações com clareza, não têm abertura para esclarecimentos, não sabem quais são os principais valores e regras da casa e em muitos casos não recebem *feedback* adequado de como estão conduzindo as questões do dia a dia.

Quando digo que não recebem *feedback* adequado, refiro-me a uma conversa de qualidade. Alguns recados são dados no corredor ou enquanto a babá está dando almoço ou banho na criança, e esta comunicação definitivamente não funciona.

Uma prática importante é a de realizar reuniões recorrentes, em local e momento adequados, para que vocês possam esclarecer dúvidas, compartilhar dificuldades, combinar e recombinar rotina e principalmente dar e receber *feedbacks* sobre atitudes e sentimentos. Caderno na mão e um cafezinho serão grandes aliados.

A comunicação não violenta será essencial no início desta relação e trará a oportunidade para estabelecer combinados e limites de forma clara e respeitosa.

> A comunicação não violenta nos ajuda a reformular a maneira pela qual nos expressamos e ouvimos os outros. Nossas palavras, em vez de serem reações repetitivas e automáticas, tornam-se respostas conscientes, firmemente baseadas na consciência do que estamos percebendo, sentindo e desejando. Somos levados a nos expressar com honestidade e clareza, ao mesmo tempo que damos aos outros uma atenção respeitosa e empática. Em toda troca, acabamos escutando nossas necessidades mais profundas e as dos outros. Ela nos ensina a observarmos cuidadosamente (e sermos capazes de identificar) os comportamentos e as condições que estão nos afetando. (ROSENBERG, 2006, p. 182).

Investir nesta comunicação pode ser um grande facilitador na solução de conflitos e demais desconfortos que naturalmente surgem quando lidamos com pessoas.

Cuide de quem cuida dos seus

Se por um lado temos relações de trabalho claras, do outro lado temos uma pessoa que também tem uma história, necessidades, ansiedades e desejos.

"Camilla, estou com muitas saudades, por favor, preciso ver a Bella, posso voltar para o trabalho?". Recebi esta mensagem na terceira semana de isolamento pela pandemia do coronavírus. O que isso pode nos dizer? Neste caso, um vínculo extremamente importante que foi interrompido sem qualquer aviso prévio e que talvez não esteja recebendo o cuidado necessário.

Ah, quem são estas pessoas que abrem mão de estar e cuidar de suas famílias para cuidar da nossa? A verdade é que as babás já são especiais por si só, assumem uma enorme responsabilidade com a intenção de ajudar as famílias, empenham-se para conquistar nossos pequenos e em pouco tempo se envolvem com amor e carinho. Não podemos deixar de perceber o vínculo existente e o cuidado com esta relação.

Quando falo de vínculo, não precisamos de um laço de sangue ou de amizade. O vínculo é construído através do cuidado, da interação e atenção dadas de forma constante, e isso elas fazem de sobra.

Primeira infância

Que tal olharmos para esta pessoa profundamente, exercitarmos a empatia e pensarmos em como podemos ajudar e facilitar algumas coisas para que ela também se sinta feliz em estar conosco. Muitas vezes é algo simples e tão fácil de proporcionar, e que na correria do dia a dia acaba passando despercebido. Ter uma perspectiva diferente trará diferentes possibilidades de lidar com o outro.

Respeito, gentileza e cuidado devem ser nutridos diariamente nesta relação. Em outras palavras, humanizar as nossas relações é um caminho inspirador e de realização que garante impactos positivos nessa história.

Faça a diferença

A primeira infância é o momento em que experiências, descobertas e afeto são levados para o resto da vida e se conduzida com cuidado e amor, pavimenta o caminho para que a criança aproveite todo o seu potencial.

As suas decisões e condutas farão toda a diferença na vida deste pequenino ser, por isso, conduza com responsabilidade, estude para este desafio, entenda o que está por trás do desenvolvimento de uma criança, pois este conhecimento vai além das informações recebidas pelo pediatra e demais profissionais da saúde.

Se nos preocupamos em estudar para realizar nosso trabalho com excelência e alcançar novos desafios, recomendo estudarmos para realizar o maior trabalho de nossas vidas, e ouso dizer que este sim realmente nos trará a realização plena e fará tudo valer a pena.

Referências

ROSENBERG, Marshall B. *Comunicação não violenta*. São Paulo: Ágora, 2006.
SANTOS, Elisama. *Educação não violenta*. São Paulo: Paz & Terra, 2019.

Primeira infância

Capítulo 9

A importância de darmos suporte aos nossos filhos no processo da identificação e gestão das emoções

Convivemos com a acelerada troca de informações, mudanças na educação e na sociedade. Podemos perceber que, quando não identificamos um padrão tóxico, o repetimos, não ensinamos nem apoiamos nossos filhos a reconhecer e gerir as próprias emoções. Com algumas ferramentas da inteligência emocional, podemos refletir e reconhecer padrões de comportamento que não nos trazem êxito, assim como auxiliar as crianças a identificar e gerir os próprios e para que se coloquem no lugar do outro.

Carina Bovo

Carina Bovo

Mãe de Giovana e Luigi, conferencista internacional, especialista em inteligência emocional por Fundares Internacional Institute e Universidad de Manresa. Mentora de mulheres há 10 anos em Barcelona - Espanha, certificada em *Mentoring* para mulheres pelo Instituto Ipê Amarelo. Idealizadora da imersão e curso *on-line Deeper: mergulhando profundamente em si mesma*. Escritora do livro *A líder que ninguém vê*. Responsável pela rede de apoio *Mujeres de Fe* e pelo curso *Madurez Cristiana*. Sua missão é ajudar as pessoas a descobrirem a si mesmas, encontrando seu propósito através de ferramentas que potencializam suas competências, encontrando valor e significado em tudo o que faz, alcançando seus objetivos. Desta maneira, superarão as dificuldades, ressignificando sua história para desfrutar de uma vida plena.

Contatos
carinabovo.com
carinabovo@icloud.com
Instagram: @bovocarina
Fanpage: Carina Bovo
(11) 97777-4742

Carina Bovo

O que me levou a estudar mais profundamente sobre a inteligência emocional foi a necessidade de saber lidar com as minhas próprias emoções, aprender a interpretá-las e a controlar meus impulsos, ajudando também as pessoas a mudarem seus comportamentos.

Eu me lembro de que, quando eu era pequena e chorava, as pessoas ao meu redor me diziam: — Não precisa chorar, para de chorar. Eu sempre fui muito sensível e enquanto crescia desenvolvia um comportamento para não demonstrar minha dor, era uma maneira de me proteger e escondê-la.

Você sabe quais são as emoções básicas de todo ser humano? São: surpresa, nojo, medo, alegria e tristeza. Apesar das expressões para exteriorizá-las, são parecidas em qualquer lugar do mundo, o modo de interpretá-las e senti-las varia, pois depende da cultura, temperamento, família e da educação que cada um recebeu.

Quando eu tive a minha primeira filha, percebi que inconscientemente repetia um padrão de comportamento ensinado pelos meus pais, reforçado por todas as pessoas que conviveram comigo nos primeiros anos da minha infância.

Eu aprendi que demostrar tristeza não era bom, mas ninguém me explicou que essa emoção pode ser compreendida e que, em muitas ocasiões, ela é necessária na nossa vida, pois nos leva a uma profunda reflexão e nos ajuda a exteriorizar a dor. Quando você repete um padrão, acaba passando uma mensagem, está ensinando algo ao seu filho.

É muito importante esclarecer aqui que só podemos dar o que temos. Como vou dar suporte emocional para os meus filhos se eu mesma não o tenho? Foi quando descobri que o problema não é você se sentir triste, mas permanecer nesse estado emocional até se tornar uma depressão. Existem situações em que todos, em algum momento, sentiremos ira, o problema está em como canalizamos e expressamos essa emoção, não nos deixando levar pelos nossos impulsos.

Aprendi, pelo caminho do autoconhecimento, que eu precisava falar sobre o que estava sentindo. Aprendi a dizer a meus filhos: você está chorando, está triste? Quer falar sobre isso? Ou, às vezes, somente acolher aquela criança, dizendo que todos nós, em algum momento, nos sentiremos assim. Imagina dizer para uma criança não chorar ou que não há motivos para ficar triste sem escutá-la; acabamos passando a seguinte mensagem: não considero o que você sente e não me importa o que você tem a dizer, ainda que não seja verdade.

Primeira infância

Ensinar uma criança a gerir suas próprias emoções é o melhor legado que os pais podem deixar para os seus filhos.

O que acontece quando não rompemos um padrão de comportamento

A inteligência emocional pode ser desenvolvida ao longo da nossa existência, mas são nos primeiros anos de vida que ela é estabelecida ou não, depende de como foi a educação da criança nesse âmbito. Por meio de várias pesquisas, chegou-se à conclusão de que não é um nível alto de Q.I, que determina o sucesso de uma criança quando se torna um adulto, mas são as habilidades adquiridas na infância que farão a diferença no futuro. Muitos colégios já incluíram ao currículo escolar a disciplina de inteligência emocional, mas, como pais, não podemos deixar a responsabilidade somente para os professores. Nós devemos nos apropriar dos conhecimentos disponíveis e aprender a gerir as próprias emoções e ensinar nossos filhos a gerir as deles. Por que devo aprender a gerir minhas emoções primeiro? Porque nós repetimos padrões de comportamentos ensinados pelos nossos pais e cuidadores.

Eu me lembro de que, em uma de minhas mentorias, estava atendendo uma mãe que me contou como seu ex-esposo foi violento com sua filha, dando uma chinelada em seu rosto, há alguns anos. Ela estava estendendo roupa, ele estava alcoolizado e, quando tudo aconteceu, ela não conseguiu evitar. A filha dessa mulher tinha menos de três anos e ficou traumatizada. Houve a separação do casal e, quando a filha não a obedecia, a primeira frase que a mãe dizia era: — Se você não me obedecer vou te levar para ficar com o seu pai e agora vai para o quarto ficar no canto pensando. Você consegue imaginar o quão apavorada e com medo essa menina ficava? Eu perguntei a essa mulher:

— Como foi a sua infância? Como seu pai ou sua mãe reagiam quando você não obedecia?

Ela parou para pensar um pouco e respondeu com lágrimas nos olhos: — Eles me colocavam em um quarto escuro e me mandavam para o cantinho do pensamento. Então, sem que eu precisasse falar algo, ela mesma disse: — Eu estou fazendo o mesmo. Como posso mudar tudo isso?

Eu disse que se ensinamos à criança a obedecer por meio do medo, quando ela crescer irá tomar decisões completamente diferentes do que os pais gostariam, porque a obediência não foi baseada em valores ou no amor, mas a mesma só existia por causa do sentimento de temor. Expliquei para aquela mãe que precisava identificar os padrões de comportamento que ela tinha aprendido com seus pais e que lhe causavam sofrimento, ressignificando sua história e tomando uma decisão de se comportar diferente com seus filhos. Foi quando ela disse que o pai era alcoólatra, que também apanhou muito quando criança. Ela não somente estava repetindo um padrão de comportamento com sua filha, mas os homens com os quais se relacionava eram muito parecidos com seu pai em vários aspectos.

Por isso, quando começamos a nos dedicar a desenvolver a inteligência emocional, isso nos ajudará não somente a gerir as emoções que temos, mas também a identificar e mudar comportamentos indesejáveis em relação a nós e aos outros. Ela nos auxilia para sabermos lidar com o relacionamento interpessoal e intrapessoal. Não adianta adquirirmos conhecimento se não colocamos em prática no dia a dia, precisamos nos esforçar para ter ações que geram mudanças efetivas.

Os desafios da próxima geração

Nossos filhos precisam saber que existe um lugar em que podem ser eles mesmos, mostrar suas vulnerabilidades, devem sentir que são amados e acolhidos, mesmo quando não superam as nossas expectativas e as dos demais.

Eles podem estudar nos melhores colégios, falar vários idiomas e trabalhar nas melhores empresas quando se tornarem adultos, mas vemos cada vez mais que as pessoas que estão se destacando no mercado de trabalho apresentam algumas características em comum: são resilientes, sabem lidar com seus próprios erros, reconhecem o que precisam melhorar e se esforçam para mudar, são mais positivas em relação à vida, mais flexíveis, mais sociáveis, não são tão duras em relação a si (cobrando-se demais), têm autodomínio, são persistentes e importam-se com os outros.

Em alguns anos, metade da força global de trabalho será substituída pelas máquinas, nossos filhos terão o desafio de saber se diferenciar das mesmas e permanecer humanos em uma era digital. Todo pai e mãe quer o melhor para o seu filho, todos nós desejamos uma ótima educação, mas esclareço que somente o conhecimento e um Q.I. altíssimo não garantem um futuro brilhante para nossas crianças. Por causa da rotina que muitos pais levam, ter uma escuta ativa nem sempre é possível, uma que seja verdadeira e presente, quando os pais tiram os olhos do celular, da televisão e param para olhar dentro dos olhos dos filhos e prestar atenção ao que estão falando.

Eu me lembro de que, quando era pequena, uma professora de português bateu com a régua na minha cabeça na frente de todos os meus colegas, fiquei com muita vergonha e até hoje me recordo da cena que me marcou, todos rindo de mim. Havia errado um exercício e a professora não hesitou em me corrigir da maneira que pensava que era a correta. A questão é que nunca tive coragem de contar aos meus pais o que aconteceu, pois a questão da sentir tristeza e chorar já havia virado um tabu para mim. Por isso, insisto para que os pais busquem ferramentas para ajudar os seus filhos a conseguirem expressar e reconhecer o que sentem, pois, às vezes, na correria do dia a dia, eles podem sofrer algo na escola, com os amigos ou com a babá e não nos darmos conta.

Primeira infância

Quantas histórias já ouvimos e vemos na televisão de abuso, de *bullying* e os pais não tinham conhecimento, ficam atônitos quando há um suicídio?

Como criar vínculos de confiança

Você pode acessar os pensamentos e descobrir os sentimentos do seu filho, por meio de brincadeiras simples, por exemplo:

1. Escolher alguns bonecos e contar uma história simulando que estão na escola com os amigos da classe e professores;
2. Você pode pedir para que ele desenhe a família, se a criança é muito pequena, também se oferecer para desenhar juntos, cada um com seu papel, e fazer a família com expressões de alegria, tristeza, surpresa, nojo, medo, para que ele possa identificar e vocês comecem a conversar a partir do desenho;
3. Brincar de faz de conta, podendo simular qualquer situação que deseja trabalhar com a criança;
4. Comprar livros que ensinem valores como: empatia, perdão, compaixão, paciência.

Existem muitas possibilidades de inventar algumas brincadeiras para que essa criança comece a se sentir livre e confiante em demonstrar o que sente. Algumas são mais tímidas, pois faz parte do temperamento delas (é herdado, está na genética), mas quando crescem tendo um suporte emocional, podem tornar-se adultos mais sociáveis e falantes.

Quando você compartilha fatos que aconteceram na sua infância e como conseguiu superá-los, cria-se uma conexão por meio da empatia. Conforme a idade, você pode ir dando mais detalhes do que você viveu, interagindo através de perguntas: — O que você acha que a mamãe deveria ter feito aquele dia na escola? O que você acha que aconteceu, quando o papai perdooou o amiguinho? Assim, a criança descobre que verdadeiramente se importa com o que diz e com quem ela é.

Ainda que você seja de uma geração que não teve os pais muito presentes, ou por qualquer outro motivo que seja, quero aqui encorajá-la(o) a buscar o autoconhecimento e verificar se existem padrões de comportamentos que você está repetindo com os seus filhos, aprendidos na sua infância. Para sabermos se esses comportamentos são tóxicos ou não, basta somente observar quais emoções geram dentro de si e o impacto que ocasionam ao seu redor. Eu sei que não é um exercício fácil, pois se fosse, todos fariam, mas se você está com este livro nas mãos, é porque de alguma maneira está buscando aprender algo, mudar algo dentro de si. E é um ótimo sinal, porque toda mudança nos leva a sair da zona de conforto e fazer um movimento que gera reflexão, tornando-se uma decisão de agir, para que o que desejamos realmente aconteça.

Será que você repete padrões tóxicos?

O ser humano é um desafio para muitos estudiosos e não há um manual "adequado" para lermos quando nos tornamos pais, sobre a criação dos filhos. Cada pessoa é única e é isso que faz a humanidade ser fantástica. Então, para sabermos se estamos adotando um determinado comportamento adquirido desde a infância com os nosso próprios filhos e repetindo padrões tóxicos, um dos exercícios que posso propor para você fazer e ver com mais claridade é o seguinte: você irá pegar um papel e irá escrever quais são as emoções que sente ao responder as seguintes perguntas:

A. Como meus pais lidavam comigo quando eu desobedecia?

B. Quando eu chorava ou ficava triste, como reagiam?

C. Quando eu estava na escola, meus pais perguntavam o que acontecia no dia?

D. Se eu tirasse notas boas, como reagiam? E se fossem notas baixas?

E. Quando eu queria algo, meus pais sabiam me dizer não?

F. Eu precisava provar algo ou fazer algo para conquistar algum elogio?

G. Meus pais me abraçavam com frequência? Na minha casa, era corriqueiro um dizer ao outro "eu te amo"?

H. Eu poderia conversar com meus pais sobre qualquer tema, sem me sentir reprimido ou julgado?

I. Como era a questão alimentar na minha casa? Se estávamos felizes, comemorávamos comendo? Se eu me sentia triste, minha mãe ou meu pai me recompensava com comida? Obrigavam-me a comer?

Eu deixo aqui algumas perguntas, para que você possa trazer à memória o que lhe foi proposto e fazer essa jornada de autoconhecimento. É importante escolher um local que possa estar só e ter esse tempo de reflexão, de voltar ao passado e fazer uma análise profunda do comportamento dos seus pais e comparar com o seu, verificar os padrões tóxicos, ou seja, padrões negativos que afetaram o modo de lidar consigo mesmo e com as pessoas ao seu redor, diante de vários ambientes: familiar, social, empresarial. Inclusive, como casal, é interessante vocês compartilharem entre si o que descobriram, quais foram as lembranças e o impacto sobre cada um e, juntos, vocês podem tomar uma decisão de como desejam comportar-se, para que seus filhos sejam saudáveis emocionalmente.

Todos precisamos de limites

Minha proposta aqui não é de maneira alguma sugerir que a criança faça o que quiser da vida. Todas necessitam de limites, respeitando e

Primeira infância

honrando os pais, até mesmo porque estamos vivendo em uma geração que está substituindo os relacionamentos reais por virtuais. As crianças estão sofrendo de ansiedade muito cedo, *déficit* de atenção, algumas estão extremamente irritadas, com insônia, sem rotina, dormindo e acordando quando desejam.

Em certas famílias, os pais muito ausentes pensam que podem compensá-las não colocando limites e deixando que as crianças façam o que querem. Todo ser humano necessita de limites, pois isso também ajuda a exercitar o autodomínio, ou seja, controlar os impulsos. O caráter da criança é moldado justamente por saber ou não controlar seus impulsos, descobrir se todas as suas vontades serão atendidas ou não, se pode gritar quando deseja ou não.

Quando não conseguimos dizer "não" para os nossos filhos, impedimos que desenvolvam habilidades para lidar com a frustração. E a inteligência emocional não nega que as emoções e sentimentos negativos existam, ao contrário, propõe que possamos lidar com eles. Essa geração tem muito mais acesso a informações, tecnologias, passeios, viagens, brinquedos, do que as dos anos 80/90. É interessante observar, dependendo do nível socioeconômico da família, como as crianças de hoje em dia não valorizam muito os brinquedos que possuem, porque logo já ganham outros. Quando escuto a conversa de muitas delas, a preocupação é mostrar ao amiguinho quem tem mais brinquedos, viaja mais, etc. Será que estamos ajudando a construir uma sociedade consumista, que vive para ter e não para ser? Como pais, temos ensinado aos nossos filhos a lidar com a rejeição? Com a perda? Se não podemos mudar toda uma sociedade, façamos o que está ao nosso alcance para ajudar a mudar o comportamento e a dinâmica da nossa família.

E você pode fazer isso desde que seus filhos são pequenos, ensinando, por exemplo, o valor da gratidão, quando recebem um presente, uma ajuda, um elogio. O poder da empatia, quando você ensina aos seus filhos a separar os brinquedos e roupas que ainda estão em bom estado para doação, e se possível levá-los juntos, pois você está ensinando o seu filho a colocar-se no lugar do outro, a ser generoso.

Ensine-o o poder da semeadura, de espalhar coisas boas, gestos, palavras, para que ele(a) possa ter a experiência de receber também do Universo. Ensine seus filhos a lavar uma louça, cozinhar, limpar, porque não criamos nossos filhos para nós, mas para viver no mundo.

Não sabemos que caminhos eles irão trilhar, mas precisamos deixá-los preparados o máximo possível para poderem ser resilientes em qualquer situação. Acreditar que podem fazer muito mais do que nós fizemos é o que dá sentido em deixar um legado. Acredite nos sonhos dos seus filhos, ainda que eles digam que queiram ser astronautas ou cientistas, diga que, o que eles sonharem e se dedicarem de todo o coração para fazer, será possível!

Primeira infância

Capítulo 10

Birra

Como lidar e prevenir as birras das crianças com firmeza e gentileza ao mesmo tempo? Neste capítulo, pais, mães e educadores encontrarão as melhores ferramentas para lidar e prevenir as birras infantis, baseadas em neurociência, psicologia infantil, disciplina positiva e, claro, na vida real! Sabemos que para funcionar essas ferramentas precisam ser aplicáveis aí, na sua casa, e não somente nos livros

Carina Cardarelli

Primeira infância

Carina Cardarelli

Master coach de mães, filiada ao Institute of Coaching no Mclean Hospital-Harvard Medical School, pedagoga, pós-graduada em psicologia infantil, especialista em inteligência emocional familiar e educacional. Escritora e palestrante. Acima de tudo, mãe de três. Já ajudou muitas mães a lidar com os obstáculos da vida familiar, com os comportamentos dos filhos e a se reencontrarem após a maternidade. Impactou milhares de pessoas com suas palestras e as motivou a serem os melhores pais e as melhores mães que podiam ser.

Contatos
www.carinacardarelli@hotmail.com
carina.cardarelli@hotmail.com
(11) 97392-4599

Onde há criança, há birra. O filho da vizinha gritando, a criança no mercado que "eu queroooooo" alguma coisa, o bebê no restaurante ou então o seu próprio filho. Todas essas crianças podem se jogar no chão, espernear e berrar, jogar objetos ao ar, tudo por conta de trivialidades do dia a dia como, por exemplo, a recusa em comprar um brinquedo novo ou porque chegou a hora de ir embora do parque.

Todos os pais do mundo já passaram por isso. Um momento super desafiador, cercado por mitos e crenças equivocadas. "Essa menina faz birra porque lhe faltam umas boas palmadas", ou "Se fosse meu filho, eu não permitiria", ou então "Que criança terrível e mal-educada".

Acontece que toda vez que seu filho faz uma birra, ninguém tem culpa. A criança não quer provocar, e você não é uma mãe ruim ou permissiva porque seu filho fez birra. Você precisa saber que esse comportamento desafiador (e muitas vezes, enlouquecedor) é natural e comum. Claro, jamais direi que você deve ser permissiva ou negligente perante a situação. Pelo contrário. Mais adiante vou mostrar quais são as melhores ferramentas para lidar com a birra de maneira efetiva, afetuosa e segura ao mesmo tempo. Mas ainda assim, preciso fazer um alerta para que toda a leitura a seguir faça sentido: a resposta para as birras está na ciência, ou melhor dizendo, no cérebro da criança.

O cérebro da criança

Ao nascer, os filhotes humanos dependem de seus pais para tudo. Ao contrário do que muitos pensam, nosso cérebro não nasce pronto. Entre tantas partes do corpo humano que se desenvolvem fora do útero, está nosso maravilhoso e espetacular cérebro! Paul MacLean foi um médico e neurocientista estadunidense que se tornou notório por sua teoria do cérebro trino, afirmando a existência de três cérebros em um: o réptil, o mamífero ou sistema límbico e o neocórtex, parte superior da massa cinzenta. "É uma das últimas partes do cérebro a se desenvolver, e permanece em constante construção durante os primeiros anos da vida", diz o pediatra e psiquiatra Daniel Siegel, em seu livro *The Whole Brain Child* (algo como "O cérebro integral do bebê"), sem tradução no Brasil. Responsável por capacidades como reflexão, planejamento, imaginação e solução de problemas, o neocórtex corresponde a 76% do cérebro humano.

Primeira infância

"As crianças nascem com muitas áreas sem a camada de gordura que reveste os axônios, responsáveis pela transmissão dos sinais cerebrais entre as células nervosas", explica o neuropediatra Mauro Muszkat, da Universidade Federal de São Paulo (Unifesp). As áreas conhecidas como cérebros reptiliano e mamífero, que são bem desenvolvidas desde o nascimento, são as que mais têm atividade cerebral, nos primeiros quatro anos de idade. Para que fique bem fácil de entendermos, o chamado cérebro reptiliano é a parte mais primitiva do cérebro humano, quase sem modificação pela evolução. É ele que administra funções básicas como: fome, respiração e reações primitivas de luta ou fuga relacionadas à preservação da espécie. Lembra quando a gente aprendeu na escola sobre os homens da "época das cavernas"? Pois bem, eles tinham que, basicamente, escolher, diariamente, se um determinado animal em sua frente, seria uma caça ou seu caçador. Ou seja, ele precisava decidir entre lutar ou fugir.

Já o cérebro mamífero, também conhecido como cérebro emocional, desenvolveu-se para nos habilitar a viver em grupo, fundamental para autossobrevivência. Sabemos que é essencial viver em sociedade e que precisamos uns dos outros. Aquela frase "juntos somos mais fortes" faz todo sentido para esse departamento do cérebro. O sistema límbico, que faz parte do cérebro mamífero, aciona emoções básicas, como raiva, medo, nojo, felicidade e tristeza.

A essa altura, você deve estar tentando encaixar as peças para ligar o que aprendeu agora sobre o cérebro e a birra do seu filho.

Sabe o neocórtex, responsável pela tomada de decisões, consciência, raciocínio, gestão emocional e controle do comportamento? Pois bem, é justamente nele que está a capacidade de desenvolver habilidades para gerir e controlar as emoções e comportamentos relacionados à birra. Mas então por que seu filho não o usa? Porque essa parte do cérebro é a última a ser desenvolvida, e não estou falando de massa cerebral ou pedaço do cérebro, mas de conexões neurais. Esse desenvolvimento vai até os 20, 25 anos de idade. Por tanto, toda vez que seu filho fizer uma birra, lembre-se: ele ainda não tem maturidade cerebral para controlar esse comportamento.

E agora?

Agora preciso lhe contar uma coisa muito importante: você pode (deve e precisa) ajudar no processo de maturação cerebral do seu filho. A inteligência emocional está cada vez mais difundida e acessível às pessoas. Somos treinadores emocionais de nossos filhos e não podemos esperar que eles saibam como agir perante emoções e sentimentos que eles sequer sabem nomear. Aliás, muitos adultos também não o sabem porque não foram treinados emocionalmente. Todos os dias, o dia todo, temos oportunidades de aprender com nossos filhos e ensiná-los ao mesmo tempo sobre as emoções e as melhores formas de lidar com elas (as nossas e a dos outros).

Nesse tópico, vou ensinar como agir perante as birras de maneira firme, respeitosa e afetuosa ao mesmo tempo.

Vamos lá?

Lembre-se de um momento em que seu filho fez birra: chorou, gritou, jogou-se no chão, bateu. É provável que você tenha sentido raiva e ficou intolerante, talvez algumas necessidades tenham vindo à tona, como estar no controle e mostrar quem manda na situação.

Suas reações já não são mais conscientes e coerentes e, a partir daí, surgem frases exaltadas como: "não é não", "eu que mando aqui" ou "quando chegar em casa..."

Quem nunca, não é mesmo? Por isso, vamos lançar um olhar como se estivéssemos assistindo a um filme: você acredita que mãe/pai e filho estão calmos e conectados o suficiente para resolver a situação de forma assertiva? Quais as chances de um final feliz?

Tanto o adulto quanto a criança estão tomados por emoções que causam cegueira emocional e fazem todos agirem por impulso. Ninguém mais consegue reconhecer as próprias emoções, muito menos a do outro.

Educar um filho é, antes de tudo, um processo de educação dos pais. É um mergulho profundo para dentro de nós mesmos para descobrir quem somos, como agimos e por que fazemos o que fazemos.

Quando entendemos e aceitamos esse fato, passamos a buscar a autorregulação emocional para, então, conduzir nossos filhos. Novos caminhos se abrem nessa jornada e percebemos que há muitas maneiras de *fazer* melhor e *ser* o nosso melhor, dia após dia.

Um passo a passo

A primeira atitude no momento da birra é: acolha seu filho.

Para isso, você precisa manter-se consciente e segura, lembrando que naquele momento a criança está sofrendo porque não sabe ainda como lidar com todas emoções. Use sua compaixão.

Validar os sentimentos

"Filho, parece que você está entediado porque não pode ir ao parque hoje". Essa simples frase tem um poder gigante, pois faz com que a criança perceba que pode sentir as emoções quando elas vêm sem deixar de ser quem ela realmente é, gerando conforto em saber que você a entende e não a julga. Contribui também para o desenvolvimento da inteligência emocional, pois ela vai aprender a identificar e nomear os sentimentos.

Contar histórias e compartilhar os seus sentimentos

Você é um ser humano como todos os outros: tem emoções e sentimentos, desde sempre. E mostrar isso para a criança revela nosso lado mais humano e vulnerável, criando ainda mais conexão. Nossos filhos se sentem compreendidos quando compartilhamos fatos e sentimentos verdadeiros com eles. "Filha, outro dia eu fiquei bastante chateada porque queria sair com minhas amigas, mas não pude, pois não tinha o dinheiro."

Empatizar x concordar

Para ser empática, você não precisa concordar ou ceder. Ter empatia é o mesmo que se despir de suas crenças e julgamentos e lembrar que o outro tem seu próprio mapa de mundo. E você deve respeitar isso.

"Querida, você quer muito essa boneca e hoje não será possível, pois temos um combinado de comprar brinquedos apenas nas datas especiais. Vamos anotar no caderno dos pedidos e desejos e comprar na próxima data especial?"

A criança vai sentir que foi compreendida, valorizada e "de quebra" entenderá que as regras são importantes.

Perguntas curiosas

Sabia que perguntar tem um efeito positivo muito maior do que dizer o que a criança deve fazer?

"Vamos olhar no calendário qual será a próxima data de ganhar brinquedo até podermos comprar a boneca nova?";

"Será que tem algum brinquedo que está esquecido no fundo da caixa esperando para brincar?"

Essa técnica compartilha a responsabilidade com a criança, ela passa a fazer parte do processo de solução e desenvolve habilidade de resiliência, tomada de decisões e senso de prioridade.

Abraço

"Posso te dar um abraço?"

Esse é o maior gesto e linguagem de amor, vínculo e conexão. Abrace e beije seu filho todos os dias, sempre respeitando o desejo da criança pelo contato físico também, pois às vezes eles não querem.

Se a criança rejeitar o abraço, diga que você precisa de um abraço para se acalmar e só vai conseguir com a ajuda dela (crianças adoram ajudar). Se mesmo assim ela recusar, diga que você está bem ao lado dela para quando ela quiser. Você pode tocar o ombro dela se ela permitir.

Conduzir e direcionar

Essa técnica é bem legal tanto para finalizar a questão, após a conclusão de todos os passos acima. Se sua criança for ainda bebê, use sem moderação, pois bebês ainda não vão entender se você pedir um abraço. Ao invés de dizer para o bebê "Nãooooo" quando ele tentar tocar a tomada, que tal chegar perto e propor bater palmas? Você tira o foco anterior, direciona para uma atividade segura e pode tirar a criança do campo de visão da tomada sem choro ou birra.

Outra forma de direcionar é correr. Isso mesmo, façam uma corrida ou algo que a criança goste, como jogar bola para liberar a energia que a raiva e a frustração acumulam no corpo. É o mesmo efeito de quando fazemos exercícios físicos, liberando hormônios que trazem bem-estar e satisfação.

Acompanhar

Muitas vezes, temos que dizer para a criança que só vamos resolver a questão quando todos estiverem calmos. Por isso, cumpra com o combinado de conversar depois, lembrando de evitar acusações e julgamentos e focar em solução: "filha, foi difícil pra você ficar ao meu lado na fila do banco e eu entendo isso. Como podemos fazer da próxima vez que precisarmos ficar em uma fila novamente? Será que podemos brincar de "o que é o que é" ou você gostaria de levar um caderno e lápis de cor?"

O importante é agir com coerência.

Vale muito a pena investir na educação positiva de nossos filhos. Persista, que logo você vai colher os frutos.

Sempre bom lembrar

Somos o exemplo. Não é possível dizer à criança para não gritar, gritando com ela. Temos que ser coerentes com nossa fala e congruentes em nossas ações.

Faça o exercício da autoeducação, olhe para seu comportamento, perceba as emoções em você. Todos temos gatilhos emocionais, que nos levam a emoções e sentimentos diversos. É inevitável, por isso, reconheça quais fatos são os seus gatilhos, o que seu filho faz ou fala que te tira do sério? Acolha seus sentimentos, não julgue seus pensamentos. Aceite-os e aprenda a lidar com eles sem despejar toda sua frustração na criança. Nós é que temos que mudar nosso comportamento perante a birra das crianças.

Primeira infância

Capítulo 11

A importância dos avós na vida dos netos

No papel de pais, ensinamos valores, competências e habilidades aos nossos filhos por meio dos nossos exemplos, já como avós, mais maduros, com outras prioridades, estamos mais dispostos a ouvir e contar histórias, entrar no mundo de fantasia deles e preparados para amar nossos netos sem reservas. O fantástico de tudo é que muitas destas experiências ficarão impressas para sempre na vida dos nossos netos e das gerações que virão.

Carmen Penido

Primeira infância

Carmen Penido

Mãe, avó, psicóloga clínica. Possui vasta formação e experiência na área de casais e famílias. Formada em Terapia Familiar, *Coaching* Parental, Educação em Disciplina Positiva e Aconselhamento Familiar. Atua na área de casais e famílias há vinte anos, sendo apaixonada pelo desenvolvimento de famílias através da comunicação saudável e efetiva.

Contatos
https://carmenpenido.com
Carmen_penido@yahoo.com.br
Instagram: @psicologacarmenpenido
(19) 99721-7856

Carmen Penido

> "Uma boa avó vale cem mestres."
> (Provérbio italiano)

É incrível como este provérbio falou comigo. Desde que me tornei avó, há exatos três anos, tenho me dedicado a ser uma boa avó. Minha experiência neste "mundo dos avós" começou quando cheguei ao mundo há cinquenta e quatro anos.

Hoje, como avó, tenho me dado conta de quão importante é esta transmissão de valores aos netos ainda mais na atual configuração familiar, a qual as crianças crescem com poucos irmãos, sem brincadeiras na rua ou locomoção a pé pelas calçadas e praças, com escolarização precoce, comunicação por meio de celular, passeios reduzidos a idas aos shoppings, etc. Quanto aos pais contemporâneos - por conta de estarem ocupados entre trabalhos e formação - têm cedido lugar aos avós que por sua vez têm mais a oferecer do seu tempo, escuta, paciência, servindo assim de um modelo identificatório para os netos.

Tenho claro na memória a participação e contribuição dos meus avós na minha infância para me tornar quem me tornei.

A primeira influência está no meu nome: Carmen, nome da minha avó paterna. Filha de espanhóis, mulher guerreira e determinada, criou sozinha sete filhos e uma sobrinha. Na casa desta avó, tudo era regrado e organizado. Havia rotina: hora das refeições, do banho e também para ouvir as histórias da família que ela contava. Com a avó Carmen aprendi valores como honestidade, organização, economia doméstica e também fazer crochê. Havia na casa dela um quintal com muitas árvores frutíferas cuja imagem trago até hoje na memória e no coração e que me ensinou a paixão por árvores e pássaros.

Já na casa dos meus avós maternos, Evaristo e Isabel, era bem diferente. Além deles, havia tios e tias que também moravam juntos. Era uma casa bem movimentada para uma criança. A casa destes avós tinha coisas que na outra não tinha: máquina de lavar roupa, música popular brasileira tocando na vitrola, idas ao supermercado com direito a guloseimas fora do horário e muitos e muitos livros.

Primeira infância

O que eu gostava muito nesta casa da vó Isabel era das conversas com as minhas três tias que, na época, eram jovens e usavam e compravam roupas incríveis, além do maravilhoso cheiro que vinha da cozinha. Minha avó cozinhava muito bem, guardo até hoje seus sabores e temperos.

A cereja do bolo desta casa era uma estante repletas de livros. Eu me deliciava em meio aos livros e foi lá que encontrei meu primeiro livro lido: Meu pé de laranja lima. A influência foi tão grande que até hoje sou apaixonada pelo universo dos livros e pela escrita.

A avosidade

Os avós nascem com a chegada do neto. Este episódio marca a passagem para uma outra fase do ciclo familiar. Uma nova identidade começa a ser criada e novos papéis vão sendo estabelecidos na família.

O processo de separação e individuação na infância e adolescência é amplamente tratado na literatura, contudo, o mesmo não ocorre quando na fase adulta, por ocasião da experiência da parentalidade e do tornar-se avós. Segundo Kipper, "os avós, no momento em que seus filhos tornam-se pais, precisam redefinir a nova posição que irão ocupar entre as gerações e devem alterar a representação de seu filho e desenvolver novos vínculos com o neto". Assim como os pais, também não sabemos como é sermos avós. Os netos não vêm com um manual de fabricação. Penso que aí entra em ação nossa bagagem de pais, bem como das nossas experiências como netos, extraindo para nossa atuação tanto aquilo que foi bom quanto o que não foi para investirmos naquilo que transmitiremos aos nossos netos.

É difícil não associar memórias da infância com avós. A presença dos avós é marcada por histórias, fantasias, cheiros e sabores. A casa dos avós costuma ter diferentes aromas, objetos e cantos que não existem em outras casas. Isso sem contar que casa de avó é lugar de diversão. Um dos motivos por que isso acontece é que os avós - diferente dos pais que se encontram na fase da vida que precisam dar conta de por comida na mesa, comprar roupa, já passaram por esta etapa podendo dedicar tempo e cuidado aos netos.

A transmissão dos saberes

Diz um ditado popular que os pais educam e os avós deseducam. Confesso que não compartilho desta afirmação. O ensino efetivo é de responsabilidade dos pais e a nós, avós, cabe demonstrar, com história e vivências, exemplos práticos desse ensino.

O que eu e meu marido procuramos fazer com nossos filhos foi prepará-los para o casamento e, consequentemente, para serem bons pais. Desde cedo procuramos criá-los da seguinte forma:

- Ensinando alguns princípios que seriam usados no casamento, como: comunicação saudável, educação financeira, respeito aos sogros;
- Estabelecemos um limite quanto a visitas e conselhos. Visitas sempre avisadas com antecedência e de curta duração, quanto aos conselhos/opiniões com relação à vida deles só quando solicitados;
- Procuramos manter a independência financeira deles para conosco e nos colocamos à disposição caso precisem de algo;
- Procuramos não interferir na educação dos nossos dois netos e se percebemos que algo extrapolou, falamos em particular com nosso filho (que no caso é o pai dos netos);
- Não temos sigilo com nossa nora, quando sentimos ser necessária uma conversa franca, a mesma acontece entre nós quatro.

Vejo como a forma mais saudável de investirmos na vida dos nossos netos é procurando dar uma boa educação aos nossos filhos proporcionando um ambiente favorável à comunicação aberta e franca.

Avós e a rede de apoio

Há um provérbio africano que diz: "É preciso uma aldeia inteira para educar uma criança". Os avós desempenham papel muito importante nesta rede de apoio, tanto no dia a dia, na rotina das crianças quanto no âmbito emocional. Os avós podem dar aquela "aliviada" na tensão da educação da qual os pais são responsáveis. Porém, essa "aliviada" não quer dizer que nós, avós, devamos "liberar geral" e fazer tudo aquilo que os pais disseram não, nada disso, as regras como o que comer ou não, se podem nadar ou não, são deles, afinal de contas a função de educadores é dos pais.

Quando meus netos estão em casa conosco, sem os pais, seguimos as orientações dos pais, porém, dentro da nossa agenda, dos nossos costumes, já quando os pais estão juntos, o comando é deles. Agindo assim temos construído uma relação saudável com nosso filho e nossa nora.

Confesso que algumas vezes temos que engolir seco e deixar que prevaleça o dito pelos pais mesmo que discordemos, pois eles são os pais, nossa vez de educar filhos já passou. Assim temos buscado agir de maneira sábia para mantermos nosso filho, nora e netos próximos e confesso que tem dado certo.

Pesquisa: "A importância dos avós"

Produzi um questionário sendo que os resultados levantados mostraram que os avós mantêm forte relação de proximidade vivenciada com os netos na infância, o que é reconhecido por estes. A pesquisa revela que o convívio com os avós foi de extrema importância na formação do caráter, bem como no desenvolvimento psicológico e social. Podemos comprovar por alguns relatos:

- "[...] sem dúvidas eles foram parte imprescindível na minha formação, tendo em vista que meus pais trabalhavam fora o dia todo, então, se não fossem meus avós, talvez não teria tido a infância tão acolhedora e num ambiente familiar."
- "Foi muito marcante e importante a presença dos meus avós em minha infância e adolescência. Foram fonte de muito amor e aprendizado."
- "Minha avó era uma segunda mãe. Ajudou na formação do meu caráter. Até hoje guardo seus ensinos e tenho saudades."
- "[...] minha avó gostava de cantar música para eu dormir, hoje eu leio a Bíblia para meu neto e tento fazer de forma lúdica."
- "[...] minha avó fazia o melhor ovo frito do mundo, já faz vinte anos que ela faleceu e eu ainda sinto falta dela e de sua simplicidade."

A convivência com os avós é tão importante na vida dos netos que está devidamente amparada por lei. Além do Código Civil e Código de Processo Civil, a Constituição Federal (artigo 227) e o Estatuto da Criança e do Adolescente (lei 8069/90) também resguarda o direito dos avós e da criança à convivência familiar. Essa convivência deve privilegiar sempre o bem-estar e o melhor interesse do menor sempre, visto que reflete no desenvolvimento psicológico, social e cultural da criança, além de numa renovação da vida dos avós.

Minha experiência como avó

Eu nasci como avó no dia 18 de janeiro de 2017. Confesso que nunca imaginei que eu seria a avó que me tornei. Eu me considero uma boa avó diante do que observei nos meus cinquenta e quatro anos. Para mim, uma boa avó só é possível se você se dá bem com sua nora ou genro e no meu caso eu fiz um treinamento intensivo, intencional de três anos antes do meu neto nascer. Desde a época do noivado do meu filho, eu decidi que seria uma boa sogra, ou seja, que procura falar o necessário, que tem limites, que não disputa o lugar com a nora. Uma tática que eu sempre usei foi a de perguntar ao meu esposo se eu estava sendo uma boa sogra, ele era e é meu termômetro. Hoje com a chegada da Celeste, a segunda neta, percebo que conquistei o meu espaço de sogra e avó e posso desfrutar dos benefícios na prática que é exercer o "ser avó": dando banho, comida, brincando, passeando quando quiser.

Minha experiência mostrou que a preparação para este papel pode começar bem cedo. Para tanto, devido ao aumento da expectativa de vida, penso que precisamos nos preparar físico, emocional e espiritualmente para vivermos mais e isso inclui, mais tempo sendo avós. No dia a dia como avó, nos últimos três anos, tenho usado toda minha capacidade física acumulada em toda minha vida. Tudo requer esforço físico, pegar no colo, sentar no chão pra brincar, jogar bola, dar banho e outras coisas mais. Percebo que quanto mais estou disposta e disponível mais eu aproveito o "ser avó". Em dezembro viajamos em família para um hotel e pudemos ficar cinco dias incríveis com nossos dois netos. Todos os dias fazíamos caminhadas com Benjamin, eu e o vô Chico (como ele o chama), sendo que eu fui a escolhida para ir todos os dias na piscina e lá permanecer até ficar enrugada de tanta água. Perdi as contas de quantas vezes nadei com ele, levei ao escorregador e o esperei na descida. Suei e fiquei de língua de fora, contudo, valeu a pena cada segundo vivido naquela piscina, pois sei que são memórias que ficarão para sempre guardadas na memória do meu neto.

Conclusão

Para mim e meu esposo, que sempre procuramos ser bons avós, a fala da nossa nora Vivian e do nosso filho Pedro, pais dos nossos netos, nos mostra que estamos no caminho:

Da minha nora

Minha sogra como avó é super divertida, gosta de brincar e gargalhar, ler histórias e adora dar uns presentinhos toda hora.

Ela nunca chega desavisada, e sempre ajuda quando a agenda está disponível (por ser uma mulher ocupada e profissional super competente). Respeita nossas escolhas de pais como ninguém: alimentação, rotina, limites e não tem reticência em reiterá-los com os netos. O que mais posso dizer? Que todos os anos orando e esperando o homem certo, o pacote veio completo.

Meu sogro como avô é um homem super carinhoso, divertido (de família né?) e sempre uma mão na roda - furar parede pra decorar quarto, abaixar berço... e por aí vai.

Apesar de ser super ocupado, ele sempre arruma um tempinho de passar aqui e dar aquela atenção especial nem que seja 15 minutos numa semana corrida - morar do lado ajuda, claro, mas esse cuidado faz toda a diferença pra criar laços. Eu não tive avô (um faleceu quando eu tinha 1 aninho e o outro morava muito distante e tive apenas dois contatos pontuais na primeira infância e faleceu quando eu tinha 11), eu olho para meus filhos interagindo com os avós e fico só imaginando como deve ser esse sentimento - talvez nunca saiba ao certo - mas posso ver e aprender muito ao olhar nos olhos dos meus filhos e ver que eles têm esse presente e privilégio.

Sogros vêm com o pacote.

Primeira infância

Desde cedo meus pais me ensinaram que você não casa com alguém - casa com a família de alguém. Sogro e sogra se tornam como pai e mãe (acho lindo que no inglês e no francês sogra é mother-in-law, mãe pela lei, e belle-mère, mãe linda) e eu cheguei sim a dispensar pretendente porque olhei pra sogra e pensei: consigo conviver com essa pessoa proximamente pelo resto da minha vida? E possivelmente ter que cuidar dela ou tê-la em minha casa por algum tempo num futuro distante?

Amor e casamento são uma construção e ouso dizer que relacionamento com os sogros é um pilar importante que deve ser desenvolvido e cuidado com carinho - comunicação, gentilezas e entender o jeito do outro pra andar junto sem se irritar com aquilo que pode ser bem diferente do estilo da sua família de origem.

Do filho

O mundo mudou e essa transformação é constante.

Os pais de hoje são diferentes, os filhos, que de acordo com o que ouvimos "estão mais espertos do que em qualquer outra geração", mas acredito que há uma safra diferente de avós também.

Há tempos atrás, meio século por exemplo, uma pessoa de 65 anos já era considerada muito velha, a ponto de partir dessa para outra até mesmo por questões de saúde que não eram disponíveis como na atualidade.

Hoje não! Pessoas com 65 estão começando faculdade, aprendendo uma nova língua, descobrindo o mundo com amigos e... sendo AVÓS!

Confesso que quando tive meu primeiro filho, esperava que meus pais cuidassem dele como meus avós maternos cuidaram de mim ou algo parecido, mas a realidade é que minha avó nunca havia trabalhado e meu avô já era aposentado enquanto meu pai continua firme e forte no mundo corporativo e minha mãe é uma psicóloga com agenda cheia.

Neste caso precisamos nos adaptar por aqui, mas hoje posso dizer que o Benjamin e a Céu têm os avós mais descolados e que estão superconectados a esse mundo "muvuca", mas também vindo trazer sushi em casa e passando um bom tempo de qualidade com eles, do jeito deles.

Referências

ARATANGY, Lidia R.; POSTERNAK, Leonardo. *Livro dos avós: na casa dos avós é sempre domingo?*. São Paulo: Primavera Editorial, 2010.

KIPPER, C.D.K. *O tornar-se avó no processo de individuação*. Psicologia: Teoria e Pesquisa, v. 22, n. 1, p. 29-34, 2006. Disponível em: <http://www.scielo.br/scielo.php?script=sci_abstract&pid=S0102=37722006000100004-&lng=pt&tlng-pt>. Acesso em: 29 out. 2020.

MERKH, David J.; COX, Mary-Ann. *O legado dos avós: inspiração e ideias para um investimento eterno*. São Paulo: Hagnos, 2011.

MONTEIRO, Elizabeth. *Avós e sogras: dilemas e delícias da família moderna*. São Paulo: Summus Editorial, 2014.
OLIVEIRA, A.R.V; VIANNA, L.G; CARDENAS, C,J. de. *Avosidade: visões de avós e de seus netos no período da infância*. Revista Brasileira de Geriatria e Gerontologia, Rio de Janeiro: v. 13, n. 3, Rio de Janeiro, 2010.

Primeira infância

Capítulo 12

Sono do bebê – o que esperar e o que pode te ajudar nos primeiros meses de vida

Neste capítulo, você encontrará informações a respeito do funcionamento do sono do bebê nos primeiros meses de vida. Esse conhecimento, e mais algumas estratégias, poderão o ajudar a lidar com os possíveis desafios com o sono do seu filho, de uma maneira mais leve e realista.

Carol Kfouri

Primeira infância

Carol Kfouri

Formação como consultora do sono infantil pelo International Maternity & Parenting Institute – Califórnia, EUA. Finalizando sua segunda formação como educadora do sono infantil com ênfase na saúde integrativa pelo Familly Wellness International Institute – Alabama, EUA. Educadora parental pela Positive Discipline Association – Atlanta, EUA e pela Escola da Parentalidade e Educação Positivas – Portugal.

Contatos
www.amaoqueembalaomundo.com.br
amaoqueembalaomundo@gmail.com
@amaoqueembalaomundo

A chegada de um filho, seja ele o primeiro ou não, traz mudanças profundas para toda a família. O desafio de se adaptar à nova realidade e reorganizar o cotidiano é grande, ainda mais tendo que lidar com tantas novas emoções e um bebezinho que ainda não é capaz nem de segurar o próprio pescoço.

Apesar de os bebês não virem com manual de instruções, é possível tornar esse momento tão intenso e maravilhoso, que é a chegada de um filho, mais leve e descomplicado à medida que vamos nos preparando para isso.

Nesse sentido, acredito que informação e conhecimento são essenciais para nos empoderarmos e nos sentirmos mais seguros. Assim, podemos exercer aquele que julgo ser o nosso principal papel quando falamos do sono do bebê: passar segurança.

O que é dormir para você?

Quando falamos de sono, não podemos pensar em apenas dois estados: estar dormindo e estar acordado. Entre uma coisa e outra, há todo um processo, afetado por diversos fatores: neurológicos, fisiológicos, biológicos, sociais, emocionais e comportamentais.

Se formos um pouco além, você já parou para pensar que o sono é o momento de maior vulnerabilidade do nosso dia? Para conseguirmos pegar no sono e termos realmente uma noite de descanso de qualidade, nós precisamos nos entregar, e nós só conseguimos fazer isso se estivermos em segurança.

Temos que ter a noção que para o bebê, a hora de dormir é um momento de separação. Então, quanto mais preenchermos esse bebê de amor, afeto e conexão durante o dia, mais fácil deverá ser esse momento de despedida.

Nós precisamos ficar atentos às três coisas que são fundamentais para garantir que o bebê tenha um padrão de sono saudável: ele precisa estar com sono, estar relaxado e estar emocionalmente conectado. Ao longo deste capítulo, falaremos um pouco mais sobre cada uma delas.

O bebê nasceu! E agora?

Há quem acredite que o novo integrante deve se adaptar completamente à rotina de sua família, enquanto outros acham que a família deve parar tudo para se envolver com os cuidados do bebê.

Primeira infância

Entre uma teoria e outra, uma coisa é fato: um recém-nascido não é capaz de acompanhar o ritmo de vida de um adulto.

Quando nascem, os bebês ainda não têm o ritmo circadiano - relógio que controla o nosso organismo e difere o dia da noite - regulado. E por isso, o padrão de sono deles costuma ser bastante diferente do nosso, dividido em diversos cochilos ao longo do dia, pois os ciclos de sono deles ainda são bem mais curtos comparados aos de um adulto.

É justamente esse sono picado um dos grandes culpados por deixar mamães e papais ao redor do mundo exaustos, já que nós, como adultos, precisamos de pelo menos algumas horas de sono ininterruptas para descansarmos de verdade.

Mas não se preocupe! Esse padrão de sono no bebê é completamente normal, esperado e saudável. Podemos dizer até que é uma defesa de sobrevivência desse serzinho que está lutando para se adaptar a um meio tão diferente do qual ele viveu por nove meses.

Tente se colocar no lugar do bebê: o único ambiente que ele conhecia até então era quentinho, escuro, apertado, onde ele recebia alimento 24h por dia sem precisar sentir fome ou chorar para conseguir. De uma hora para outra, ele nasce em um mundo completamente diferente, portanto, é compreensível que esse processo de adaptação ao novo meio leve algum tempo.

Essa é uma das principais dicas de sucesso: se nós aprendermos a favorecer esse processo de adaptação, acolhendo o bebê sempre que ele precisa e recriando o ambiente que ele vivia (dentro da barriga), estaremos propiciando a oportunidade dele fazer a transição útero-mundo de uma maneira mais tranquila, gradual e respeitosa.

Os primeiros dias com um bebê em casa podem ser um período extremamente delicado e de adaptação para todo mundo. É a hora de pais e filho(s) se conhecerem e se conectarem. Portanto, nada de achar que se der colo demais o seu bebê vai ficar mal-acostumado, pois a presença, carinho e acolhimento dos pais é tudo o que seu filho precisa agora para se sentir seguro.

Ainda não é o momento de tentar estabelecer uma rotina rígida, isso só gera expectativas e até mesmo frustrações, já que com as demandas de sono e alimentação dessa fase é praticamente impossível conseguir regular alguma coisa.

Somente após o 5º mês de vida é que é indicado começar a pensar em estabelecer uma rotina para vocês, pois antes disso o bebê ainda não tem maturidade neurológica para se ajustar.

Até aqui, acho que você já entendeu o principal: seu bebê precisa de você e não há absolutamente nada que você possa esperar em relação ao sono dele, nos primeiros meses de vida – principalmente se for comparar com o sono do filho da vizinha.

Mas existem sim algumas estratégias simples que podem ajudar vocês a encontrarem um ritmo que facilite essa adaptação. Vamos ver a seguir?

Comece e termine o dia sempre no mesmo horário

O horário em que o dia começa é o que estabelece todo resto do dia, assim como a hora de ir dormir à noite. Respeitando esses dois horários, as chances de os dias seguirem parecidos é muito maior do que seria com horários diferentes a cada dia. Assim, com o tempo, vocês começam a estabelecer um ritmo e as coisas aos poucos vão se ajustando.

O bebê deve ter contato com a luz do sol diariamente

É esse contato que ajudará o bebê a regular o seu ritmo circadiano e há toda uma regulação bioquímica e hormonal envolvida nesse processo. E não estamos falando daquele banho de sol, diretamente na pele, que os pediatras indicam para melhor absorção da vitamina D. Nesse caso, o importante é que os raios solares entrem em contato com os olhos do bebê, mesmo que fechados.

Respeite sempre as janelas de sono

Esse é o termo utilizado para descrever o tempo que o bebê aguenta ficar acordado durante o dia.

Quando respeitamos a janela de sono e levamos o bebê para dormir na hora certa (sem estar muito cansado ou também sem sono), as chances de conseguir um sono duradouro e de melhor qualidade são muito maiores. Veja a seguir como as janelas de sono mudam de acordo com o desenvolvimento do bebê:

- **Recém-nascidos a 6/8 semanas:** o tempo de duração do último cochilo ou de 40 minutos a 60 minutos. Por exemplo: se a última soneca do bebê durou 20 minutos, ele deve estar dormindo novamente dentro de 20 minutos.
- **2-3 meses:** de 1h00 a 1h30.
- **4-5 meses:** de 1h30 a 2h00.
- **6 meses:** de 2h00 a 2h30.

Importante: esses intervalos são sugestões que levam em consideração uma média entre os bebês. Mais importante do que seguir tabelas, é reconhecer os sinais de sono do seu filho.

Saiba como reconhecer os sinais de sono

Como vimos anteriormente, o ideal é sempre levarmos o bebê para dormir antes de ele estar exausto, pois quanto mais cansado e irritado ele estiver, mais difícil poderá ser esse processo. Para isso, é preciso conhecer muito bem o seu pequeno e saber reconhecer os sinais de sono dele. Não se esqueça que cada bebê é único e conhecer o seu filho é o que vai fazer a diferença! Nada melhor do que a observação!

Seguem alguns indicativos de que o bebê pode já estar cansado: esfregar os olhos, bocejar, olhar fixo para um ponto, coçar o nariz, perda de interesse em brinquedos ou pessoas, enterrar o rosto no peito do cuidador, movimentos involuntários com braços e pernas, ansiedade, agitação, choro.

Crie um ritual do sono

Bebês precisam de previsibilidade e repetição para se sentirem seguros. Então, crie uma sequência de atividades e as repita sempre na mesma ordem para sinalizar ao bebê que está chegando a hora de dormir. Isso fará ele se sentir mais seguro e confortável com o que vem a seguir. Esse ritual deve acontecer tanto antes das sonecas, como antes do sono noturno.

Faça a higiene do sono

É a hora de ajudar o bebê a relaxar. Isso significa limpar o ambiente do excesso de estímulos e tudo que pode atrapalhar o sono do bebê nos momentos que antecedem a hora de dormir.

Portanto, durante o dia, separe uns minutinhos antes de levar o bebê para a soneca e deixe o ambiente mais calmo. A partir das 18h00, diminua as luzes, o tom de voz e o ritmo da casa como um todo.

Sobre o ambiente do sono

Deixe o ambiente completamente escuro durante a noite e na penumbra durante o dia. Alguns bebês podem se incomodar com algum nível de luz durante o dia e nesse caso o ideal é deixar o ambiente completamente no escuro, tapando inclusive as luzes de eletrônicos.

Não se preocupe achando que o bebê vai confundir o dia com a noite se deixar o quarto escuro nas sonecas. Ele vai aprender a diferenciar um do outro, através do contato com a luz do sol, o movimento e atividades da casa (durante o dia, continua tudo normal e durante a noite, fica tudo mais calmo) e pelo tempo que ele poderá dormir direto – durante o dia o ideal é que as sonecas não passem de 2h30.

Foque no vínculo e conexão

Os bebês, principalmente os menores, se conectam com quem cuida deles! Por isso, é muito importante cuidarmos da nossa presença diária, estando realmente atentos e presentes aos cuidados básicos, saindo do automático, com muito olho no olho, contato físico e acolhimento nos momentos de frustração. É dessa forma que dia a dia vocês vão aumentando o vínculo entre vocês e você vai passando para o bebê a segurança que ele precisa.

Dê oportunidades

Muitas vezes subestimamos a capacidade dos bebês e achamos que sempre temos que os fazer dormir. Mas a verdade é que o nosso papel é de facilitar o sono deles, cuidando do ambiente, de fatores externos, transmitindo segurança e deixando o bebê relaxado para o sono.

É muito importante inserirmos no dia a dia alguns momentos onde eles possam ter a oportunidade de adormecerem sozinhos, sem muita interferência do cuidador. Para isso, aproveite quando o bebê estiver tranquilo e faça o teste para ver o que acontece.

Sempre que o bebê chorar ou pedir colo, não hesite em pegá-lo e acolhê-lo, mas tente fazer dessas oportunidades algo frequente na vida dele, pois assim, você vai o incentivando a não precisar sempre de você para dormir.

Como você deve ter percebido, não há uma única coisa que você possa fazer que garanta que seu filho irá dormir maravilhosamente bem por várias noites seguidas, sem despertar. Os despertares são extremamente comuns e esperados durante a infância, principalmente no primeiro ano de vida do bebê.

O importante é que a combinação entre o ambiente, saúde, alimentação, comportamento, desenvolvimento, brincadeiras, gasto de energia e principalmente a conexão e o vínculo seguro entre vocês estejam sempre em equilíbrio.

E para finalizar, se eu puder falar mais duas coisas: descansem sempre que possível, aceitem e peçam ajuda sempre que puderem! Não é sempre fácil, mas criar e acompanhar o desenvolvimento dessas "pessoinhas" pode ser deliciosamente gratificante!

Primeira infância

Capítulo 13

Por uma vida mais movimentada

Neste capítulo, os pais vão poder saber como criar e desenvolver o hábito de praticar uma atividade física na primeira infância.

Carolina Robortella Della Volpe

Primeira infância

Carolina Robortella Della Volpe

Profissional de educação física formada pela Universidade São Judas Tadeu (2006), com pós-gradução em *Personal Trainer* (Universidade Gama Filho), Nutrição materno infantil (Unyleya), Fisiologia do Exercício (Unyleya). *Personal trainer* e instrutora de musculação da Sosaúde Academia e Studio de São Paulo. Blogueira, escritora da página Mamães de Pequenos.

Contatos
http://mamaesdepequenos.blogspot.com/
mamaesdepequenos@gmail.com
Instagram: @_carol.volpe

Carolina Robortella Della Volpe

> O brincar é o modo mais vívido e apropriado de comportamento da criança no mundo, por ser a única forma de atividade que brota espontaneamente de sua existência. (ARENDT, 1971 apud ALMEIDA, 2006, p. 543)

E quando você vê, já são mais de dez horas da noite, seu dia foi corrido, quase nem falou com seu filho, ou se falou, foi para fazer o dever de casa ou pedir para tomar banho e fazer sua refeição; o que acaba muitas vezes virando algo tão automático que fazemos sem esforço algum.

Nosso tempo acaba sendo curto para estarmos mais presentes no dia a dia, na hora de brincar, no momento de tirar um tempo com nossos filhos, nem que seja por apenas alguns minutos.

Então vem a pergunta: como e o que posso fazer para estar mais presente no desenvolvimento do meu filho? Segundo Gallahue e Ozmun (2001, p. 391), grande parte do que a criança aprende é por imitação, e esse aprendizado não está restrito às ações evidentes. Sentimentos e atitudes também podem ser aprendidos por imitação. Como resultado, os estados de humor e as emoções de um adulto importante afetam muitas atitudes e vários sentimentos que a criança desenvolve.

A criança é também multiplicadora de aprendizado, ela aprende tudo o que lhe é ensinado com grande facilidade, passando para frente o que aprendeu, pois é a fase onde há um grande interesse de mostrar o que sabe a quem está ao seu redor.

Nesse capítulo, vamos conhecer um pouco mais como os pais e familiares podem ajudar as crianças a encontrarem o gosto de praticar uma atividade física e como isso ajudará em seu desenvolvimento. A seguir, vamos discutir estratégias de como desenvolver este "gosto" pela atividade física nas crianças.

As doenças ligadas aos hábitos de vida, que são evitáveis, continuam sendo uma parte significativa das doenças em escala internacional, e a inatividade física faz parte dos cinco principais fatores de risco, contribuindo para a mortalidade global.

Uma intervenção no decorrer dos primeiros anos de vida pode ser necessária para garantir a adoção de comportamentos que promovam a saúde, como a atividade física. Apesar de as crianças pequenas serem o segmento mais ativo da população, estudos de monitoramento sugerem que uma grande parte delas não está suficientemente ativa para se desenvolver de maneira adequada e estar em boas condições de saúde.

Quando chegamos à vida adulta, é que podemos ver o que trouxemos de bagagem de uma prática de atividade física na nossa infância, pois é lá atrás que desenvolvemos e construímos os alicerces e o desenvolvimento de hábitos que criam as consequências e que seguem durante toda a vida.

Segundo Gallahue e Ozmun (2001, p. 6), "o desenvolvimento é um processo contínuo que se inicia na concepção e cessa com a morte", sendo mudanças físicas, aptidões, etc. Ainda segundo Gallahue e Ozmun (2001, p. 237), "as crianças envolvem-se em novas experiências" e Andrade (2014, p. 13) afirma que "o mundo da criança é repleto de descobertas e fantasias, num processo constante de mediação entre realidade e a sua interpretação", levando-nos a termos, em certas ocasiões, uma sensibilidade na forma de ver como a criança interpreta o mundo.

O "brincar" é algo que se torna imprescindível para o desenvolvimento de uma criança, pois é nesse momento que ela recebe estímulos e informações do meio que a rodeia, levando-a a interligar a ficção com a realidade (ANDRADE, 2014, p. 5).

A criança, quando brinca, não está apenas se divertindo, ela está fazendo um auxílio para o seu desenvolvimento. O brincar pode e deve estar inserido nas atividades físicas que são realizadas, pois trazem benefícios não só físicos, mas também psicológicos e até sociais.

A criança tem uma grande necessidade de se movimentar. Da qualidade desse comportamento, vai depender todo o processo de desenvolvimento. Desta forma, os aspectos do desenvolvimento motor, até uma idade mais avançada, não devem ser descuidados, mas sim encorajados e estimulados tanto quanto possível. Nestas idades, a manipulação de brinquedos e objetos assume aspectos determinantes, no que se refere aos padrões de evolução motora.

A atividade física promovida na infância estabelece uma base sólida para a redução de prevalência do sedentarismo na idade adulta, o que contribui para uma melhor qualidade de vida (LAZZOLI et al., 1998, p. 107).

O termo "atividade física" descreve várias formas de movimento, incluindo atividades que envolvem o uso de grandes músculos. Atividades que envolvem os pequenos músculos esqueléticos (por exemplo, jogos de tabuleiro, desenho e escrita) são importantes, mas elas não fornecem os mesmos benefícios para a saúde que as atividades que envolvem os grandes músculos esqueléticos e requerem gastos de energias substanciais.

O ato de brincar leva a criança a aumentar a socialização, pois há um convívio com outras crianças e também agrega valores como autoestima, confiança e motivação. Aprendem a dividir, trabalhar em equipe e muitas vezes há pequenas competições, onde são estimuladas a aprender a perder e a ganhar.

A primeira infância é conhecida como o período crítico para a adoção de hábitos de vida saudáveis como a atividade física. O motivo da promoção da atividade física nessa idade está no fato de ela estimular o desenvolvimento das habilidades motoras. De fato, o movimento, especialmente durante as brincadeiras ativas, constitui o substrato da atividade física ao longo dos primeiros anos da infância.

As pessoas e as instituições que exercem uma influência sobre a vida das crianças na primeira infância devem garantir que elas tenham a oportunidade e o incentivo de fazer a quantidade recomendada de atividades físicas de acordo com o seu nível de desenvolvimento, sendo benéficas a sua saúde.

Esse incentivo pode ser alcançado com brincadeiras ativas não estruturadas e com as experiências de aprendizado estruturadas, tanto em casa como nas escolas. A atividade física deve ser orientada com uma abordagem prazerosa.

A atividade física é importante para muitos aspectos da saúde e do desenvolvimento da criança. Um aumento do nível de atividade física pode trazer muitos benefícios, tanto no curto prazo (para a criança) quanto no longo prazo (quando a criança se torna adulta). Tradicionalmente, a primeira infância tem sido considerada como um período caracterizado por níveis elevados de atividades físicas: as crianças pequenas eram consideradas fisicamente ativas por natureza e eram até chamadas de "dínamos supercarregadas" nos manuais de referência.

A atividade física permite que se vivenciem diferentes práticas corporais advindas das mais diversas manifestações culturais e se enxergue como essa variada combinação de influências está presente na vida cotidiana. As danças, esportes, lutas, jogos e ginásticas compõem um vasto patrimônio cultural que deve ser valorizado, conhecido e desfrutado. Além disso, esse conhecimento contribui para a adoção de uma postura não preconceituosa e discriminatória diante das manifestações e expressões dos diferentes grupos étnicos e sociais e às pessoas que dele fazem parte.

Em uma atividade física de qualidade, há um impacto positivo no pensamento, conhecimento e ação, nos domínios cognitivo, afetivo e psicomotor, na vida de crianças e jovens fisicamente educados para uma vida ativa, saudável e produtiva.

Os pais e os profissionais da saúde e da educação que trabalham com crianças pequenas têm tendência a acreditar que seu nível de atividade física é muito alto; em geral, os pais superestimam o nível de atividade física de seus filhos. Os resultados de pesquisas recentes levantam preocupações, pois os níveis de atividade física observados em crianças pequenas são geralmente bem longe de serem ótimos. Os artigos que

Primeira infância

trazem sua contribuição ao tema refletem também as evidências cada vez mais fortes na literatura científica sugerindo que os comportamentos sedentários, especialmente o tempo passado em frente a uma tela de televisão/computador, começam cedo na vida e ultrapassam os níveis recomendados.

Para as crianças de hoje está claro que a "infância digital" começa cedo e que as preocupações relativas ao nível de atividade física e ao comportamento sedentário (o qual não está necessariamente ligado à atividade física, isto é, uma criança pode ser bastante ativa, mas também muito sedentária).

A sociedade vem em grande desenvolvimento tecnológico, o que ajuda a contribuir com o aumento do sedentarismo, e quando se trata das crianças que crescem junto com esse desenvolvimento, o assunto é preocupante para os pais.

A tecnologia surgiu como algo facilitador para o dia a dia das pessoas, onde muitas vezes auxilia os trabalhos cotidianos, fazendo com que se utilize com o passar dos dias menos esforços e tempo para realizar determinadas tarefas.

Para Alves (2007, p. 19) "a tecnologia é criada com fins de ser facilitador da sociedade, e ainda como ferramenta para se economizar tempo nas ações [...] em tese as pessoas deveriam ter mais tempo para cuidar de outras coisas, como por exemplo, de saúde. Pelo contrário percebemos que quanto mais tecnologia é criada, menos tempo a pessoa tem para se dedicar manutenção de sua saúde".

Levando em conta esse desenvolvimento tecnológico, podemos afirmar que é um dos principais causadores da não adesão das crianças à prática de atividade física. Para Koezuka (2006 apud SILVA; COSTA JR, 2011) nos dias atuais tem-se também maior acesso a outros equipamentos eletrônicos que distraem as crianças e as deixam longe das práticas de atividade física, como computadores, tablets e celulares, cada vez mais modernos e com mais funções, jogos, entre outras funcionalidades, além de problemas como falta de segurança nas ruas.

Mas, como nós, pais, podemos colocar um pouco mais de atividades e movimentos no dia a dia dos nossos filhos? O que podemos fazer naquelas duas ou três horas que temos com eles no dia?

Resgatando brincadeiras

Que adulto nunca brincou de amarelinha ou gato mia? Sim, resgatar brincadeiras da nossa infância podem fazer com que nossos filhos tenham um pouco mais de movimento no seu dia:

- Amarelinha;
- Gato mia;
- *Ping pong* com bexigas;

- Dança das cadeiras; e
- Minigolfe.

Desafio

Uma maneira de estimular o seu filho a brincar é também o "quadro do desafio". Faça um quadro com 20-30 envelopes representando os dias que vão brincar em casa; esses envelopes vão conter 4 a 5 movimentos para desafiar as crianças a realizarem e a cada desafio concluído, uma pontuação será dada; ao final do mês é determinado um prêmio.

Usando a tecnologia a seu favor

Não é também para abolir de todo o uso da tecnologia no dia a dia, mas podemos usá-la a nosso favor. Utilizando músicas para dançar, imitar personagens, reproduzir uma cena de um desenho etc.

Assim o que queremos é o fato de se manter uma infância ativa, despertar o gosto por se movimentar, ajudando o desenvolvimento físico, social, no crescimento; além de ensinar às crianças o valor de hábitos saudáveis e comportamentos que levem ao crescimento de suas potencialidades.

Referências

ALMEIDA, D.B.L. *Sobre brinquedos e infância: aspectos da experiência e da cultura do brincar.* Educação e Sociedade, Campinas, v. 27, n. 95, p. 541-551, maio/ago. 2006. Disponível em: <http://www.cedes.unicamp.br>. Acesso em: 20 mar. 2015.

ALVES, U.S. *A educação física escolar e os esportes contra o sedentarismo.* Coleção pesquisa em Educação Física, São Paulo, V. 5, n. 1, 2007. Disponível em: <http://omnieducacional.com.br/painel/geral/sistema/kcfinder/upload/files/Aval.Final_EdFisica_texto(3).pdf> . Acesso em: 26 mar. 2015.

ANDRADE, T.S.L.C. *Importância do brincar.* 2014. Relatório do projeto de investigação (Mestrado em Educação Pré-Escolar) – Instituto Politécnico de Setúbal, Portugal, 2014.Disponível em: <http://comum.rcaap.pt/handle/123456789/7783>. Acesso em: 20 mar. 2015.

GALLAHUE, D. L; OZMUN, J. C. *Desenvolvimento motor: bebês, crianças, adolescentes e adultos.* São Paulo: Phorte Editora, 2001.

LAZZOLI, J.K. et al. *Posição oficial da Sociedade Brasileira de Medicina do Esporte: atividade física e saúde na infância e adolescência.* Revista Brasileira de Medicina do Esporte, Niterói, v. 4, n. 4, p. 107-109, jul./ago. 1998. Disponível em: <http://www.scielo.br/scielo.php?pid=S1517-86921998000400002-&script-sci_arttext>. Acesso em: 12 mar. 2015.

SILVA, P. V.; COSTA Jr., A.L. *Efeitos da atividade física para saúde de crianças e adolescentes.* Psicologia Argumento, Curitiba, v. 29, n. 64, p. 41-50, jan./mar. 2011. Disponível em: <http://www2.pucpr.br/reol/index.php/PA?dd1=4525&dd99=view>. Acesso em: 18 mar. 2015.

Primeira infância

Capítulo 14

O despertar para a primeira infância

Este capítulo não é apenas o convite para construir uma nova perspectiva sobre a criança, repensando a interação pais e filhos e o que entendemos como desenvolvimento na primeira infância. Vai além. Este capítulo nos convida a ampliar o repertório parental e reconhecer a janela de oportunidade que se descortina nos primeiros anos. Afinal, se mudarmos o começo da história, mudamos toda a história!

Clarissa Belotto Pellizzer

Primeira infância

Clarissa Belotto Pellizzer

Formada em Comunicação Social pela ESPM – SP; pós-graduada em Gestão Estratégica de Negócios pela ESAMC e especialista em Liderança e Gestão de Equipes pela Fundação Dom Cabral. O nascimento das filhas Manuela e Valentina marcou seu despertar para a primeira infância e mudanças em sua trajetória profissional. Após 15 anos atuando com *marketing* e comunicação em uma grande multinacional, fundou o Maternar360, *startup* dedicada à primeira infância cuja missão é descomplicar o desenvolvimento infantil, entregando aos pais ferramentas e outros recursos para promover o desenvolvimento pleno das crianças até seis anos, fortalecendo sua criatividade, autoestima e liberdade para brincar. Certificada em *Early Childhood Development for Sustainable Development e Family Engagement in Education* por HarvardX, segue apaixonada pelo universo da primeira infância e confiante de que ressignificar o olhar da sociedade para a infância é construir um futuro melhor!

Contatos
www.maternar360.com.br
clarissa@maternar360.com.br
Instagram: @maternar360
Facebook: maternar360

Clarissa Belotto Pellizzer

> "A criança na primeira infância é puro movimento.
> Assim como é a vida!"
> (Renata Meirelles, educadora e idealizadora
> do documentário *Território do brincar*)

Eu me envolvi com a primeira infância enquanto sobrevivia a um puerpério bastante desafiador. As questões relacionadas ao dilema de voltar ao trabalho, passar muitas horas longe de casa, me expor a mais de 100 km de estrada todos os dias e a logística para coordenar uma rede de apoio e garantir o mínimo de rotina para as duas filhas eram só a ponta do iceberg. O dilema seria muito mais profundo e – felizmente – muito mais transformador.

Digo que segurando uma mãozinha eu fui até o fundo do poço e voltei. Não há exageros nesta afirmação. De fato, a chegada da minha segunda filha me trouxe a oportunidade de embarcar na viagem mais incrível que eu poderia vivenciar: a viagem para dentro de mim e o encontro com um propósito de vida.

Precisei de ajuda profissional e imparcial para colocar ordem no turbilhão de emoções que estava sentindo. Em algum momento durante os encontros semanais, comecei a notar perguntas muito curiosas: você brincava quando era criança? Do que gostava de brincar? Como você brinca com suas filhas hoje? O que a sua bebê já ensinou a você?

De repente eu entendi que existiam muitas respostas na criança. O espírito de um *lifelong learner* tomou conta de mim e a cada conteúdo que consumia, a cada especialista que ouvia, a cada novo livro ou documentário que devorava, mais clara ficava a importância dos primeiros anos na vida de uma criança. Da formação do ego à construção da autoestima; do desenvolvimento cognitivo às habilidades socioemocionais; do estímulo criativo à formação de caráter, a chave estava na primeira infância, neste período que corresponde do 0 aos 6 anos de idade, em que temos em nossas mãos, como pais e educadores, a possibilidade de trabalhar de maneira consciente para proporcionar o desenvolvimento pleno de nossos filhos.

Nesse momento, eu havia puxado um fiozinho de esperança que não teria mais fim. Meu despertar para a primeira infância significou a

Primeira infância

desconstrução de muitas crenças referentes ao que é educar e o meu papel como cidadã. Também fez do meu maternar uma jornada mais leve, ainda que intensa (e muitas vezes insana!), mas infinitamente mais significativa, consciente e segura de que estou no caminho certo, criando filhas melhores para um mundo melhor!

Este artigo é o meu convite para o seu despertar!

Os primeiros anos em suas mãos!

O que se vive na primeira infância reverbera por toda a vida! As experiências vividas durante este período que corresponde do 0 aos 6 anos de vida pavimentam o caminho para que a criança atinja seu desenvolvimento pleno, impactando, inclusive, no adulto que ela irá se formar.

Quando pensamos em tal progresso nos primeiros anos, devemos entender que todos os bebês nascem capazes de atingir todo o seu potencial, porém são os estímulos recebidos durante este período, quando o cérebro da criança trabalha a todo vapor formando 1 milhão de novas conexões por segundo, os responsáveis por construir bases sólidas para seu desenvolvimento.

Podemos pensar nessa etapa da vida humana como os alicerces de uma casa: o afeto, o cuidado, a nutrição e os estímulos recebidos neste período precisam ser fortes o suficiente para sustentar os desafios das fases seguintes. Uma primeira infância saudável tem impacto no desenvolvimento da criança, da sua comunidade e, consequentemente, do futuro de uma sociedade.

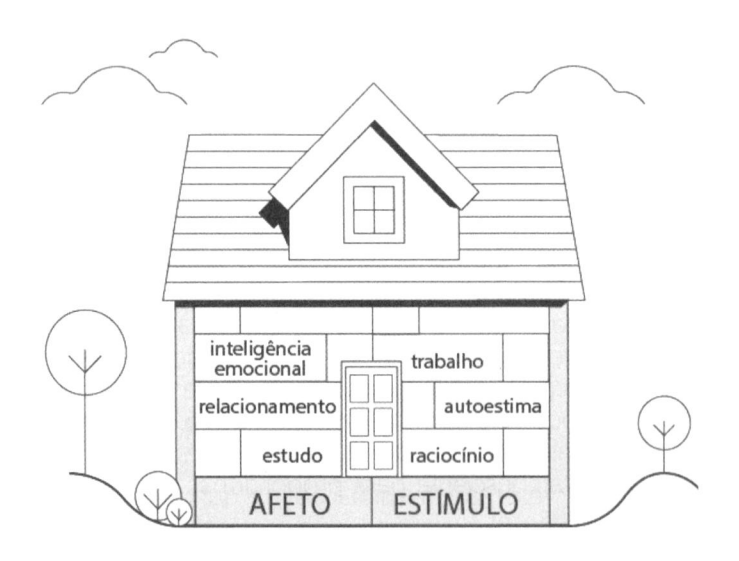

Metáfora da Arquitetura do Cérebro.

Mas afinal, o que significa desenvolvimento pleno na primeira infância?

Os avanços da neurociência trouxeram um novo olhar no que diz respeito ao crescimento de bebês e crianças. Sabe-se que 90% das conexões cerebrais são estabelecidas até os 6 anos de vida e que, além dos cuidados básicos para garantir a sobrevivência de uma criança, como alimentação adequada, vacinação e higiene, as interações sociais são fundamentais para estimular o amadurecimento cerebral. Se a criança for negligenciada ou a qualidade dessas interações não for satisfatória, muitas ligações entre os neurônios deixam de acontecer, o que pode afetar o potencial da criança aprender, se desenvolver e se relacionar com o mundo.

O desenvolvimento pleno na prática

É tentador imaginar que garantir o desenvolvimento pleno na primeira infância, considerando os melhores estímulos e interações sociais adequadas, tenha a ver com frequentar uma escola de educação infantil renomada, atividades extracurriculares e, quem sabe, o aprendizado de uma segunda língua.

A realidade é que prover os estímulos corretos para que a criança alcance seu potencial máximo requer menos recurso financeiro extra e mais disponibilidade e presença de pais e cuidadores.

Existem três elementos fundamentais para que a primeira infância seja próspera. Eu costumo chamá-los de tripé da infância saudável. São eles: brincar, amar e criar. Através deste tripé, somos capazes de desenvolver habilidades físicas, sociais, emocionais e cognitivas na criança, que formam a corda do aprendizado. Essas habilidades são como os fios de uma corda. Quanto melhor entrelaçados, mais forte será a corda do aprendizado. Um fio não consegue cumprir sozinho o papel da corda como um todo. É preciso que o cérebro da criança entrelace todas estas habilidades para que se desenvolva por inteiro, consolidando o aprendizado.

A importância do brincar

Brincar é essencial para o aprimoramento intelectual, emocional e social da criança. É através do brincar que ela interpreta o mundo ao seu redor. Quando um bebê derruba repetidamente uma colher de cima da mesa, ele não só está brincando como está entendendo a relação de causa-consequência.

O brincar também tem papel de regular emoções, ajudando a criança a equilibrar o estresse que ela viveu ao longo do dia. Pais com criança durante o período de reclusão social que enfrentamos pela pandemia do Covid-19 com certeza viram um maior interesse por brincar de médico e enfermeira. Representar uma situação real durante a brincadeira é a forma da criança trazer para o seu mundo os desafios do mundo adulto.

Por isso a importância do brincar, especialmente o livre brincar, onde a criança é autêntica e brinca da forma que ela quer, com o que ela quer, sem interferências e sem ser dirigida pelo adulto. Não é perda de tempo. É ganho de saúde.

A qualidade do brincar pouco tem a ver com a disponibilidade de brinquedos. Quem nunca viu a caixa de embalagem fazer mais sucesso do que o brinquedo em si? A criança é naturalmente curiosa para aprender, quer explorar, criar hipóteses, testar. Quanto mais desconstruído o brinquedo, mais possibilidades ele representa e, por isso, mais interessante fica o brincar.

Da mesma forma, brincar ao ar livre abre um novo leque de possibilidades! Num mundo onde as crianças estão cada vez mais emparedadas, o contato com a natureza é um convite para o desenvolvimento físico e valores de respeito ao meio ambiente e sustentabilidade.

Brincar é um estímulo fundamental!

Amor acima de tudo

O afeto envolve todo o processo de descobertas e desenvolvimento na primeira infância. Literalmente, ele adoça o percurso. O ambiente afetuoso é um ambiente seguro, onde a criança sabe que pode tentar, errar e, ainda assim, ser acolhida. Crianças que crescem recebendo estímulos positivos – o que inclui a atenção e o amor de seus cuidadores – apresentam maior potencial de ter habilidades cognitivas, sociais e emocionais bem desenvolvidas. Segundo Raffi Cavoukian, fundador do Centro de Pesquisas e Apoio à Infância de Salt Spring, Canadá, quando as relações são carinhosas, otimistas e positivas, o cérebro se desenvolve ao redor desses valores, fazendo parte do turbilhão de conexões cerebrais que estão se formando. Quando adultos, estas conexões serão acessadas a todo momento.

As interações do dia a dia são oportunidades únicas de estabelecer vínculo afetivo com a criança. A hora do banho, conversar, contar histórias e passear juntos são pequenos exemplos de cuidados rotineiros que favorecem o estabelecimento do apego das crianças a seus cuidadores. Essa é a base para o surgimento e a consolidação de autoestima e segurança emocional já nos primeiros anos de vida.

Criar como expressão de linguagem na infância

Crianças emocionalmente seguras lidam melhor com o erro – muitas vezes questionando rótulos de fracasso. São mais livres de autojulgamento, por isso arriscam mais ao propor soluções e são mais criativas, uma das competências mais relevantes para o futuro, de acordo com o Fórum Econômico Mundial de Davos 2018.

Sem dúvidas, nutrir a criatividade é permitir que a criança alcance todo seu potencial! Veja, estamos falando em nutrir e não desenvolver ou estimular a criatividade. Já vimos que crianças nascem extremamente curiosas e livres de autocrítica. O que acontece é que, conforme crescem, em especial quando ingressam na educação formal, a criatividade tende a cair vertiginosamente. Enquanto 95% das crianças de até 5 anos se consideram criativas, apenas 2% dos jovens de 25 anos se consideram assim.

Se criatividade é uma habilidade socioemocional tão requisitada e tão inerente à infância, o que podemos fazer para nutrir ainda mais esta sede pelo criar?

Como pais e educadores, especialmente na primeira infância, podemos permitir o protagonismo da criança e incentivar sua liberdade de expressão. Reconhecer e apoiar os interesses de nossos filhos, interessar-se pelo seu universo, participar de suas descobertas.

Nutrir a criatividade não necessariamente está relacionado com prover atividades artísticas ou manuais. Esta é só uma das vertentes pela qual a criatividade se expressa. Nutrir a criatividade tem a ver com permitir a criança explorar, ousar, tentar novas formas de realizar uma tarefa, inventar novas regras do jogo. Nutrir a criatividade tem a ver com ressignificar o que entendemos como erro e encará-los como processo intrínseco ao aprendizado e, por que não, a oportunidade de sair fora da caixa.

Se ainda não é unanimidade que a educação formal deve olhar para o processo integral da formação de um cidadão, cabe a nós, pais, apoiar esta parceria, provendo as oportunidades e experiências que complementem tal formação. A responsabilidade pela primeira infância é um esforço de toda a sociedade!

Fazemos por eles hoje e para o futuro de todos nós!

Conhecer sobre primeira infância é empoderar pais e mães com novas ferramentas de parentalidade, possibilitando agir de maneira consciente e intencional para o desenvolvimento pleno de seus filhos. Mas investir na primeira infância é olhar muito além do que o próprio umbigo!

Segundo o economista americano James Heckman, prêmio Nobel de Economia de 2000, cada dólar investido nessa fase da vida traz até 13% de retorno para a sociedade, diminuindo a incidência de doenças crônicas, a violência e a desigualdade social e econômica. Nenhum outro investimento é tão rentável.

Ao melhorarmos as condições de vida das crianças mais vulneráveis durante a primeira infância, garantindo a elas saúde, afeto, nutrição, segurança e educação de qualidade, aumentamos muito as possibilidades para que tenham um futuro melhor, resultando em ganhos também para as futuras gerações.

Num país como o Brasil, com mais de 20 milhões de crianças na primeira infância, sendo que 1 em cada 3 dessas crianças vive na pobreza, fica impossível não rever nosso papel como cidadão ao despertar para a importância dessa etapa.

Mudar nosso olhar para a infância hoje - seja no âmbito individual, com nossos filhos; seja em sociedade, participando de ações e decisões na comunidade; ou como Estado, por meio de políticas públicas que garantam cuidado e proteção especialmente aos indivíduos em situações de vulnerabilidade – é a oportunidade de mudar o futuro da humanidade.

De fato, talvez esta seja a estratégia mais inteligente para vermos florescer uma sociedade mais justa; aquela que sonhamos para nossos filhos prosperarem!

É possível dar um primeiro passo, hoje. Escolher construir um novo olhar para a infância, reconhecendo a potência da criança, é se fortalecer como mãe e pai. Tomar consciência das responsabilidades de nossa parentalidade e, principalmente, do tripé poderosíssimo que temos em nossas mãos, é o início deste movimento de mudança.

Vivemos todos os dias um convite para agirmos intencionalmente, criando filhos melhores para um mundo melhor! Esta é a beleza deste despertar.

Referências

ABUCHAIM, Beatriz de Oliveira *et al. Importância dos vínculos familiares na primeira infância*: estudos II. Organização Comitê Científico do Núcleo Ciência pela Infância. São Paulo: Fundação Maria Cecilia Souto Vidigal, 2016. (Série Estudos do Comitê Científico: NCPI, 2).

CENTER ON THE DEVELOPING CHILD. *Inbrief: the science of early childhood development.* Harvard University, 2007.

HECKMAN: *the economics of human potential.* Disponível em: <heckmanequation.org>. Acesso em: 29 out. 2020.

PRIMEIRA infância. *Caderno Globo.* São Paulo, n. 17, nov. 2019.

UNICEF. *Relatório anual do Fundo das Nações Unidas para a Infância*: crianças de até 6 anos, o direito à sobrevivência e ao desenvolvimento. Brasília, 2006.

Capítulo 15

Educação financeira na primeira infância

Saber lidar com o dinheiro, com todas as atividades relacionadas às finanças e com as consequências emocionais dessas relações faz parte da educação financeira. Mas como lidar com um assunto tão complexo na primeira infância se nós, adultos, ainda temos tantas dificuldades? Se você se identificou com essa pergunta, então esse artigo o irá ajudar.

Daniele Bicho do Nascimento

Primeira infância

Daniele Bicho do Nascimento

Matemática graduada pelo Centro Universitário Fundação Santo André, pedagoga graduada pela Universidade Bandeirantes de São Paulo. Professora desde 2002. Empreendedora no ramo de moda infantojuvenil masculina. Mãe de dois meninos. Palestrante espírita.

Contatos
danielebicho@gmail.com
(11) 98736-3399

Daniele Bicho do Nascimento

> "Quando você se vê obrigado a pensar, sua capacidade mental se expande. Ao expandir sua capacidade mental, sua riqueza se expande!"
> (Robert T. Kiyosaki)

Quando cursei o magistério, tive uma professora que dizia: "Gente, pensa! Dói, mas vai passar!".

Na época, a gente ficava profundamente ofendido com essa fala, ainda mais vindo da nossa professora, que nos era motivo de admiração e de indignação muitas vezes. Porém, hoje entendo perfeitamente o que ela queria nos ensinar e que na época não tivemos maturidade de aprender.

Educação financeira

"A partir de 2020 será obrigatório o ensino de educação financeira nas escolas!!!"

De pronto a notícia foi espalhada e com ela o caos, a ansiedade e tantos outros transtornos pelas escolas.

Primeiramente, já vamos desvendar a lenda de que será uma disciplina nova: não, ela não será uma disciplina a parte.

Agora sim, com mais calma, vamos explorar esse tema. Sim, apenas um tema que já vem sendo trabalhado de forma natural, mas que agora estará exigindo um pouco mais de atenção de todos e claro que essa tarefa será mais uma obrigação da escola!

O que antes era um tema apenas associado à disciplina de matemática, agora será um tema que deverá ser tratado transversalmente por todas as disciplinas dentro de tantos projetos já existentes e que as escolas já fazem.

Nossos exemplos aqui serão bastante simples, visto que nosso foco é tratar da educação financeira na primeira infância.

Então, nosso primeiro exemplo, quer ver como a escola já trabalha isso? Quando levamos os pequeninos para escovar os dentes após o lanchinho e dizemos para fechar a torneira enquanto fazem a escovação é um jeito de trabalhar educação financeira, consciência ambiental, economia e tantos outros detalhes. O problema é que a gente não fala isso, geralmente nossa fala se limita em: fecha a torneira! Olha o desperdício!

Primeira infância

Podemos, numa linguagem que as crianças compreendam, explorar um pouco mais essa ideia: fecha a torneira para não desperdiçar água, porque ela pode acabar, porque senão vamos ficar sem, porque essa água a gente tem que pagar para ter na torneira, enfim, há uma série de argumentos que aos poucos as crianças vão internalizando e criando consciência sobre isso.

A mesma coisa na hora do lanchinho. Não jogar o lanche fora, não desperdiçar comida, mas não porque os pais irão ficar bravos, e sim porque tudo custa dinheiro, têm crianças que passam fome, etc. E podem ter certeza que irá surgir uma série de curiosidades sobre esses temas e que serão muito produtivos para as crianças que conversarão em casa com a família, e também para os professores que irão despertar esse olhar para novos pontos de vista através da ótica da criança.

Mas não é só isso

Realizei uma atividade experimental com meus alunos de 9º ano. A atividade consistia em observar, durante uma semana, os hábitos da família em relação ao preparo, ao consumo e ao desperdício de alimentos. Mas eles não podiam contar para a família. Após uma semana, eles trouxeram seus relatórios e conversamos sobre consumo consciente, desperdício, organização de rótulos e data de validade dos produtos, etc. Enfim, o assunto rendeu muito mais do que eu havia planejado e depois os próprios alunos compartilharam esses conhecimentos com a família.

Com as crianças menores, o trabalho é numa linguagem simplificada. Ensinar a fechar a torneira enquanto escova os dentes, a não jogar comida fora, a apagar as luzes quando não tem ninguém no cômodo da casa, será muito mais eficiente quando vier pelo exemplo dos adultos. Da mesma forma, será ao ensinar a lidar com o dinheiro e com tudo que está relacionado ao seu uso. A criança terá muito mais consciência e saberá lidar com suas finanças se os adultos da casa souberem gerir suas finanças e mais ainda se souberem gerir as emoções que acompanham cada movimento financeiro.

Educação financeira também traz questões de saúde, de alimentação, meio ambiente, etc., não somente falar de dinheiro, ou se a família consegue ou não dar conta das contas do mês. O endividamento das famílias brasileiras não é, pelo menos não deve ser, o único foco, afinal quando se trabalha educação financeira como algo relacionado a vivências, convivências, respeito ao próximo, respeito ao meio ambiente e à natureza, trabalha-se a educação social e emocional sobre os diversos cenários financeiros que com certeza todos estamos sujeitos a passar.

A educação financeira não veio para "salvar" as famílias da inadimplência, do famoso "nome sujo", mas para conscientizar a população de como gerir melhor seu tempo, seu dinheiro, sua vida, além de trazer saúde emocional e segurança para lidar com momentos difíceis, que geralmente envolvem um desprendimento ou um empreendimento financeiro para ajudar a solucionar.

Com a família

No ambiente familiar, é necessário que haja respeito e, portanto, que não haja mentiras. A criança, ao contrário do que se imagina, desde muito pequenina, está atenta a toda movimentação familiar. Por exemplo, quando morre um parente ou um amigo da família, mesmo que não falamos para a criança, por ser pequena ou por não conhecer direito a pessoa que morreu, ela percebe que algo de "errado" está acontecendo. No entanto, ela não tem maturidade para decifrar o contexto e no ingênuo entendimento dela poderá achar que os adultos estão tristes com ela e externar esse sentimento de forma agressiva nos seus ambientes de convivência: casa, escola, etc. Cabe à família ser honesta com a criança, dizer sem medo "mamãe está triste hoje! Pois um amigo foi embora..." ou de alguma forma, com uma linguagem simples que a criança compreenda, pois ela se sentirá parte da família, se sentirá alguém importante dentro desse grupo familiar.

A mesma coisa deve acontecer em relação às finanças. Quem é mãe e pai tem o desejo de fazer o melhor pelos seus filhos e por vezes até extrapolamos, quando querem um brinquedo, por exemplo, fora de qualquer data comemorativa e a gente cede a esse desejo. Ou quando querem um chocolate, uma balinha antes do almoço, com aquele risinho sapeca, e a gente concede essa pequena quebra de regras. Mas haverá situações em que faltará o recurso financeiro. A primeira pergunta que nos fazemos é: como falar sobre isso com minha família? Simples, sejam honestos! Conversem também com as crianças. Explique de forma adequada a cada faixa etária, mas sejam honestos com vocês e com a família. Discutam em conjunto e proponham mudanças de rotina e de hábitos para conseguirem vencer juntos essa fase que também irá passar! Quando os filhos se enxergam como parte importante dentro da família, eles colaboram muito mais.

Mas ainda acho que o maior desafio é para que os adultos aprendam a lidar com sabedoria e tranquilidade com suas finanças. Isso é educação financeira! Aprender a lidar com seus sentimentos e emoções despertadas a cada cenário financeiro que vivenciar sem desperdício da própria energia, sem ficar extremamente eufórico no momento das "vacas gordas" e sem perder a cabeça no momento das "vacas magras". A vida será um eterno gráfico de uma senóide, por vezes estaremos no pico, por vezes estaremos no vale, mas com a certeza de que cada fase será apenas mais um estágio e que vai passar!

Referência
BRASIL. Ministério da Educação. *Base Nacional Comum Curricular*. Brasília, DF: Ministério da Educação, 20 dez. 2017. Disponível em: <http://basenacionalcomum.mec.gov.br/images/BNCC_EI_EF_110518_versaofinal_site.pdf>. Acesso em: 10 mar. 2020.

Primeira infância

Capítulo 16

A importância dos vínculos de afeto na primeira infância

Quando nos tornamos pais, temos grande responsabilidade em criar o futuro. O tipo de relação que estabelecemos com nossos filhos será determinante para ajudá-los a desenvolver uma personalidade saudável, adaptada e feliz. É a partir do vínculo com seus cuidadores, que a criança desenvolve sua identidade pessoal. Desenvolver uma relação sensível e sintonizada deve ser a nossa prioridade.

Danielle Vieira Gomes

Primeira infância

Danielle Vieira Gomes

Formação em psicologia, MBA em gestão de pessoas e especialização em docência. Facilitadora de relacionamentos familiares. Educadora parental de disciplina positiva. *Coaching* pelo Instituto Brasileiro de Coaching – IBC (SP), *leadership and coaching* pela Ohio University College of Business (USA), *mentoring* pelo CAC – Center for Advanced Coaching (USA), *practitioner* SOAR - Soar Advanced Certification Program pela Florida Christian University (USA), *coaching* para pais pela Parent Coaching Academy – PCA (UK), *kids coaching* pelo Instituto de Coaching Infanto Juvenil – ICIJ (RJ), Bases do Desenvolvimento Infantil: Apego, Vínculos e Intervenções – USP (SP), educadora parental pelo Positive Discipline Association – PDA (USA), *Mentoring, Coaching & Advice* Humanizado ISOR – Instituto Holos – (SP). Tem como missão favorecer o desenvolvimento integral do indivíduo e da família, valorizando seu potencial para que conquistem uma vida com plenitude e equilíbrio de forma sustentável.

Contatos
www.daniellevieiragomes.com.br
danielle@daniellegomescoach.com.br
Instagram: @daniellevieiragomes
Facebook: daniellegomescoach
LinkedIn: www.linkedin.com/in/danielle-vieira-gomes-31416928/
YouTube: Danielle Vieira Gomes
(11) 98615-1975

Quando nos tornamos pais, emoções são afloradas

Um dos papéis mais importantes dos pais é ensinar os filhos a viver bem no mundo, ajudando-os a cultivar um senso de ligação, autonomia e competência. O tipo de relacionamento familiar que uma pessoa vivencia no começo de sua vida será decisivo para o desenvolvimento de sua personalidade.

Depois que nos tornamos pais, uma coisa é certa: a vida nunca mais será a mesma. Várias preocupações e reflexões tomam conta de nossos pensamentos. Queremos nos tornar os melhores pais possíveis para aquele ser humano que dependerá de nós para sobreviver.

Para nos prepararmos melhor, buscamos ler sobre o assunto, participar de *workshops*, seminários e trocar informações com outros pais. No entanto, por mais que busquemos nos preparar da melhor forma possível para sermos bons pais, apenas o conhecimento não será suficiente.

Muitas dúvidas e questionamentos irão surgir ao longo do caminho. Somente com a convivência você será capaz de conhecer, entender e amar seus filhos. Independentemente da idade, eles sempre precisarão de seu tempo e atenção. O que realmente fará a diferença no final das contas é o tipo de relação que estabelecemos com eles.

Os alicerces da personalidade são consolidados nos primeiros anos de vida, constituindo um período crítico no desenvolvimento. As experiências que os pais proporcionam aos seus filhos terão grande importância para determinar a estrutura do seu cérebro.

Este é um momento crucial para desenvolver os laços que irão durar a vida inteira. Ao nutrir um relacionamento próximo e acolhedor, fornecemos à criança os recursos internos para desenvolver a autoestima e a capacidade de se relacionar positivamente com os outros.

É natural que pais cometam erros. Alguns são frutos da falta de conhecimento, mas grande parte é decorrente das suas dificuldades emocionais que se originaram na própria infância. Quando nos tornamos pais, emoções fortes e antagônicas são despertadas.

Não é fácil assumir que nosso comportamento pode estar contribuindo para os problemas de relacionamento com os filhos. Ignorar os sentimentos negativos não fará com que eles deixem de existir. É preciso lançar luz ao que está oculto, para poder elaborar o passado e escolher agir de forma diferente no presente.

Mesmo que não seja possível alterar o que já passou, o autoconhecimento, através da exploração e compreensão das próprias experiências, ajuda a romper um ciclo que pode estar influenciando seus sentimentos, pensamentos e ações no presente.

Somos seres interativos e experienciais. A pessoa é, em grande parte, resultado das relações interpessoais que estabeleceu durante a vida. Reflita sobre seus relacionamentos com pessoas significativas de sua infância. Procure explorar situações dolorosas que possam ter ocorrido.

Você poderá fazer um autoexame, livre de julgamentos. O objetivo não é apontar culpados, mas sim trazer à luz possíveis experiências dolorosas do passado, para poder alterá-las em fonte de autocompreensão e transformação. Esteja aberto e receptivo para olhar para dentro de si e perceber mais a seu próprio respeito.

Ao conhecer e descobrir a fonte de suas emoções, você pode decidir transformá-las para estabelecer relações mais saudáveis e construtivas. Identifique o que está ao seu alcance mudar e os fatores que não podem ser controlados por você. Lembre-se: mudança e cura são sempre possíveis!

A importância de fortalecer o vínculo entre você e seu filho

Filhos pequenos demandam muito dos pais, especialmente das mães. Quando em seus primeiros anos de vida a criança conta com cuidadores sensíveis às suas necessidades, ela será capaz de desenvolver um apego seguro.

As primeiras relações estabelecidas na infância afetam o padrão de apego do indivíduo, ao longo de sua vida (BOWLBY, 1989). Os pais que estabelecem uma sintonia com os filhos e são receptivos aos seus sinais, constroem um vínculo afetivo que irá proporcionar um sentimento de segurança e autoconfiança.

A teoria do apego foi desenvolvida nas décadas de 1950 e 1960 por John Bowlby, psicanalista britânico, e Mary Ainsworth, pesquisadora da Universidade de Toronto. Segundo eles, os cuidados parentais afetuosos e sensíveis criavam uma "base segura" a partir da qual a criança podia explorar o mundo.

Pais que não receberam cuidados promotores de apego quando criança, que tiveram experiências de abandono, rejeição e sofreram perdas significativas, podem encontrar dificuldade em desenvolver um apego seguro com seus filhos.

Certas circunstâncias da vida, como uma depressão pós-parto, doenças graves, internações, exaustão, estresse, privação do sono, dificuldades financeiras e outras tantas adversidades, podem prejudicar a capacidade natural dos pais de interação com os filhos. Nesses casos, é importante que recebam apoio psicológico e emocional.

Pesquisas demonstram que doses altas de estresse principalmente na primeira infância, afetam a formação fisiológica e psicológica. Se as respostas de seu cuidador são inadequadas, não são confiáveis, responsivas ou simplesmente ausentes, podem desencadear na criança uma maior dificuldade para:

- Acalmar-se;
- Concentrar-se;
- Controlar o impulso emocional;
- Regular o pensamento e as emoções;
- Recuperar-se de decepções e frustrações;
- Obedecer a instruções.

Estudos comprovam que é possível superar históricos de trauma e apego inseguro. Mesmo que tenham tido histórias desfavoráveis em relação às suas figuras de apego na infância, é possível mudar o comportamento com os filhos, promovendo um apego seguro e um funcionamento saudável.

Ações promotoras do apego seguro
A sensibilidade parental é a capacidade dos pais de reconhecerem as necessidades dos filhos, compreendendo os estados da criança e conseguindo interpretar adequadamente para responder de modo apropriado. Essas habilidades podem ser aprendidas.

Seja seu porto seguro
Seu filho precisa enxergar você como um lugar seguro ao qual ele pode recorrer sempre que necessário. Encoraje sua autonomia, deixe-o explorar o mundo por conta própria e experimentar coisas novas.

Mostre que você acredita que ele é capaz, mas esteja disponível para que ele possa retornar para obter conforto e segurança quando precisar. Esteja disponível emocionalmente, utilize o contato visual e abraços para mostrar seu apoio.

Saber que receberemos apoio caso surjam dificuldades e teremos a quem recorrer quando necessário, promove um maior sentimento de segurança, pertencimento e capacidade.

Procure estar sintonizado às suas necessidades
Interaja com seu filho através dos cuidados diários. Esteja atento às suas necessidades para reconfortá-lo e atendê-lo. Com a convivência criamos uma intuição que nos capacita a compreender seu temperamento, respeitar seu ritmo e interpretar sua comunicação.

Primeira infância

O bebê se comunica através do choro. Gradativamente os pais vão conseguindo interpretar quando o choro é sinal de fome, algum desconforto, insegurança ou sono. O choro diminui à medida que a criança cresce e aumenta seu repertório de habilidades diante da vida.

O apego seguro se estabelece através dos cuidados da própria rotina de alimentação, banho, troca, hora de dormir, no brincar junto, na forma de disciplinar e demonstrar afeto. O contato visual, toque e sorrisos ajudam a construir as interações positivas entre pais e filhos.

Faz bem para a criança não ser sempre o centro de atenção dos pais. É importante reconhecer que, ocasionalmente, seu filho também precisa de um tempo sozinho para se entreter por si só.

Conseguir responder de forma apropriada às necessidades físicas e emocionais da criança indica que os pais estão em sintonia com ela. Isso afetará praticamente todos os aspectos do seu desenvolvimento intelectual, social, emocional, físico e comportamental.

Seja consistente na educação

Os cuidados consistentes dos pais, combinados com o encorajamento e o respeito pela autonomia de uma criança, fornecem condições para que ela se desenvolva. É possível estabelecer limites claros e consistentes com uma educação não violenta, que seja respeitosa e amorosa.

O objetivo de educar é ensinar. Ao invés de utilizarmos ferramentas de punição ou controle, devemos orientar e ensinar nossos filhos para ajudá-los a construir habilidades para a vida.

Oferecer uma educação atenciosa e receptiva, combinada com previsibilidade e uma rotina estável, ajuda as crianças a se sentirem seguras. Crescer em um bom ambiente proporciona um maior senso de pertencimento e competência.

A intervenção que mais fará diferença na vida das crianças é a forma como pais ou cuidadores interagem com elas. A maneira como cuidam, respondem e brincam irá moldar seu desenvolvimento.

Você pode se conectar de várias formas com seu filho. O que realmente importa é proporcionar uma criação afetuosa, atenta e receptiva. Isso pode ser feito de muitas formas, mas não há nada que substitua o tempo e a atenção.

Benefícios em longo prazo da criação com apego saudável:

- Boa saúde emocional;
- Maior autoestima e autoconfiança;
- Maior autonomia;
- Relacionamentos mais saudáveis;
- Interação mais positiva com os outros;

- Melhor desempenho nos estudos;
- Maior capacidade de concentração;
- Capacidade de regular as emoções e controlar o estresse;
- Capazes de lidar com o desapontamento e frustração;
- Enfrentam melhor os obstáculos e adversidades.

As crianças aprendem através dos sentidos, toques, sons, palavras e brincadeiras. Cada nova forma, cor, textura, sabor e som é uma experiência de aprendizado para elas.

Pratique interação – As interações cotidianas podem ter um grande impacto no desenvolvimento do cérebro durante toda a infância. Mesmo antes de aprender a falar, bebês e crianças buscam atenção, seja balbuciando, chorando, gesticulando ou fazendo expressões faciais.

Pesquisadores no Centro de Desenvolvimento Infantil na Universidade Harvard chamam isso de "ação e reação" - quando a criança demonstra interesse em algo e o adulto responde de forma interessada, com contato visual, palavras ou um abraço, criam-se conexões no cérebro da criança.

Encontre oportunidades ao longo do dia para praticar. Preste atenção ao que a criança está observando e fazendo. Converse com ela, olhe nos olhos, além de estimular a curiosidade e incentivá-la a explorar o ambiente, você ainda fortalece a relação entre vocês.

Nomeie o que ela está vendo, fazendo ou sentindo. Você pode nomear os objetos, pessoas, animais, ações, sentimentos. Ao fazer isso, você ajuda a criança a compreender o mundo que a rodeia, além de estimular sua linguagem. Por exemplo: o bebê aponta para um brinquedo, nomeie-o em voz alta enquanto o entrega a ele.

Brinque junto – É no brincar que a criança organiza seu raciocínio, que ela se relaciona consigo mesma e com o mundo, que ela associa sentimentos com razão e consegue se expressar emocionalmente.

Quando você brinca junto, ela entende que seus pensamentos e sentimentos são ouvidos e compreendidos. Brinque de esconde-esconde, de empilhar blocos, imite sons, cante, leia um livro ilustrado, apontando e falando sobre as imagens.

Essas experiências ajudam no desenvolvimento de importantes habilidades cognitivas, sociais, emocionais e de linguagem. Servirão de base para o desempenho acadêmico, para sua motivação em aprender, sua saúde mental, autoconfiança e habilidades interpessoais, impactando seus resultados ao longo da vida.

A necessidade fundamental de toda criança é se sentir amada e protegida. O relacionamento estabelecido entre as crianças e seus pais ou cuidadores poderá ser determinante para construir sua autoconfiança e para que elas estabeleçam bons relacionamentos.

Primeira infância

O amor em família tem uma força transformadora. Este é o núcleo essencial em que as crianças desenvolvem suas capacidades emocionais, psicológicas e cognitivas.

Cada pessoa é a maior autoridade em sua própria vida. Você pode tomar medidas para melhorar o vínculo com seu filho, proporcionando a ele um bom começo de vida. Utilize sua própria sabedoria para atender às necessidades de sua família e criar laços de amor duradouro.

Referências

BOWLBY, John. *A formação e rompimento dos laços afetivos*. 5. ed. São Paulo: Martins Fontes, 2015.

BOWLBY, John. *Apego: a natureza do vínculo*. 2. ed. São Paulo: Martins Fontes, 1990. v. 1: Apego e perda.

BOWLBY, John. *Uma base segura: aplicações clínicas da teoria do apego*. Porto Alegre: Artes Médicas, 1989.

NELSEN, Jane; ERWIN, Cheryl; DUFFY, Roslyn Ann. *Disciplina positiva para crianças de 0 a 3 anos - Como criar filhos confiantes e capazes*. 1ª ed. Barueri SP: Manole, 2018.

SIEGEL, Daniel J.; BRYSON, Tina Payne. *O cérebro da criança*. 1. ed. São Paulo: nVersos, 2015.

TOUGH, Paul. *Como ajudar as crianças a aprenderem: o que funciona, o que não funciona e por quê*. 1. ed. São Paulo: Intrínseca, 2017.

Primeira infância

Capítulo 17

Amor multiplicado e muito mais: o que o universo dos gêmeos tem a ensinar

O universo de gêmeos e múltiplos desperta curiosidade e, além disso, tem muito a ensinar. Já pensaram em tudo que envolve criar duas ou mais crianças ao mesmo tempo? Acreditamos que existem alguns segredos para acompanharmos de forma mais leve e segura nossos filhos durante a primeira infância, e vamos compartilhar aqui alguns aprendizados adquiridos nessa intensa aventura que é ser mães de gêmeos.

Elisa Scheibe, Thaís Reali & Vanessa Rocha

Primeira infância

Elisa Scheibe

Thaís Reali

Vanessa Rocha

É mãe do Martin e do Franco, e uma das idealizadoras da *Me Two*, junto com Vanessa e Thaís. Possui mestrado em Direito e, transformada pela maternidade gemelar, formou-se Consultora do Sono pelo IMPI - International Maternity & Parenting Institute. Agregadora e anfitriã nata, é responsável por eventos, encontros, grupos de whatsapp, e atua na parte administrativa da *Me Two*.

É mãe do Nicholas e do Thomas. *Design* e *Visual Thinker*, facilitadora de conversas e estrategista. É empreendedora na Reali Hub for Innovation. Com alto astral e inquietação, Thaís é admirada pela arte de ser mãe, de conectar pessoas e de fazer acontecer.

É mãe da Isabela e do Gabriel. Dotada de uma sensibilidade incrível, atua na geração de conteúdo para a *Me Two*, sempre atenta aos assuntos que interessam o universo materno e as novidades das redes sociais. É formada em Farmácia, e também é *Kid Coach* pelo Instituto de Crescimento Infantojuvenil. Criativa e segura quando o assunto é cuidar de gêmeos, traz ideias e inspira.

Contato
www.metwo.com.br

O universo dos gêmeos vai além da curiosidade

O universo dos gêmeos e múltiplos é tão fascinante que ele vai além da curiosidade, da similaridade física e de conseguir criar duas crianças ao mesmo tempo. Você sabia que existem três tipos de gestação de múltiplos e cada uma exige um acompanhamento distinto? Além disso, nós, mães de gêmeos, temos nossos hormônios dobrados durante a gestação e com isso uma chance dobrada de depressão pós-parto. Enfim, temos tudo em dobro: tarefas em dobro, banhos em dobro, mamadeiras em dobro, fraldas em dobro, trabalho dobrado. Mas eles crescem, e então temos a fase dos porquês multiplicada por 2, tarefas escolares dobradas, muitos amigos, vários grupos de mães, e sim, mais amor multiplicado. Alguma mãe de dois ou mais se identificando? Lógico que sim!! Ter gêmeos e múltiplos é diferente, mas muito do que vivemos com nossas duplas outras mães também passam com crianças não gêmeas. É muito comum escutarmos, eu tenho quase gêmeos, referindo-se a duas crianças nascidas muito próximas uma da outra.

O certo é que a maternidade gemelar tem, sim, especificidades: temos duas ou mais crianças na mesma idade, que são diferentes e que pedem atenção e desenvolvimento específicos, ao mesmo tempo. Além disso, não podemos esquecer que, além de indivíduos, eles também são duplas, trios ou quartetos e "um mais um não são dois" sendo que em vários momentos parecem dar muito mais trabalho do que duas crianças. Sabemos que nessa matemática o amor e a dedicação de uma mãe de gêmeos não é mesmo exata. Afinal, no dia a dia precisamos encontrar fórmulas para dar conta de muitas tarefas.

Outras particularidades que lidamos diariamente:

- Como criar a identidade própria de cada um dos nossos filhos, sem desrespeitar o poder da dupla?
- Como amamentar duas crianças ao mesmo tempo?
- Como fazer a introdução alimentar, a retirada da chupeta e o desfralde?

Primeira infância

- Deixamos os gêmeos juntos ou separados em sala de aula?
- Como organizar o orçamento familiar para gastos simultâneos, onde o que realmente conseguimos "economizar" são nas festas infantis e nas ajudas com as babás e cuidadoras?

Já está bem claro que o pai não ajuda, o pai participa. Mas isso funciona na prática? Na maternidade gemelar, ele precisa ser muito participativo. A relação do núcleo familiar precisa funcionar muito bem para que todos possam sentir-se minimamente honrados, e para essa conta dar certo não tem revezamento. Mãe e pai pegam juntos e o resultado disso, sem dúvida, é uma conexão incrível do pai com seus filhos.

Enfim, sabemos que mães e pais de gêmeos e múltiplos são exemplos e, quando compartilham suas realidades, muitas pessoas se inspiram e se guiam. Afinal, precisamos desenvolver uma série de soluções e práticas que garantem a sanidade física, mental - individual e do ecossistema familiar.

Os aprendizados compartilhados

Afinal, o que fazemos para conseguir lidar com isso de forma mais tranquila, respeitando o que acreditamos ser necessário e viável para criar filhos saudáveis? Como surfamos nessas ondas que, muitas vezes, parecem tsunamis?

Nós, mães de gêmeos, acreditamos que existem sim alguns segredos para acompanharmos de forma mais tranquila nossos filhos durante a primeira infância e queremos compartilha-los aqui, com base em nossas próprias experiências e nas vivências e trocas com outras famílias de múltiplos que conhecemos por meio da nossa plataforma, a *Me Two*:

A rotina: nossa principal aliada

A rotina traz segurança para os bebês e para as crianças e, de bate-pronto, também traz segurança, cadência e uma certa leveza para os pais e cuidadores. Não tenha medo de organizar o dia dos seus filhos, pois com uma rotina organizada (hora do banho, alimentação, sonecas e ritual para o sono) as crianças não perderão oportunidade de novos aprendizados, preocupadas com o que vai acontecer com elas. E isso vale desde os primeiros dias de vida até o final da primeira infância. Bebês gostam de saber o que vem depois, e isso os deixa mais calmos e felizes (e nós também!).

Saber aceitar e saber pedir ajuda: a rede de apoio como parceira

O sonho da maternidade carrega consigo várias idealizações que, na maternidade gemelar, vão muitas vezes por água abaixo. Você vai precisar de ajuda e, sim, você terá que aprender a pedir ajuda sem se sentir menos mãe por isso. Aproveite e conte com toda a rede de apoio que você tem: avós, madrinhas e padrinhos, cuidadores, amigos. Uma das maiores dores da maternidade gemelar é se dar conta que você sempre vai precisar de ajuda, pelo menos nos primeiros anos de vida, e tudo bem, isso também vai passar.

Isso não acontece apenas com você: a importância de participar de grupos de troca

Fazer parte de redes de mães é fundamental para que você possa se dar conta de que não está sozinha nessa jornada e que muitas outras mães passam pelas mesmas questões e situações que você e sua família. Foi com o intuito de trocar, de recarregar, de acolher e de trazer leveza que nasceu, em 2018, a *Me Two*, nossa plataforma e nossos grupos de mães em todo o Brasil. Além de sermos testemunhas destes benefícios, recebemos diariamente mensagens de carinho e agradecimento pelo nosso trabalho e disponibilidade. Então, lembre-se sempre: você não está sozinha.

Você precisa recarregar: presenteie-se com um vale night ou vale hora

A mãe, o pai, o casal precisam de tempos de "respiro" para que possam estar realmente presentes e dispostos quando estiverem com as crianças. Você precisa sair da ilha para enxergar a ilha, ou seja, isso ajudará a fazer a leitura de cada um dos bebês, de entender suas particularidades, suas características e poder atender as suas necessidades. Não se sinta culpada ou culpado por permitir-se momentos de pausa. Quando a mãe e o pai estão bem, a tendência é os filhos e todo o sistema familiar ficar bem. E muito importante: cada fase terá suas características e suas exigências. Nada permanece da mesma forma por muito tempo, e isso exige, também, nossa transformação. Estar aberto a isso e poder fazer, eventualmente, um resgate do que se tinha antes dos filhos permite um espaço para nossa vida pessoal. Uma massagem, um café, uma caminhada, um passeio, um momento ou viagem com amigas ou marido são pequenos exemplos de recarga e podem fazer a diferença para os pais nos primeiros anos de vida dos gêmeos.

O momento do filho único: percebendo a individualidade numa família no plural

Para nós, mães e pais de gêmeos, é desafiador criar dois indivíduos únicos que foram gestados, que nasceram e que vivem juntos a maior parte do tempo. Poucas pessoas tem a oportunidade de viver essa experiência. Mas este é um tema de grande preocupação, e encontramos uma maneira leve e gostosa de honrar momentos individuais: através do momento do filho único. Mas afinal, o que é isso? Sair somente com uma das crianças para fazer uma atividade do dia a dia ou então atender ao gosto e pedido individual, etc. Essa prática nos permite olhar e cuidar individualmente de cada criança. E sabe o que é melhor? Eles amam! Não é fácil iniciar essa separação. Nós, pais, precisamos estar seguros dessa atitude, mas quando todos percebem os benefícios, tudo flui. E, com o tempo, torna-se mais natural cada um escolher as atividades que mais combinam consigo. Mesmo você que tem dois ou mais filhos de diferentes idades, pratique o momento do filho único e veja o quão gratificante e saudável é.

A colaboração como aliada: um estímulo ao trabalho em equipe

Nossos filhos nasceram e vivem juntos. E este jeito de ser dos gêmeos, tão conectados, nos ensina muito sobre a colaboração. Eles colaboram e dividem tudo, desde o início. É lindo ver e fomentar um olhar carinhoso de um para o outro e como eles têm a capacidade de ajudar e colaborar.

Não significa que eles não briguem e compitam entre si. Até porque, o ruim não é brigar e sim, não conseguir resolver a briga de forma adequada. A briga, por pior que seja, aproxima e faz as crianças ficarem frente a frente umas com as outras e juntas na busca de uma solução. Ensiná-las a resolver seus próprios conflitos é um grande legado que podemos deixar para nossos filhos gêmeos.

Evite comparar seus filhos

É muito fácil nos depararmos comparando nossos filhos, por mais que saibamos o quão distintos possam ser. Além disso, quem está fora do circuito familiar tem uma tendência muito maior em compará-los. E a tarefa de elogiar um sem que o outro se sinta menos também é desafiadora. Por isso, quanto menos compararmos e mais reforçarmos o quanto cada um tem as suas características e o quanto elas se completam, melhor.

Um recado para nosso universo

Na nossa jornada como *Me Two*, deparamo-nos com um conceito que ouvimos diversas vezes e que pouco nos damos conta de sua origem. Reflitam sobre a expressão "alma gêmea". Por que buscamos nossa alma gêmea como ideal de relação amorosa? Não é à toa, explicou-nos a psicanalista argentina Adela Gueller (especialista que estuda o comportamento de gêmeos há dezessete anos), quando esteve conosco num ciclo de palestras sobre o tema, curado pela *Me Two*, Universo de gêmeos e múltiplos, no ano de 2018, em Porto Alegre: a intimidade entre irmãos gêmeos é uma das mais profundas dos relacionamentos humanos. Eles têm uma intimidade que todos nós buscamos e sonhamos como modelo de amor romântico. Culturalmente chamamos de 'alma gêmea' quando buscamos um par. São casais que não conseguem viver separadamente, pessoas que partilham de uma intimidade parecida à gemelar. Temos muito a aprender com irmãos gêmeos. Alguns gêmeos, aliás, nunca se separam. Há muitos que nascem juntos e morrem juntos, pois não conseguem viver separadamente. E há os que trabalham juntos. Vejam o caso dos irmãos que assinam como "Os Gemeos". São artistas que trabalham juntos e criam juntos, como se fossem dois pianistas tocando uma peça a quatro mãos. Muitas vezes quando os gêmeos são levados a momentos de separação, sentem como se arrancassem uma parte deles quando não estão com o irmão.

Nós, mães, pais e familiares de gêmeos, temos o privilégio de conviver diariamente com um amor de alma gêmea e sentir esta ligação linda, mágica e transparente dos nossos filhos. Este é apenas um dos encantos que o nosso universo proporciona.

Na prática, sentimos muito isso quando convivemos com múltiplos e aprendemos a respeitar. Eles se completam, se defendem e, em muitos momentos, vivem um mundo só deles. Isso tudo é lindo de descobrir e, certamente, conhecer o universo de gêmeos e múltiplos antes mesmo de sua chegada já nos deixa mais tranquilos em relação a aspectos dessa relação.

Sobre quem somos e como você pode ajudar

Por trás de uma mãe de gêmeos sempre tem uma história marcante e de superação, seja na tentativa de engravidar, seja numa gestação conturbada, seja na criação dos múltiplos. Queremos agradecer em nome do nosso universo e também aproveitar e convidá-los para conhecer, divulgar e apoiar nosso trabalho na www.metwo.com.br e @gemeosmetwo nas redes sociais. A *Me Two* nasceu como um grupo de mães de gêmeos de Porto Alegre que tomou grandes proporções dado aos benefícios percebidos, e que precisou expandir e transformar-se na 1a plataforma voltada para o universo dos gêmeos e múltiplos do Brasil. Trazemos conteúdo especializado, leveza, acolhimento e soluções para as famílias de gêmeos e múltiplos e já escrevemos história. Foram mais de 12 encontros de mães e pais pelo Brasil, além do 1o *workshop* voltado para o Universo dos Gêmeos e Múltiplos, a participação como mediadora em diversos eventos sobre maternidade e, agora, a nossa participação neste livro tão importante e relevante.

Então, a partir de agora, quando você encontrar uma mãe ou pai de gêmeos, você pode dizer o quanto os admira e parabenizá-los por fazerem parte de um universo tão peculiar e especial. E se você já faz parte desse universo, sinta-se abraçada. Aqui você não está sozinha!

Primeira infância

Capítulo 18

Uso de telas na infância

Como pediatra, observo o uso inadequado de telas e mídias sociais levando prejuízos à infância, adolescência e relacionamentos familiares. É possível o uso adequado dessa ferramenta tão importante na vida atual, mas necessário se torna a interação entre pais e filhos para que haja benefícios para toda a família e isso é possível. Os pais são os melhores *coaches* para seus filhos.

Jane Rezende

Primeira infância

Jane Rezende

Mãe de Ricardo Guimarães, pediatra, nutróloga infantil, palestrante. Formada em *coaching* e *master coaching* pelo IBC e IMC, *kids coaching* pelo Instituto Infanto Juvenil de Coaching, com foco na orientação e mentoria de pais, crianças e adolescentes, com o objetivo de sendo uma facilitadora ajudar na formação de uma família mais equilibrada e feliz.

Contatos
rezende.janemaria@hotmail.com
Instagram: paisjuntoseantenados
Facebook: Pais Juntos e Antenados
YouTube: Pais Juntos e Antenados

> Existe uma bomba-relógio na vida de nossos filhos. Ela está nas escolas, nas creches, nas casas, em nossos quartos, nas salas de estar e sob o nosso teto, facilmente acessível 24 horas por dia. Vem causando discussões em famílias e afetando o cérebro de nossos filhos, bem como seu comportamento, peso e desenvolvimento. Está mudando a forma como nossos filhos brincam, como se socializam e como passam o tempo. Essa bomba-relógio é o uso de telas. (KILBEY, 2018, p. 9).

> Durante a infância o cérebro da criança é imaturo, maleável e consequentemente moldável através das experiências vivenciadas. (SIEGEL; BRYSON, 2015, p. 28).

Devido a maleabilidade cerebral, a criação de novas vias neurais mostra o quanto o que a criança vê, vive e sente é fundamental para seu pleno desenvolvimento.

Assim, com as experiências, as telas têm uma influência importante no desenvolvimento desse cérebro.

Do nascimento aos cinco anos de idade, há formação de intensas conexões neurais com uma velocidade vertiginosa, e após essa fase, essas conexões se solidificam e as vias neurais mais utilizadas serão as que reforçadas determinarão padrão de aprendizado cerebral tanto de forma cognitiva quanto emocional.

As vivências positivas, estímulos adequados são importantes para o desenvolvimento neuropsicomotor emocional.

Atualmente, o uso de telas em computadores, tablets e celulares de forma precoce e desordenada diante do tempo tem influenciado no desenvolvimento da criança e do adolescente, tem interferido nos relacionamentos entre pais e filhos, provocando afastamento familiar, afastamento entre amigos, dificultando aprendizado, interferindo nas emoções.

Na primeira infância, alguns aprendizados são importantes como: socialização, fazer amigos, criar autonomia, desenvolvimento neuromo-

Primeira infância

tor através de atividade física lúdica, aprender a negociar, compartilhar e obedecer a regras...

Com o uso precoce e incontrolável de telas, esses processos ficam comprometidos.

Segundo estudos, alguns fatores predispõem ao uso precoce e sem limites desses produtos:

1. Insegurança nas ruas.
2. Necessidade dos pais de trabalharem fora, passando as crianças maior tempo com as babás eletrônicas (computadores, tablets, celulares, tv).
3. Índice desse uso aumenta de acordo com a condição financeira da família. Quanto maior, maior a aquisição de eletrônicos para os filhos.
4. Algumas vezes dificuldade dos pais de colocarem limites nos filhos, para poderem fazer atividades da casa ou trabalho *home office*.

Os prejuízos no uso excessivo de telas existem tanto na parte física, quanto psíquica e emocional das crianças e dos adolescentes. citaremos alguns deles:

1. Atividade motora devido ao longo tempo sem movimentação do físico, postura inadequada, e temos como exemplo o pescoço de texto, que é uma curvatura anormal da coluna devido a posição viciante, dor em punhos e dedos.
2. Dificuldade em aprender comportamento social, aprender a trabalhar frustrações e regras.
3. Dificuldade em ter foco e no aprendizado, estimulando o desenvolvimento do hiperfoco só para as telas.
4. Interferência no sono devido à luz azul interferir na ação da melatonina, podendo provocar sonolência diurna e dificuldade de concentração.
5. Obesidade devido a sedentarismo
6. Comportamento autolesivo e depressão.
7. Acesso a temas precoces de forma distorcida sobre sexualidade, nudez, risco de abusos *on-line* (*grooming* virtual).
8. Vício em internet e obsessão por conta da produção exagerada de dopamina que estimula o centro do prazer.
9. *Bullying* virtual, que pode ser tanto provocado pela própria criança ou adolescente como pode essa criança sofrer o *bullying*.
10. Solidão.

Jane Rezende

Segundo a Sociedade Brasileira de Pediatria (2020), a recomendação de tempo de exposição às telas e mídias para crianças de até dois anos é zero. Para criança de dois anos a cinco anos, é de uma hora por dia de permanência ao todo. Acima de cinco anos, o tempo máximo é de duas horas, sendo o acesso monitorado e permitido apenas o que é liberado para cada idade, evitando conteúdos de violência, sexualidade e comportamentos inadequados. De seis anos a adolescência, três horas por dia.

Não podemos esquecer que há alguns benefícios com o uso de telas a partir da idade certa, com tempo de uso certo e conteúdo adequado.

Os pais devem ter o cuidado de observar que a criança estar entretida e não dar trabalho, não é necessariamente um bom sinal. São essenciais a companhia dos pais, um pouco de ócio, o estímulo neurológico, motor e emocional com a presença dos cuidadores e dos pais.

Orientações importantes são listadas a seguir para um bom desenvolvimento nas relações das crianças e adolescentes para uso adequado das telas:

1. Observe quanto tempo de uso de tela seu filho está fazendo.
2. Ter atividades em casa e mostrar que o ócio também é importante para o desenvolvimento do ser humano.
3. Definir horários para dormir quando criança e em caso de adolescentes conversar mostrando a importância desse controle e estabelecer metas e horários.
4. Em caso de vícios, retirar as telas e ir retornando gradativamente ao seu uso; caso não haja sucesso em retirar a tela por tempo necessário para reorganização mental e emocional do usuário.
5. Observar conteúdos seguidos pelos filhos, ter acompanhamento frequente de quais sites e quais jogos estão entrando, utilizando configurações de privacidade.
6. Conversar com os filhos sobre redes sociais e seus riscos.
7. Colocar limites no uso de telas diariamente.
8. Evitar celulares, televisores e videogames no quarto.
9. Variar o que o filho faz na internet ou jogos, ou celulares para que não fiquem obcecados.

Embora o uso inadequado de eletrônicos seja uma preocupação atualmente não há dúvida que a tecnologia mudou nossa vida e que traz alguns benefícios, logo caminhar juntos, encontrar maneiras saudáveis e equilibradas de integrá-las em nossas casas e famílias para ela não se tornar um problema. (KILBEY, 2018, p. 173).

Uma grande solução: pais presentes na vida de seus filhos.

Referências

KILBEY, Elizabeth. *Como criar filhos na era digital*. Tradução de Guilherme Miranda. Rio de Janeiro: Fontanar, 2018.

SIEGEL, Daniel J.; BRYSON, Tina Payne. *O cérebro da criança*. Tradução de Cássia Zanon. 1. ed. São Paulo: Nversos., 2015.

SOCIEDADE BRASILEIRA DE PEDIATRIA (SBP). Disponível em: <https://www.sbp.com.br/imprensa/detalhe/nid/presidente-da-sbp-destaca-o-papel-dos-pediatras-na-orientacao-ao-uso-de-telas-por-criancas-e-adolescentes/>. Acesso em: 25 mar. 2020.

Primeira infância

Capítulo 19

Construção de competências socioemocionais em pais e filhos durante a primeira infância e o seu impacto na sociedade

Muitos aspectos da vida moderna dificultam a construção de vínculos saudáveis entre pais e filhos na primeira infância. Esse é um fator crucial para o desenvolvimento de competências que habilitam os indivíduos a lidarem com diversas pressões na fase adulta. É fundamental que os pais aprendam a contribuir para o desenvolvimento dessas competências em seus filhos e, consequentemente, em si mesmos.

Juliana Araujo

Primeira infância

Juliana Araujo

Administradora de empresas graduada pela PUC (2002), com mestrado em *marketing* e inovação pela FEI (2009). *Coach* parental, educacional e vocacional pela Parent Coaching Brasil (2019). Pós graduada em Psicopedagogia Institucional pela UNICSUL (2020). Empresária, idealizadora do projeto ORIBA de desenvolvimento de competências e do projeto Mães do Século 21. Mãe da Vitória, da Bruna e do Felipe.

Contatos
www.maesdoseculo21.com.br
maesdoseculo21@gmail.com

Juliana Araujo

O século XXI chegou e com ele parece que um mundo de possibilidades se abriu diante de nós ao toque de um dedo. Vivemos em meio a tantas facilidades e comodidades que poderíamos até sentir-nos aliviados. As dificuldades e a vida cheia de privações que as gerações passadas viveram, muitas das quais a maioria de nós testemunhou, soa como mentira para a geração dos nossos filhos.

Vivemos em um mundo em colapso, decorrente das inúmeras informações, possibilidades de escolha, quantidade de relações que estabelecemos, pressões diárias, excesso de trabalho, estímulos e distrações, falta de segurança, crises sanitárias, econômicas e geopolíticas globais e por aí vai.

Todo esse cenário, por si só, já seria suficiente para nos darmos conta de que criar filhos nessa sociedade é um dos maiores desafios na esfera da vida pessoal. Modelos antigos de disciplina estão falhando, deixando muitos pais perdidos.

Se direcionarmos o nosso olhar para o futuro, em um exercício de imaginarmos o mundo daqui a vinte anos, vamos nos deparar com uma realidade muito mais rápida, convergente e robotizada.

Segundo o autor e palestrante europeu Gerd Leonhard, em vinte anos a humanidade sofrerá mais mudanças do que nos últimos trezentos anos. Isso porque a inteligência artificial avança em uma curva exponencial, ao passo que a aprendizagem humana se desenvolve em espiral. Em algum momento a inteligência artificial será superior à inteligência humana.

Diante das incertezas desse cenário, uma questão é irrefutável: as competências socioemocionais se tornarão cada vez mais imprescindíveis e valorizadas, uma vez que são a base para qualquer aprendizado cognitivo.

Hoje já sentimos as consequências da falta de importância que elas receberam nos últimos anos, evidenciada pela cultura do hedonismo e quebra de valores, pelos altos índices de divórcios, suicídios, depressão, ansiedade e outros males sociais.

Construir novas formas de interação com as crianças, que as possibilitem desenvolver as competências para lidarem com os desafios da sociedade do século XXI, é missão primeiramente da família. A primeira infância dos filhos, período que compreende o pré-natal até os seis anos de idade, é a fase mais propícia para isso.

Primeira infância

Muitos pais justificam não terem tempo e nem habilidade para o exercício da parentalidade responsiva, entretanto, uma vida equilibrada entre trabalho e família, de modo que possam dispender de tempo para exercerem os seus papéis de educadores, também os auxiliará no desenvolvimento das suas próprias competências socioemocionais, aumentando a sua satisfação geral e, consequentemente a sua produtividade.

Infelizmente a maioria das empresas ainda não enxergou que os programas de responsabilidade social, voltados à primeira infância, são uma ótima oportunidade para desenvolverem competências em seus próprios colaboradores, assim como observou Peter Senge em *A quinta disciplina*, ao citar Bill O'Brien:

> É irônico que se perca tanto tempo e dinheiro tentando inventar programas inteligentes para desenvolvimento da liderança em nossas organizações, ignorando uma estrutura que já existe e que é ideal para o trabalho. Quanto mais entendo as verdadeiras habilidades de liderança em uma organização que aprende, mais eu me convenço de que estas são as habilidades dos pais eficazes.
> (SENGE, 2006).

O despertar do meu olhar para a primeira infância

Foi somente durante o período de licença a maternidade do meu terceiro filho, que eu tomei contato com os estudos sobre a primeira infância. Nas gestações anteriores, eu dirigia a indústria da minha família e nem cheguei a acessar o benefício do afastamento.

Meu papel de mãe se iniciou em meio a muitas pressões e estresse, na vã tentativa de conciliar todos os papéis com excelência.

Alguns meses antes de engravidar do Felipe, em virtude de inúmeras crises de ansiedade, eu já havia deixado a empresa.

Ao mesmo tempo, iniciei uma busca do desenvolvimento da espiritualidade, o que me deu clareza para perceber que todas as outras áreas da minha vida estavam se deteriorando e eu precisava fazer algo.

Assim que saí da empresa, consegui uma ocupação em tempo parcial para equilibrar melhor a minha agenda. Comecei a dar aulas de gestão de pessoas para crianças do sexto ano do ensino fundamental, em um instituto de educação de um grupo empresarial.

Ter contato com esse projeto social me deixou maravilhada ao descobrir que as crianças respondem com tanta facilidade a conteúdos avançados, se estes forem ministrados com a didática adequada.

Em seguida, atuei na coordenação de estágios, onde pude acompanhar alguns alunos secundaristas em suas atividades nas empresas. Isso me despertou para compreender na prática a eficácia de se trabalhar competências socioemocionais nos primeiros anos escolares. Por outro lado, a constatação de que nem todos conseguiam ter sucesso nas suas atribuições profissionais, mesmo sendo excelentes academicamente, fazia-me questionar as possíveis causas relacionadas ao insucesso.

Esse questionamento já estava comigo desde o mestrado, oito anos antes, quando concluí que experiências emocionais exercem um peso extremamente alto, se não preponderante, nas decisões e atitudes humanas.

Refleti sobre os meus próprios sentimentos negativos enquanto diretora e quanto a minha decisão de deixar o cargo estava em consonância com o meu chamado para a maternidade. As emoções falaram mais alto.

Diante da certeza de que eu não conseguiria equilibrar a vida pessoal com a profissional quando retornasse ao trabalho, fui buscar alternativas. Comecei a acessar os conteúdos sobre a parentalidade responsiva e iniciei o curso de *coaching* parental para aplicar as ferramentas comigo, primeiramente.

Ao mesmo tempo que a minha culpa de mãe crescia ao me tornar consciente dos erros cometidos, nascia também uma aceitação amorosa da minha nova identidade e a esperança de alterar a rota.

O que concluí com os estudos foi que as bases das nossas competências socioemocionais são construídas ainda no começo da nossa vida. Porém, o período em que exercemos a parentalidade é uma outra janela de oportunidade que se abre no cérebro para desenvolvermos a nós mesmos.

A importância da primeira infância

Desde a publicação dos estudos, no ano de 2000, do Nobel de economia James Heckman, através dos quais foi demonstrado que o investimento na primeira infância é o que mais traz retorno à sociedade como um todo, alguns programas de responsabilidade social empresarial e políticas públicas em prol da primeira infância têm sido desenvolvidos.

Os economistas compreenderam os fatores que determinam a desigualdade entre os países e a exclusão social dentro deles. Família, ambiente e os primeiros anos da infância, assim como bairros e escolas são importantes para reduzir os fatores de risco e produzir crianças que vão estudar e conseguir um lugar na sociedade, esclareceu Heckman.

Diversos estudos respaldaram a constatação de que crianças que receberam os estímulos adequados na primeira infância, foram beneficiadas com um melhor desenvolvimento emocional e cognitivo, refletindo em maiores realizações e rendimentos na vida adulta.

Na primeira fase da vida, o cérebro está no seu maior nível de atividade. Os bilhões de neurônios que já nascem com os bebês, trabalham incessantemente para formar novas conexões (sinapses), moldando o sistema nervoso. As conexões não estimuladas são podadas nos primeiros dois anos de vida.

Até os seis anos, um processo gradativo chamado de mielinização, o qual consiste na proteção dos feixes nervosos por uma capa de gordura (mielina), está ocorrendo na medula espinhal, aumentando a velocidade na transmissão das informações. Esse é considerado um período crítico, pois as experiências ocorridas nessa fase terão impacto sobre o desenvolvimento.

Do ponto de vista genético, as descobertas do Projeto Genoma apontaram que as experiências vividas no período intrauterino e ao longo das interações da criança com o meio interferem no padrão de como os genes se comportam.

Ou seja, desde o encontro dos gametas do pai e da mãe, gene e ambiente formam uma combinação que resulta na constituição de um indivíduo único, mesmo em se tratando de gêmeos univitelinos.

O papel dos pais na construção das competências socioemocionais na primeira infância

Diante dessas informações, cabe à família compreender que o desenvolvimento infantil é marcado por fases divididas em períodos sensíveis, que são momentos em que o organismo está mais receptivo aos estímulos de certas habilidades.

Conhecer as características dessas fases é importante para os pais saberem quais intervenções são mais eficazes para conduzir adequadamente a criança, da sua dependência total à autonomia.

A ausência de estímulos pode acarretar limitações no desenvolvimento. Entretanto, a sensibilidade para identificar o apetite da criança pelos desafios de cada fase é fundamental uma vez que propor desafios muito superiores aos que o cérebro da criança pode suportar, pode causar estresse e ansiedade.

Compreender que hereditariedade e ambiente interagem o tempo todo nesse processo e que os hábitos da família exercerão influência na prole de forma transgeracional, pode ser um fator motivacional para muitos pais buscarem aprender sobre parentalidade responsiva. Leituras, participação em grupos de pais ou sessões de coaching parental são boas opções para iniciar esse processo.

Nessa relação de interação e construção de vínculo com os filhos, os pais se deparam com o seu próprio inconsciente infantil, não raro, experenciando um *mix* de emoções conflitantes.

A boa notícia é que esse mecanismo natural tem um propósito positivo: os filhos oferecem aos pais a grande oportunidade para compreenderem suas próprias dores decorrentes de como as experiências negativas os afetaram quando eram crianças, como também a capacidade de compreenderem os desafios que os seus próprios pais vivenciaram na sua criação.

Os pais podem, então, ressignificar as experiências negativas, transformando-as numa narrativa coerente e benéfica. Dessa forma eliminam suas limitações e rompem o ciclo de passar para a frente essas dores.

O resultado desse investimento é o aumento da aptidão em criarem vínculos fortes e saudáveis com os seus filhos. Os laços afetivos na primeira infância são considerados os principais fatores para a criação com apego seguro e exploração segura.

A construção da resiliência e da autoestima na criança fará com que ela experimente o sentimento de que é amada incondicionalmente e que pode explorar o mundo com confiança. Se sentirá capaz de superar os desafios que se apresentarão na esfera cognitiva e social nas próximas fases.

Referências

ANTUNES, C. *Jogos para a estimulação das múltiplas inteligências*. Petrópolis: Vozes, 2016. 312 p.

ARANTES, V. *Afetividade na escola: alternativas teóricas e práticas*. São Paulo: editora Summus, 2003. 240 p.

BERNDT, C. *Resiliência: o segredo da força psíquica*. Petrópolis: editora Vozes, 2018. 280 p.

BIAGGIO, A. *Psicologia do desenvolvimento*. Rio de Janeiro: editora Vozes, 2015. 344 p.

GOLEMAN, D. *Inteligência emocional: a teoria revolucionária que define o que é ser inteligente*. Rio de Janeiro: Objetiva, 2012. 383 p.

PAPALIA, D.; FELDMAN, R. *Desenvolvimento humano*. Porto Alegre: Artmed, 2013. 800 p.

SARNI, R.; SUANO, F. *De 0 a 1000: os dias decisivos do bebê*. São Paulo: Abril, 2017. 176 p.

SELIGMAN, M. *Felicidade autêntica: use a psicologia positiva para alcançar todo o seu potencial*. Rio de Janeiro: Objetiva, 2019. 344 p.

SENGE, P. *A quinta disciplina: arte e prática da organização que aprende*. Rio de Janeiro: Best Seller, 2006. 450 p.

SIEGEL, D.; BRYSON, T. *O cérebro da criança: 12 estratégias revolucionárias para nutrir a mente em desenvolvimento do seu filho e ajudar sua família a prosperar*. São Paulo: nVersos, 2015. 240 p.

Material compartilhado na Série de Workshop "Empresários pela Primeira Infância", promovido pela FIESP/CIESP em parceria com a Fundação José Luiz Edydio Setúbal.

Primeira infância

Capítulo 20

Auxiliando os pequenos a se desenvolverem

Neste capítulo, iremos refletir a respeito de como a aquisição das habilidades socioemocionais, proposta por Stanley Greenspan, se constituem, qual a sua importância e o que podemos fazer para favorecer e auxiliar os pequenos a adquirirem e consolidarem as habilidades necessárias para que transitem tranquilamente pelos níveis desenvolvimentistas.

Juliana Martins Santos

Primeira infância

Juliana Martins Santos

Psicóloga graduada pela UFU (2004), pós-graduada em Clínica Psicanalítica pela UFU (2008) e em Neuropsicopedagogia Clínica e de Inclusão Escolar pela CENSUPEG (2018). Especializada em Neuropsicologia pela CAPACITAR. Em formação internacional como Terapeuta DIR-FLOORTIME pelo ICDL entre outros. Atuo na Clínica da Infância desde 2004 e me especializei nos processos de avaliação e intervenções precoces e a tempo do desenvolvimento infantil, em especial dos Transtornos do Neurodesenvolvimento.

Contatos
www.jusantosneuropsi.com.br
jusantosneuropsi@gmail.com
Instagram: @entreolhares_jusantos
YouTube: Ju Santos Neuropsi
(34) 99293-2102

Juliana Martins Santos

Quem nunca se viu pesquisando, na *internet* ou nos livros, a respeito das sutilezas envolvidas no desenvolvimento infantil? Quem nunca se questionou a respeito do que fazer e do como fazer quando o assunto é cuidar, educar e estimular os pequeninos, com os quais, estamos estabelecendo relações. Dúvidas e angústias que se justificam, visto que cada criança e cada relação estabelecida são únicas e, ambos os envolvidos, aos pouquinhos vão se sentindo, se conhecendo e se reinventando, imersos em sensações, emoções, certeza e incertezas.

Vivenciar uma nova relação não é tarefa fácil, ao contrário, é um ato que exige muito amor, cuidado, dedicação e estudos. Sim, estudos, visto que, apesar de não existir um manual de instruções que nos diz o passo a passo do que fazer, do como fazer e a que horas fazer, Existem estudos científicos que ao abordarem como se dá a dinâmica desenvolvimentista, nos auxilia a pensar em estratégias e caminhos que facilitam o estabelecimento de relações saudáveis potencializadoras do desenvolvimento.

Ao entendermos como a dinâmica se dá, torna-se mais fácil pensar em estratégias e caminhos que facilitam o estabelecimento de relações saudáveis potencializadoras do desenvolvimento. Entre os estudos mais recentes, temos o proposto por Stanley Greenspan, médico psiquiatra, que em 2000, ao descrever sobre a forma de sentir, de estar e de funcionar dos pequenos durante os três primeiros anos de vida, pontua a existência de seis níveis básicos do desenvolvimento funcional. Este se inicia com a aquisição da habilidade por ele chamada de autorregulação (nível 1) na qual, com o suporte dos cuidadores principais, os pequenos conseguem driblar o bombardeio de estímulos sensoriais que chegam a eles e "aprendem" a manter-se calmos, atentos e interessados no mundo e nas pessoas. Dessa forma, as chances de se apaixonar, engajar-se e formar vínculos afetivos (nível 2) com os cuidadores principais aumentam consideravelmente. Regulados e apaixonados, passam a estabelecer ricas trocas interativas e comunicativas (nível 3) e, descobrem que os sinais por eles emitidos provocam uma reação na outra pessoa, passando a ter iniciativa e intenção comunicativa.

Em um fluxo contínuo dessas muitas idas e vindas comunicativas, os pequenos tornam-se um comunicador eficiente. Começam a usar do repertório de comunicação e linguagem para satisfazer suas necessidades e vontades e também para resolver problemas (nível 4), passando a argumentar, contra-argumentar e negociar. Já um pouco mais à frente, eles passam a levar para o mundo de faz de conta, via as brincadeiras pré-simbólicas e simbólicas (nível 5), as situações vivenciadas no dia a dia, e têm oportunidades de reviver seus impasses, sentimentos e emoções e transformar seus comportamentos em palavras, as palavras em pensamentos, os pensamentos em ideias até tornar-se um pensador lógico racional (nível 6).

E assim gradualmente vão construindo as habilidades de autorregulação, de relação/interação, de comunicação/linguagem, de organização do comportamento/resolução de problemas, de construções simbólicas, de ponte entre ideias emocionais e construção do raciocínio lógico. Entender como esse processo se constitui nos dá um norte do que fazer para potencializar a aquisição de habilidades e o caminhar dos pequenos pelo desenvolvimento. Assim sendo, nas próximas páginas irei construir junto com você, saberes sobre o que vem a ser cada um desses níveis, como eles se constituem e o que podemos fazer para auxiliar os pequenos a adquirirem essas habilidades.

Segundo Greenspan, após o nascimento, todo esse processo se inicia com a aquisição da habilidade de Autorregulação, a qual se faz extremamente importante para o desenvolvimento, visto que as experiências sensórias que chegam aos pequenos, tanto pelos estímulos internos como pelos estímulos externos, influenciam diretamente na forma como eles percebem e respondem ao mundo e como sentem e vivenciam suas relações. Quando calmos, atentos e interessados frente aos estímulos que lhe chegam, mesmo que estes sejam desagradáveis, suas chances de aprender com o mundo e se relacionar com as pessoas aumentam consideravelmente.

Cabe a nós, os grandes, estarmos atentos a como os pequenos sentem e reagem aos estímulos que lhe chegam, observando e identificando como os pequenos reagem frente aos diferentes tipos de sons, luminosidade, texturas, toques, cheiros, movimentos e sabores. E assim, ao seguirmos suas pistas e identificarmos o seu perfil sensorial, nos adequarmos a elas durante as relações como também, encontrarmos maneiras de acalmar e regular a criança, ofertando-lhe modelos de como se acalmar.

Quando calmos, atentos e interessados, expandem sua atenção, exploram o mundo e se envolvem cada vez mais e mais nas relações, enamorando-se e se apaixonando por seus cuidadores principais. Envoltos nesta relação estabelecem fortes conexões amorosas e neste clima emocionalmente favorável tornam-se, aos pouquinhos, capazes de lidar com uma variedade cada vez maior de expressões emocionais, fazer o mapeamento dos rostos, reconhecer padrões de comportamento, ler e responder aos sinais que lhe são emitidos, iniciando-se aqui o compartilhamento da atenção e o prazer na interação, expressos por troca de olhares, de sorrisos, de vocalizações e gestos comunicativos como também da fase mais rudimentar da imitação.

Para auxiliarmos os pequenos a adquirir essas habilidades é de suma importância que também nos entreguemos a esta relação e assim, em um clima de profunda intimidade, reconhecer e ler os sinais por eles emitidos, auxiliá-los a receber e a enviar cada vez esses sinais e gestos comunicativos, mantendo o ritmo da interação, explorando diversas sensações, emoções e sentimentos. E assim, nessa troca de estímulos e respostas interativas e comunicativas, os pequenos vão adquirindo habilidade de se comunicar e fazer as coisas acontecerem, entrando, então, no terceiro nível do desenvolvimento socioemocional, conhecido como círculos de comunicação.

A construção dessa habilidade inicia-se via comunicação afetiva com inúmeras trocas de sinais e gestos comunicativos carregados de sentido. Os pequenos que inicialmente apenas respondiam aos estímulos que lhe eram dados, gradualmente descobrem que ao emitirem um sinal obtém uma resposta em troca e passam então, cada vez mais, a cortejar e convidar seus cuidadores principais para a interação, desenvolvendo a comunicação intencional.

Em um fluxo contínuo de trocas interativas e comunicativas, os pequenos passam a imitar expressões e gestos por nós emitidos. Fazem caras e bocas, reproduzem sons, chamam com as mãozinhas, mandam beijos e constroem uma lógica pré-verbal que favorecerá o desenvolvimento da linguagem e a vinda da fala um pouco mais à frente.

Nesse clima de reciprocidade, nós, os grandes, podemos potencializar o desenvolvimento desta habilidade ao ler e responder aos sinais enviados pelos pequenos ao nos mantermos conectados em tempo, afeto e emoção com eles e assim, seguindo a sua liderança, permitir que eles sejam o chefe da vez. Busque manter a comunicação ativa e aos pouquinhos aumente a complexidade da comunicação não-verbal, crie obstruções lúdicas que promovam escolhas e os auxilie a serem persistentes.

E assim, ao desenvolverem a habilidade de se utilizar de um número cada vez maior de círculos de comunicação, caracterizado por um fluxo contínuo e ritmos rápidos de trocas recíprocas, os pequenos aprendem a respeito de como o mundo físico funciona, familiarizam-se com padrões de ações e comportamentos, aprendem a expressar, responder, comunicar e a criar diálogos gestuais para resolver problemas, primeiro para alcançar seus desejos e necessidades e posteriormente para resolver problemas dos mais simples aos mais complexos, contando com a ajuda de nós, os grandes. É aqui, nessa fase, que os pequenos começam a fazer sequência para realizar algo, a pensar cientificamente, a autopreverem e responderem a padrões comportamentais, a desenvolver a noção do que é certo e errado, como também a lidarem com as emoções e a construir uma noção de identidade.

Lembre-se de admirar e validar as iniciativas e tentativas dos pequenos. Deixe-o ser o chefe da vez e busque envolvê-lo em longas cadeias de interação em torno dos interesses dele. Isso o encorajará a iniciar, a liderar e a ser o centro das atenções durante as brincadeiras e diálogos estabelecidos. Nos momentos de brincar e de estar juntos, não tenha como foco principal ensinar bons comportamentos e a disciplina e sim, construir momentos interativos. Evite o uso de julgamentos críticos e a desqualificação de qualquer sentimento que possa aparecer. Não pode a criatividade da criança e suas manifestações emocionais. Ao contrário, ajude-o a explorar tanto os sentimentos positivos quanto os negativos, ampare-o, acolha-o e nomeia suas emoções e sentimentos. Quando possível, crie mal-entendidos e desafios, auxiliando a encontrar saídas, a comunicar seus sentimentos e ideias usando palavras, frases e brincadeira de cunho simbólico, ampliando suas habilidades socioemocionais.

Envolto neste clima de trocas e novas aprendizagens, os pequenos terão a oportunidade de desenvolver, de uma maneira mais sólida, o uso da comunicação e da linguagem e passarão a participar de conversas, transmitindo o que estão pensando, sentindo e desejando, como também utilizaram das mesmas para resolver conflitos em situações sociais. E assim, envoltos nas relações, ampliarão sua compreensão do mundo, separarão a ação da percepção e ampliarão sua compreensão das expressões faciais e sinais afetivos e passarão a identificar-se com o que a outra pessoa está passando e sentindo. Iniciando então, o desenvolvimento dos processos empáticos que irão favorecer aos pequenos a expressar e canalizar seus sentimentos e seus impulsos para o nível das ideias.

A transição para o jogo de faz de conta e para a linguagem falada é um dos saltos mais importantes do desenvolvimento, visto que proporciona aos pequenos um local seguro para praticar e experenciar sentimentos, ver o mundo sob novos ângulos, atingir os níveis mais altos de comunicação e consciência, como também, a ter noção de si e ampliar o seu interesse social. Nós, os grandes, podemos facilitar a aquisição destas habilidades, ofertando-lhe incontáveis oportunidades de brincar e se expressar, acolhendo e trazendo profundidade e complexidade ao tema trazido, permitindo que eles, se expressem e vivenciem suas emoções de diversas formas e em diversos contextos, sentindo-se seguros e confortados pelos ritmos familiares, começando então a desenvolver o raciocínio lógico e a tornar-se um pensador emocional de verdade, atingindo o sexto nível do desenvolvimento socioemocional.

Ao adquirir a habilidade de gerar, comunicar e realizar ponte entre as ideias, os pequenos passarão a construindo um pensamento lógico-racional, passando a pensar e refletir, a conectar suas experiências internas e externas, a expressar suas próprias ideias e emitir sua própria opinião, como também a reconhecer suas frustrações, seus desejos e a transmitir seus sentimentos. É aqui também que adquirem a habilidade de abstrair e pensar no que não está ali, que desenvolvem um pensamento lógico ligando várias ideias em um raciocínio único e que aumentam a noção de tempo e espaço passando a encarar os acontecimentos sob muitos pontos de vista.

Ao adquirir essas habilidades, seus diálogos ficaram cada vez mais longos e ricos e suas ideias complexas se conectaram imediatamente as nossas. Eles começaram a fazer indagações utilizando as expressões O que, Quando, Como e Onde. Busque respondê-las utilizando exemplos e conexões lógicas. Faça você também perguntas que o desafiem gentilmente e leve em consideração as respostas e ideias por eles trazidas. Criem histórias de faz de conta, nos quais juntos vocês irão refletir sobre os prós e contras, permitindo a criança que argumente sobre o seu ponto de vista e dessa forma, ao conectarem pensamentos, sentimentos e palavras, estabelecerão diálogos cada vez mais prolongados. O nosso papel durante essa etapa do desenvolvimento dos pequenos é um dos mais críticos, pois estamos prestes a nos tornarmos um parceiro de debate, um construtor de opinião e um colaborador na exploração do mundo.

Enfim, ao percorremos esses caminhos junto aos pequenos, estaremos fortalecendo o estabelecimento de profundos e significativos laços afetivos que potencializarão aos pequenos aprenderem a se regularem, a participarem, a se tornarem um comunicador proposital, resolver problemas, usar de ideias e palavras e desenvolverem o pensamento emocional que associado ao raciocínio lógico, favorecerão os processos interacionais e comunicativos que são a chave para o desenvolvimento das capacidades sociais, emocionais e das habilidades cognitivas.

Primeira infância

Capítulo 21

Mães conscientes, filhos prósperos

Se você quer ter uma relação melhor com seu filho, com mais conexão e respeito e, ainda, deseja que ele seja próspero no futuro, precisa, antes de tudo, conhecer a si mesma. A maternidade traz grandes mudanças e pode ser a oportunidade de nos tornarmos mais conscientes e de enfrentarmos com maturidade nossas sombras. Através do *coaching*, auxilio mães neste movimento de consciência e transformação.

Lana Ludmila S. C. Alvarez

Primeira infância

Lana Ludmila S. C. Alvarez

Coach Parental certificada pela Parent Coaching Brasil, Autora do Livro *Leve Maternar: 7 Segredos para uma Maternidade Leve*, Educadora em Disciplina Positiva para a Primeira Infância certificada pela PDA (Positive Discipline Association) e Mãe da Marília desde 2014. Realizou transição de carreira em 2017, co-fundando, em Piracicaba/SP, a Brincadeiroteca – Espaço Lúdico para desenvolver a criatividade infantil e promover conexão familiar, local que posteriormente se tornou Escola de Pais. Graduada inicialmente em Engenharia Civil pela Universidade Federal do Ceará (2003) e pós-graduada em Eng. de Segurança do Trabalho (2006) e em Eng. de Gás Natural (2009), depois da maternidade decidiu estudar sobre Comportamento Humano e Educação Infantil. Aprofundou-se no desenvolvimento de habilidades socioemocionais para pais e filhos e deseja contribuir para o mundo ensinando uma maternidade mais leve e autêntica.

Contatos
lana_santana@hotmail.com
Instagram: @lanaludmila
Telegram: T.me/maternidadeleve
(19) 98457-7771

Conscientização gera transformação

Faz parte do meu trabalho como *coach* parental auxiliar as mães para que se tornem mais conscientes. Mas o que seria essa tal consciência?

Como vivemos em um ritmo acelerado, nos dias atuais, costumamos fazer tudo no modo automático, sem atenção, sem presença. Somos mães multifuncionais, realizando várias tarefas ao mesmo tempo e, acabamos não questionando nada, não paramos para analisar e refletir o que está acontecendo ao nosso redor e conosco. Acabamos passando pela vida com pressa, sem sentir o sabor, sem apreciar os encantos e sem desfrutar os prazeres. Deixar a vida nos levar é o caminho mais fácil, mas não traz a verdadeira felicidade de sabermos quem somos e para que viemos ao mundo. Sentimo-nos negligenciados e sem voz, afinal nossa infância foi exatamente assim. Crescemos ensinados a abaixar a cabeça e a concordar, a aceitar o que os adultos decidiam, a fazer conforme nos mandavam e a simplesmente obedecer. Nossa postura era submissa. Como conseguir voar neste momento se a educação tradicional cortou as nossas asas? Costumo falar que conscientização gera transformação. E dói refazer todo o percurso, recordar tudo desde o início, porque temos que literalmente recomeçar. Primeiro, precisamos voltar naquele tempo em que éramos apenas lagartinhas que rastejavam, para então evoluirmos, criarmos asas (gerando uma mudança visível interior e exterior), e só assim poderemos voar como lindas borboletas. Tenho acompanhado grandes jornadas de autodescoberta e o meu maior presente é ser parceira no desenvolvimento de cada pessoa que passa por mim. São processos lindos de desabrochar!

Filhos ideais

Costumo iniciar o meu grupo de whatsapp "Mães Conscientes" com uma reflexão sobre filhos ideais através de alguns questionamentos que compõem uma das partes da proposta que criei (10 dias de áudios e exercícios práticos). Trouxe um recorte do pensamento simplificado logo abaixo. Gostaria que você, mamãe, parasse um pouco a leitura neste

Primeira infância

exato momento para refletir também e responder, com sinceridade, as perguntas a seguir:

1. Como é meu filho? (Cite as principais características que o definem).
2. Como eu gostaria que ele fosse?
3. Qual o pior defeito dele?
4. Por que não aceito meu filho como ele é?

A partir destas perguntas, podem surgir vários "insights", inclusive percepções belíssimas sobre nossas grandes frustrações internas baseadas em nossa infância e o motivo intrínseco pelo qual apenas nos concentramos na parte difícil da vida. É fácil falar quando se olha de fora, mas nós, mães, que estamos todos os dias em contato com os maus comportamentos dos nossos filhos, acabamos esquecendo do que realmente importa, dos seus dons e talentos, da parte boa e autêntica que cada ser humano carrega no seu íntimo. As dificuldades diárias sobrepõem o que há de melhor e nos frustramos, nos culpamos e exigimos que eles se encaixem no molde que fabricamos na mente quando eles ainda nem existiam.

Quando os filhos nascem ou chegam até nós, exigimos deles que sejam o que esperamos. Criamos expectativas e queremos enquadrá-los, esquecendo de que são indivíduos com plano de crescimento diferente do nosso. Nós somos abençoadas por sermos mães, mas não precisamos exercer poder sobre eles na ânsia de cumprir nossa tarefa, e, sim, necessitamos perceber que, para cumprir o nosso papel da melhor forma, precisamos respeitá-los da maneira como são.

Para sairmos dessa mente infantilizada e para percebermos que o mundo não gira em volta do nosso umbigo, é preciso consciência! Agindo com maturidade, visualizamos como atitudes menos egocêntricas promovem uma melhoria nas relações. Buscando apenas fazer o nosso melhor, com o exercício do aperfeiçoamento pessoal diário, a vida vai ficando mais leve. Deixamos de querer dominá-los. Este controle excessivo e doentio acaba nos trazendo consequências graves, tanto física como mentalmente.

Decidi trazer, nesta leitura, reflexões poderosas sobre as projeções que fazemos e o quanto é urgente o autoconhecimento para que tenhamos um relacionamento mais transparente com nossos filhos. Espero, de coração, que este seja o início do seu despertar.

Certo dia, uma das mamães que participava do nosso grupo me deu uma lição emocionante sobre doação e desprendimento através de um depoimento lindo em que começou citando detalhadamente todas as características das filhas. Ela adotou duas meninas que passaram por grandes transtornos emocionais até chegarem à sua casa.

Entendi pelo seu relato que apesar de elas só terem chegado a sua casa depois de um ano de vida, ela conhecia minuciosamente tudo das filhas, a parte boa e a ruim também. Depois de responder aquela primeira pergunta descritiva, passou para a segunda, em que deveria discorrer sobre como gostaria que as filhas fossem e, então, esta mãe me falou que não mudaria nada nas meninas e que aceitava a personalidade e o temperamento de cada uma delas, sem querer moldá-las e colocá-las em caixinhas, sabendo que são únicas, com gostos e talentos próprios. Saliento que foram poucas as vezes (na verdade, duas apenas) em que alguma das mamães participantes respondeu desta forma, pois a maioria (e eu me incluo neste grupo) sempre quer mudar algo nos filhos: "que enfrentem e respondam menos, que sejam mais proativos ou organizados, que estudem mais". Naquele momento, compreendi que o amor inteligente é exatamente isso: observar as características dos filhos e respeitar qualidades e defeitos, traçando limites claros como as margens de um rio que conduzem suas águas, mas sem criar obstáculos que as impeçam de avançarem. Também é de extrema importância que tenhamos essa consciência de que somos as melhores mães que nossos filhos podem ter, nem de mais e nem de menos. Apenas precisamos controlar nosso impulso de querer que se ajustem ao que desenhamos mentalmente quando os seguramos pela primeira vez em nossos braços. Eles vieram sob medida e pronto. Aceitar, compreender e agradecer sempre pela dádiva que temos nas mãos é o que nos faz felizes de verdade.

Autenticidade
Agora que já falamos sobre as expectativas e frustrações que criamos através da chegada dos nossos filhos e sobre a importância do nosso autocontrole, gostaria de trazer mais uma reflexão que ajuda na autoconscientização quanto ao respeito a autenticidade de cada um, bem como sobre quem somos além dos filhos.

Aceitar da boca pra fora é simples. Aceitar do coração pra dentro já traz uma complexidade maior. E só tem um jeito de aceitar de verdade: fazendo com que isso vire um mantra, com treino e vigilância! Devemos repetir, todos os dias, para nós mesmas, que aceitamos que nossos filhos tenham medo, mau humor, temperamento difícil, sejam tímidos ou rebeldes, para que consigamos enxergar o quanto é importante aceitá-los como pacotes completos que são! Aceitar é não querer moldar ou mudar. Aceitar é conviver e amar, mesmo com todos os defeitos que trazem.

E, após aceitarmos nossos filhos, passamos para a difícil tarefa de nos aceitarmos também. Aceitar que erramos, que cansamos, que tentamos o máximo que podíamos, que nem sempre sabemos o caminho certo, que somos humanas, acima de tudo. Para sermos mães conscientes,

Primeira infância

precisamos aprender a aceitar a autenticidade de cada um e a olharmos estes filhos como irmãos de jornada, com propósitos únicos, lindos, iluminados e que eles não vieram ao mundo para nos satisfazer!

Pense, com carinho, sobre o porquê de você ter decidido ter ou adotar filhos. Ajudar uma criança ou pré-adolescente, educando para que seja um adulto emocionalmente equilibrado, é uma missão árdua e deve ser altruísta. Não nivele sua régua de exigência através da sua fantasia de perfeição. Amorosidade, empatia e compaixão é do que todos necessitamos.

Controle emocional

Agora você me pergunta: por onde começar? E eu respondo que não temos como fugir, o fator primordial para conseguirmos respeitar nossos filhos como indivíduos é o controle emocional. Como não fomos ensinadas a ter inteligência emocional na nossa educação tradicional, fica ainda mais difícil lidar com as diferenças e imperfeições, principalmente com as pessoas mais próximas e com quem temos uma relação de autoridade. O uso do poder nos dado através da hierarquia da relação mãe-filho acaba transformando a autoridade em autoritarismo, o que gera inúmeros conflitos. Reflita comigo: Quando algo sai do seu controle em casa, com o marido ou com os filhos, você consegue se conter? A gente tende a reagir, ao invés de tentar lidar de um jeito inteligente com nossos sentimentos e emoções. Geramos um efeito cascata, iniciado com uma atitude do filho e finalizando com a culpa depois do estresse e das ações impensadas.

Criei um quadrinho prático que gostaria de dividir com você. Um passo a passo para conquistar mais controle emocional nas mais diversas situações, inclusive nas birras e embates com seus filhos. Acredito que possa ajudar você, como já me ajudou. Antes de tudo, inicie esse processo fazendo um teste. Aguarde um momento em que você esteja quase saindo do sério e faça diferente: pare tudo. Apenas observe-se. Avalie seus sentimentos e não reaja! Esta atitude já fará você refletir um pouco sobre seu autocontrole. Depois desta primeira fase é hora de avançar e escolher qual caminho seguir.

Vamos a explicação do quadro que criei, para ajudar você a conquistar mais equilíbrio emocional. Dividi o processo em 5 passos:

1. **Reconheça as emoções:** primeiro de tudo, pare e reconheça o que você está sentindo. Raiva, frustração, angústia, medo. Seja o que for, nomeie seu sentimento.
2. **Não leve para o lado pessoal:** quando a gente entende que o filho não está fazendo nada para nos atingir ou aborrecer, fica mais fácil lidar com a situação.

3. **Controle as reações:** esta é a etapa de parar e observar. A pausa é a chave principal para conter os impulsos e as ações que podem fazer você sentir culpa depois.
4. **Busque o equilíbrio:** inspire e expire. Saia do local, se for preciso, e vá até um lugar em que possa focar em você e na busca do seu estado de equilíbrio.
5. **Encontre uma solução:** após a pausa, fica mais fácil pensar com calma em uma solução. A gente respira, não age impulsivamente e pensa com sensatez na melhor solução para resolver o problema.

Eu sei que é um desafio agir assim nos momentos de estresse, mas é uma das formas mais maduras de aprender a lidar com suas emoções e não apenas reagir, ensinando tudo errado para o seu filho e sofrendo com as consequências de seus atos depois. É um processo doloroso e depende muito da nossa vontade para que possamos atingir o nível de inteligência emocional que precisamos para sermos melhores pais e pessoas.

Mães conscientes
Para finalizar, preciso levantar um outro ponto de igual valor e que não pode ser esquecido neste processo de melhoria do autocontrole. Como sabemos, nossos filhos são gatilhos e quebram as algemas dos nossos estados emocionais aprisionados desde a nossa infância. Eles fazem acordar o que deixamos adormecido durante tanto tempo. É

exatamente por isso que encaramos de frente as nossas sombras depois da maternidade. Os monstros despertam e voltam a nos assustar. Esse encontro com a criança interior é necessário para que descubramos o que estava oculto. Às vezes, temos traumas de infância que o nosso cérebro fez questão de esconder, mas que estão nos corroendo silenciosamente, dia após dia, e cavando feridas internas profundas. Outras vezes, estes traumas constroem muros para nos proteger. Observar nossos pensamentos e sentimentos é a chave para a criação desta consciência. Depois que fui mãe, procurei a terapia para lidar melhor com toda a dor que aflorou. Dores da minha criança interior, como a imaturidade gerada pela superproteção materna e pela ausência paterna, as quais influenciaram muito as minhas atitudes com relação a minha filha em seus primeiros anos de vida. E foi difícil parar e olhar para este problema, mas foi apenas a partir daí que consegui entender melhor porque reagia de forma violenta ao perder o controle sobre ela. Gritos, palmadas e raiva surgiam quando ela não queria tomar banho, comer ou mesmo dormir. Eu me frustrava e a única forma de enfrentar o que estava passando era mostrando para o mundo como estava irritada. Identifiquei primeiramente o motivo: a infância muda, em que não fui ouvida, não conseguia expressar minhas opiniões para não perder o amor das pessoas e, a luz no fim do túnel: o nascimento da filha, a melhor oportunidade para exercer este direito. A minha criança estava ferida e enquanto eu não lidasse com essa verdade e não a acolhesse, não conseguiria me transformar na mãe que eu gostaria tanto de ser.

A cura e o resgate da sua criança interior são bem pessoais e podem ser feitas através de diferentes métodos, mas só depende de você mesma para dar certo. Após a terapia, segui para o processo de *coaching* parental, que me guiou para chegar aos objetivos desejados com ferramentas poderosas. Esta cura através do amor, foi essencial para entender realmente minha filha, respeitando mais sua autenticidade. Nossa relação melhorou muito e ela tem finalmente a permissão de ser livre e prosperar. Eu sou exemplo vivo de que este realmente é o caminho e que pode dar certo, tanto como mãe quanto como profissional parental. Se você quer filhos prósperos, desperte sua consciência, cure suas feridas emocionais, trabalhe seu autocontrole. É possível ter uma maternidade mais leve e uma maior conexão com os filhos, acredite!

Referência
TSABARY, Shefali. *Pais e mães conscientes*. Editora Rocco, 2017.

Primeira infância

Capítulo 22

O brincar e sua importância para o desenvolvimento de habilidades socioemocionais da criança

O brincar possui um certo estigma, e a ideia de que ele é uma poderosa ferramenta de construção de habilidades socioemocionais que tornam o ser humano mais completo, não é muito conhecida. Entender sobre a fisiologia da criança ajudará os pais a terem um olhar mais atento para o brincar, valorizando-o e permitindo que a criança seja mais livre para atender suas necessidades e crescer feliz.

Lívia Ferraz

Primeira infância

Lívia Ferraz

Lívia é mãe do Vicente e da Isabel. Formada em Arquitetura e Urbanismo pela UNESP-Bauru. Após a maternidade, a antiga rotina não fazia mais sentido e partiu em busca do seu propósito de vida. Idealizou a Brincadeiroteca-Espaço Lúdico, na cidade de Piracicaba/SP, em parceria com a Lana Ludmila, e que posteriormente se transformou em Brincadeiroteca-Escola de Pais para ir ao encontro da sua missão. Certificou-se como educadora parental em Disciplina Positiva pelo Positive Discipline Association (PDA) e como *coach* parental e escolar, especializada em primeira infância, com formação feita na Parent Coaching Brasil. Atua com *coaching* para pais e mães, orientação para pais e educadores, palestras e *workshops*. Ela acredita que o caminho para um mundo com mais respeito e equilíbrio é nos autoconhecer e nos autoeducar para que as crianças possam se espelhar positivamente em nós e, assim, constituirem a sociedade do futuro que tanto desejamos.

Contatos
liviaferraz.educadoraparental@gmail.com
Instagram: @liviaferraz.oficial

Lívia Ferraz

"Não estou para brincadeira!"
"Você só pode estar brincando comigo!"
Dizemos no dia a dia frases que só reforçam a crença de que o brincar é apenas um momento de descontração ou sinônimo de coisa errada. Escolas têm reduzido a hora do recreio para sobrar mais tempo para o "aprendizado real"! Preenchemos a agenda das crianças desde muito cedo para que elas tenham mais estímulos, acreditando, assim, prepará-las para o futuro, e não sobra tempo livre para que brinquem à vontade.

No livro *Play The Danish Way*, Iben Sandahl traça um paralelo entre o adulto integral, detentor de inúmeras habilidades socioemocionais, a felicidade e a forma como as crianças são educadas. Por acreditarem que as crianças são a chave para a transformação da sociedade, os dinamarqueses priorizam o brincar como ferramenta para estimular empatia, autoconfiança, criatividade, resiliência, comunicação, boa relação interpessoal e intrapessoal, entre outras habilidades socioemocionais. E, não à toa, há mais de 40 anos, a Dinamarca figura no topo dos países mais felizes do mundo.

Mas o que, afinal, está por trás do brincar? Qual é o seu significado e qual é a sua contribuição real para o desenvolvimento da criança?

Na primeira infância, a criança possui até três vezes mais conexões cerebrais que um adulto. Alguns autores concordam que os primeiros 7 anos de idade compreendem o "período sensível para a aprendizagem", já que 90% das conexões cerebrais da criança estão sendo formadas e estão prontas para serem utilizadas. Uma vez utilizadas, são estabelecidas como caminhos a serem seguidos pelo cérebro para processar futuras informações com mais facilidade.

Uma forma de otimizar essas conexões cerebrais, ou seja, aumentar a quantidade ou a profundidade da informação aprendida, é incentivando a criança a utilizar todos os seus 5 sentidos: tato, olfato, paladar, audição e visão. O famoso "aprender na prática"!

Para explicar melhor, imagine-se aprendendo sobre a maçã. Primeiro pense em alguém apenas falando sobre suas características. Depois, imagine-se aprendendo somente a partir de uma representação gráfica. Agora, vendo a maçã na tela de uma TV ou celular. Por fim, imagine-se pegando esta maçã e se deliciando com ela, tocando, mordendo, sentindo no dedo e na boca, olhando seu tamanho, a diferença das

Primeira infância

texturas, suas manchas coloridas, escutando o barulho que ela faz na sua boca ao morder, o caldo escorrendo, o melado do açúcar... Quantas impressões seu cérebro está captando em cada situação?

Há mais riqueza em se aprender através da integração dos sentidos. E é durante o brincar que a criança utiliza os sentidos integradamente com mais frequência! Portanto, quanto mais a criança brinca, mais conexões são formadas e maior será sua capacidade para processar informações no futuro, correlacionando às experiências vividas armazenadas num vasto repertório.

Essa explicação derruba a crença citada logo no início do texto de que o aprendizado não acontece durante o brincar e que devemos dar às crianças tratamento de universitários, com muitos cursos preparatórios que mais fazem aumentar a ansiedade entre os jovens.

Vale lembrar que a criança é uma excelente observadora e não possui capacidade cognitiva suficiente para interpretar informações complexas.

Além dos neurônios espelhos, que são estruturas que levam a pessoa a reproduzir aquilo que ela vê o outro praticar, a criança tem funcionando muito bem apenas seu "cérebro reptiliano", também chamado de "primitivo", e o "cérebro emocional", ou região límbica. O primeiro é a parte responsável pelas funções vitais e automáticas, enquanto o segundo é a área responsável por reações de luta e fuga baseadas na emoção sentida. Essas duas áreas mais antigas do cérebro, considerando-se o desenvolvimento da espécie humana, têm como objetivo a defesa e a sobrevivência do homem. O neocórtex, que é a área responsável pelo raciocínio, mais recente na história da evolução, só atinge a maturidade no homem por volta dos 20 anos de idade.

Por isso, além de propiciar o uso integrado dos sentidos e modelar um comportamento exemplar no processo de educação, é muito importante ajudar a criança a regular seu cérebro emocional, para que aprenda a lidar com as emoções, antes de ensinar teorias complexas.

Um dos motivos pelo qual o brincar ensina é porque ele acessa com facilidade os sentimentos, permitindo à criança vivenciá-los e se perceber como indivíduo. Toda brincadeira nasce de uma vontade de querer realizar algo, e essa vontade é guiada por um sentimento, não há explicação lógica ou nenhuma intenção racional por trás dela. O aprendizado é apenas consequência nesse processo, que, muitas vezes, pode acontecer somente no futuro.

Durante o brincar, a criança expressa seus sentimentos mais verdadeiros e, dessa forma, se comunica (ou tenta, dependendo de como o adulto está preparado para receber essa comunicação). Ela coloca em prática seus talentos e descobre, aos poucos, seus gostos, além do fato de treinar sua capacidade de concentração e de conexão com ela mesma.

Esse é o início do caminho para o autodescobrimento, uma habilidade intrapessoal, ainda embrionária nessa fase, mas, se bem observada e estimulada, trará bons resultados a longo prazo. Quem sabe mais sobre si, tem mais autoconfiança e consciência na hora de agir.

A criança que brinca também testa seus próprios limites, percebe o ambiente ao seu redor, desenvolve habilidades motoras e psicológicas e, ao conquistar desafios, adquire mais autoconfiança. Quando tenta subir e descer uma escada, por exemplo, está desenvolvendo consciência corporal, sentindo até onde pode ir, buscando soluções para prosseguir ou sair dali, estimulando a criatividade e aumentando suas experiências.

Se impedimos a ação impensadamente, atrapalhamos todo esse processo de desenvolvimento, e a informação repetida que emitimos de perigo ou incapacidade que seu cérebro registra se manifestará como baixa autoconfiança em outras situações.

Não se trata de deixar a criança sozinha correndo riscos, seria negligência. Ela precisa de proteção, mas também de encorajamento. Ficar ao lado, oferecer apoio e atenção, evitando falar que é perigoso, que ela não consegue, tirando-a dali a qualquer custo sem avisá-la. Bom senso é necessário para saber quando a situação representa um grande perigo ou quando ela pode ser aproveitada para ensinar habilidades de vida. Deixe para intervir somente nas situações onde ela se coloca em risco, coloca o outro em risco e prejudica o ambiente onde está. Atitudes tomadas fora dessas condições poderão ser um desserviço para o desenvolvimento pleno da criança.

O brincar promove interação social e permite que a criança viva outros papéis. É um treino para as relações interpessoais e cria-se oportunidades para ela aprender a negociar, a ceder, a esperar a vez, aflorando-se, assim, a capacidade de ser mais resiliente, mais colaborativa e mais empática.

É possível aproveitar brincadeiras para passar uma regra da casa ou uma solução para um problema que vem acontecendo com frequência, a fim de que eles enxerguem a cena pelo outro lado. Por exemplo, quando eles brincarem que são os pais e você e seu companheiro/a, os filhos, simule uma disputa entre vocês (filhos), em seguida, sugira a solução, mais ou menos assim:

— "Ahhh, eu que quero esse brinquedo!"
— "Não, eu que quero!"
— "Já sei, que tal eu brincar um pouco e depois divido com você?"
— "Sim!! Adorei essa ideia!"

O brincar também prepara a criança para situações de *stress*, ajudando-a a desenvolver o autocontrole, oferecendo possibilidades de aprender sobre escuta. Inúmeras pesquisas, inclusive com animais, demonstram que criança que não brinca está muito mais suscetível a ser uma pessoa mais estressada que aquela que brinca. No livro *Crianças Dinamarquesas*, as autoras apontam para a descoberta de que algumas reações das crianças durante o brincar ativam a mesma rota neuroquímica no cérebro que é ativada numa situação de *stress*. Portanto, o brincar seria um treino natural e saudável para a criança se preparar para situações mais complicadas no futuro.

Outra habilidade desenvolvida durante o brincar é a criatividade. Pensar fora dos padrões tem sido uma demanda muito forte na sociedade em que vivemos hoje, e a criança brinca testando, explorando, imaginando, apropriando-se de materiais de diversas maneiras sem medo de errar e sedenta por novas tentativas. Permitir a exploração é fundamental para que ela adquira repertório e sinta segurança, ao mesmo tempo em que estimula mais sua curiosidade.

Por falar em erros e curiosidade, devemos dar atenção especial para as atividades de vida prática. A criança tem enorme interesse em participar das tarefas do dia a dia, porém grande parte das vezes, temos pressa, não queremos ter mais trabalho e impedimos sua atuação. Não demonstramos confiança de que ela possa aprender e não oferecemos oportunidades para errarem. Perdemos uma oportunidade de ouro de ensinar nossos filhos sobre a importância de colaborar quando estão dispostos para tal. Permitir que lavem a louça, mesmo que não limpem bem, ou preparem o prato, mesmo que façam sujeira, possibilita a eles treinarem, sentirem-se úteis e importantes. E tudo isso pode ser ensinado num contexto de brincadeiras da vida real!

É fascinante a profundidade que o brincar possui. E o melhor é que essa é uma configuração padrão da criança. Elas brincam porque querem e não porque devem. Todas elas nascem com esse impulso natural. O brincar está numa camada anterior a da cultura! Crianças ao redor do mundo, com línguas e costumes completamente antagônicos, apresentam as mesmas necessidades de brincar, os mesmos movimentos e tendências.

Ao atender essa necessidade intrínseca, a criança fortalece seu *lócus* de controle interno, que a psicologia explica como sendo o grau de poder que uma pessoa acredita ter sobre si. Consequentemente, sua autoconfiança aumenta, uma vez que o brincar, a principal atividade da criança, é a materialização desse impulso, ou seja, ela faz o que tem vontade, respeitando seus sentimentos mais íntimos. Portanto, quando realiza algo que realmente gosta ou necessita, a criança adquire a sensação de controle sobre a própria vida, sobre o próprio corpo. Ela se sente satisfeita, segura e completa, sem ter que fazer porque alguém mandou, ou para realizar algo por motivos externos!

Posto isso, é importante observar a diferença entre o brincar livre e as brincadeiras direcionadas. Baseado no fato do brincar ser a própria materialização do pulsar interno da criança, devemos, definitivamente, priorizar o brincar livre, especialmente para crianças na primeira infância. Porém, podemos (e devemos) sempre que a criança permitir, apresentar brincadeiras novas. Mas apenas isso! Ela pode aceitar, não aceitar e brincar depois, pode se apropriar da brincadeira e transformá-la da forma que for mais útil para ela e pode não aceitar. Dificilmente uma criança nega uma brincadeira proposta pelo adulto, a menos que não esteja pronta para realizá-la.

Lembre-se de sugerir brincadeiras da sua infância, pois cria-se uma conexão maior com a criança, enriquece suas experiências de vida, traz memórias afetivas e demonstra para ela que você se interessa em participar do seu mundo, utilizando a sua linguagem para se comunicar. Esses são, seguramente, motivos de enorme satisfação e felicidade para a criança.

É fundamental não a forçar, pois, caso contrário, podemos fortalecer o *lócus* de controle externo, quando a criança passa a acreditar que outras pessoas têm o poder de controlar sua vida. Tem sempre alguém determinando o que é importante para ela fazer, como ela deve se sentir, o que ela deve falar. Dessa forma, o resultado é frustração, dependência, medo, baixa autoconfiança, entre outros desequilíbrios emocionais.

Lembremos que grandes empresas ao redor do mundo estão contratando seus funcionários com base no seu currículo de habilidades de vida. O conhecimento técnico pode ser aprendido e aprimorado com o estudo numa fase em que o cérebro já esteja mais preparado para tal. Mas as habilidades socioemocionais são estabelecidas no período da infância.

Ao valorizar o brincar, entendendo como ele constrói habilidades de vida, liberamos o caminho para que as crianças tenham oportunidades mais completas e eficazes de aprendizado, permitindo que entendam desde cedo que são seres individuais, cujos sentimentos e necessidades importam, e assim, vão se tornando cada vez mais conscientes de si mesmos.

Como diz Jane Nelsen (2015, p. 23): "De onde tiramos a absurda ideia de que, para levar uma criança a agir melhor, precisamos antes fazê-la se sentir pior?". Crianças aprendem e entendem mais quando nos comunicamos utilizando a sua linguagem, a da brincadeira, da ludicidade. Elas se sentem valorizadas e conectadas conosco, e tudo isso pode ser proporcionado através do brincar de maneira absolutamente completa! Brincar também é educar!

Bora brincar a vida e aprender com as crianças a construirmos a sociedade que sonhamos!

Referências

NELSEN, Jane. *Disciplina positiva*. Barueri: Manole, 2015.
SANDAHL, Iben Dissing. *Crianças dinamarquesas*. Rio de Janeiro: Fontanar, 2017.
SANDAHL, Iben Dissing. *Play the Danish way*. Forlaget Ehrhorn Hummerston, 2017.

Primeira infância

Capítulo 23

Sono e apego seguro

Neste capítulo, os pais descobrirão que o bom comportamento do sono das crianças é o resultado de um olhar consciente não só para as necessidades fisiológicas, mas principalmente para as necessidades emocionais, promovendo um ambiente emocionalmente seguro e responsivo: colo, carinho e sensibilidade para atender suas necessidades.

Lívia Praeiro

Primeira infância

Lívia Praeiro

Mãe do Miguel e da Maria Luísa, Lívia é educadora parental, primeira brasileira certificada em Criação com apego pela API – Attachment Parenting International em Toronto, Canadá. Pós-graduanda em Neurociência pela PUC-MG, certificada em disciplina positiva para pais e educadores da primeira infância pela PDA – Positive Discipline Association. Pós-graduada em Parentalidade e Educação Positivas pela Escola da Parentalidade, em Lisboa, Portugal e facilitadora em Parentalidade Consciente pela Life Training em Porto, Portugal. Idealizadora da certificação de profissionais em Consultores do Sono com ênfase em Apego Seguro e cocriadora da Escola da Educação Positiva, com formação para profissionais da área da saúde e educadores em Atuação Consciente.

Contatos
www.8horas.com.br
contato@8horas.com.br
(31) 98249-3322

Falar sobre a primeira infância e não citar o sono é uma tarefa quase impossível. O sono é um desafio que a maioria das famílias vivencia e, muitas das vezes, com poucas informações que reflitam positivamente na relação com seus filhos. Segundo Deepak Chopra (2010), a maioria das pessoas entende o sono como 'garantido', ou seja, acreditamos que todos dormem bem e que não será diferente com nossos filhos. E desde o nascimento deles, esperamos que o sono seja instintivo, sem entender exatamente o que é 'dormir bem' para um bebê. Segundo Constança Ferreira (2015), "partimos do princípio de que se formos organizados, metódicos e rigorosos, a alimentação e sono estarão sob controle." E é aí que tudo começa, quando nosso olhar se desvia das reais necessidades de nossos filhos, com a preocupação de atendermos às nossas necessidades e correspondermos ao que a sociedade nos impõe.

Há uma enorme crença que nos faz considerar que o bebê precisa dormir segundo o ritmo da família. Que devem dormir por muitas horas, que nosso colo e nosso seio podem torná-los dependentes de carinho e de contato. E nos afastamos dos nossos filhos, com a boa intenção de construir neles hábitos saudáveis de sono ou, quando 'cedemos' ao colo e ao seio, sentimos culpa e inadequação, como se tivéssemos andando na contramão da natureza.

E se mantivéssemos a confiança no nosso instinto maternal e descobríssemos que quanto mais colo, quanto mais fusão emocional e acolhimento, melhor e mais facilmente meu filho dormirá? Parece óbvio, mas não é a atitude mais comum entre os pais do século XXI.

Para nos desassociarmos destas convicções de gerações, precisamos de informações. Por que o sono do bebê é leve? Por que tantos despertares? Por que dependem tanto do nosso apoio na hora do sono? Quando estamos munidos de informações seguras, nossas expectativas mudam e nossas atitudes também.

Fisiologia do sono do bebê e da criança: o que é necessário saber?

Entender o ritmo de sono do seu filho é primordial para lidar de maneira tranquila, sem falsas expectativas e sem frustrações. Ninguém tem a expectativa de que o bebê não necessite de colo ou que só esteja apto a sentar com 6, 7 meses. Ninguém se decepciona por não serem capazes de se alimentar de sólidos nos primeiros meses de vida. Porque sabem que tudo tem seu momento. Mês a mês, o bebê tem aquisições motoras e cognitivas que o permitirão sentar, engatinhar, mastigar, falar, andar e que cada conquista depende de seu desenvolvimento cerebral (OLIVEIRA, 2017).

Da mesma forma podemos respeitar o sono dos bebês. Logo nos primeiros meses de vida, não apresentam um comportamento de sono como dos adultos. Seu ritmo circadiano (ciclo natural de dia e de noite) ainda não está cadenciado em 24 horas e é por esta razão que não possuem um comportamento constante de sono e vigília (PAAVONEN, 2019). Podem dormir muito durante o dia e ficar alertas durante a noite. Vivenciando a rotina da casa, a luz e a escuridão peculiares de cada fase do dia vão, pouco a pouco, se organizando.

Quando adormecemos, passamos por dois estágios do sono: ciclos de sono profundo (non-REM, sem movimentos dos olhos) e, por fim, sono leve (ciclo de sono REM: movimento rápido dos olhos, *rapid eye movement* em inglês). Enquanto nós, adultos, ficamos pouco tempo em estágio de sono REM, os bebês ficam a maior parte do tempo nesta fase - quando seu cérebro está em grande atividade - o que explica por que acordam com tanta facilidade.

Durante o sono REM, vivenciamos os sonhos, porque este é o momento em que nosso cérebro está em alta atividade, que se assemelha a do cérebro de vigília. Nesta fase do sono, os músculos esqueléticos ficam temporariamente paralisados, a respiração se torna mais irregular, há um discreto aumento na frequência cardíaca e na pressão arterial, mas os olhos, do contrário, movimentam-se rapidamente. Neste estágio, estamos propensos a despertar porque nossa atividade cerebral está muito ativa. Mas durante a fase de sono Non-REM, nosso organismo apresenta comportamento contrário: mais movimentos musculares, respiração e batimentos cardíacos cadenciados, mas pouca atividade cerebral. Desta forma, estamos menos propensos a despertar durante o sono profundo (BEARS; CONNORS; PARADISO, 2017).

Para um adulto, o período em que vivenciam um ciclo de sono REM e non-REM, leva cerca de 90 a 100 minutos. Para os bebês esses padrões de sono são similares ao dos adultos, mas seus ciclos de sono são mais curtos, em torno de 50 a 60 minutos nos primeiros anos de vida. Se os ciclos são mais curtos, vivenciam cerca de 60% mais de sono REM que um adulto, em função de seu pleno e veloz desenvolvimento! Quando entendemos que vivenciam mais fases de sono leve que um adulto, fica mais intuitivo proteger o ambiente de sono de uma criança reduzindo estímulos luminosos - deixando o quarto mais escuro; diminuindo estímulos sonoros, incluindo um ruído branco dentro do quarto para impedir que os sons dos ambientes entorno despertem o bebê, lembrando que o silêncio absoluto pode ser uma enrascada! Além disso, o corpo do bebê deve estar protegido das mudanças de temperatura, que facilmente são percebidas pelo cérebro e também os despertam (entendem por que a fralda molhada os acorda?). Quanto mais entendermos como funciona o fisiológico do bebê, mais criteriosos podemos ser com o ambiente de sono e contribuir para sonecas e sono noturno mais consistentes.

O que mais podemos fazer para promover um bom comportamento de sono?

O que mais impacta o comportamento de sono das crianças é sermos responsivos, sermos o porto seguro de nossos filhos, o amparo emocional que todos nós precisamos para nos sentirmos bem com nós mesmos e com o mundo.

O olhar amoroso e respeitoso para o sono dos nossos filhos é a grande oportunidade para que se sintam verdadeiramente amparados para se entregarem para o sono. Estar consciente das necessidades emocionais das crianças e entender o quanto essas carências reverberam no sono infantil, positivamente ou negativamente. Entender o sono da criança como ele é, ter expectativas reais. Ao invés de tentar alterar o comportamento ou tentar forçar um bom comportamento, saber que, além de cuidarmos do ambiente externo para dormirem melhor, precisamos ter um olhar para a relação que estamos construindo com eles.

Acolher nossos filhos é ter consciência e intenção no relacionamento com eles, é promover o apego seguro. É saber responder com sensibilidade, com respeito, compreendendo que suas necessidades de colo, cuidado e presença são reais. Considerar que nosso papel é atender e promover não somente a segurança física (com cuidados e alimentação), mas principalmente a segurança emocional dos nossos filhos. Segundo Bowlby (2002), o comportamento de apego atribui à criança a oportunidade de se desenvolver, de aprender com seu cuidador todas as atividades necessárias à sua sobrevivência e ser incentivado a usufruir do tempo que precisar para esse aprendizado se consolidar!

Quando o nosso olhar para o sono acontece através da filosofia do apego seguro, conseguimos promover noites de sono mais tranquilas e um desenvolvimento emocional saudável para nossos filhos. Cada vez que essa atenção é desviada para a aplicação de métodos de sono - como deixar chorar, não tocar, não permitir que os pais fiquem próximos da criança - deixamos de promover o essencial para o desenvolvimento do cérebro nos primeiros anos de vida: o afeto.

Como promover um bom comportamento de sono sem afetar a integridade emocional da criança

Podemos começar com os 4 principais requisitos para nossos filhos dormirem melhor, segundo Willian Sears (2005):

1. Descubra onde você e seu filho dormem melhor

Hoje em dia há muitas informações sobre a cama compartilhada, o quarto compartilhado e a configuração onde a criança dorme sozinha. O importante é entender qual estrutura funciona para seu bebê e perceber que ela se altera com o passar do tempo, ou seja, se hoje ele dorme bem na presença dos pais, não será para sempre que precisará da companhia. E vice-versa.

Desta forma, a disposição ideal é aquela que realmente funciona e não a que desejamos, segundo nossas necessidades. O importante é que a intenção real seja promover aquilo que os faça dormir bem. Se essa não é a real intenção, assuma a frustração em tentar forçar um ambiente que não funciona.

2. Entenda os sinais de cansaço de seu filho

Esse é um importante requisito para sermos assertivos. E quanto mais os conhecemos, mais a interação com nosso bebê se fortalece. Prestar atenção aos seus sinais de cansaço faz-se primordial para que possamos corresponder ao seu comportamento de sono.

Assim como começamos a entender seus sinais de fome, devemos observar e entender seus sinais de cansaço. Um dos primeiros indícios é a mudança de humor. Ao perceber que o bebê perdeu o interesse no ambiente ou que começou a reclamar, recolha-o do ambiente estimulante e dê boas-vindas a uma boa soneca.

3. Crie um ambiente seguro e confortável para conduzir o bebê ao sono

Se o quarto do bebê é muito escuro, muito claro, muito barulhento, muito silencioso ou muito estimulante, provavelmente as chances de se entregar ao sono serão menores. Organize um ambiente onde possa isolar o ruído da casa, sem ser silencioso (o uso de aplicativos de ruído branco - ou *white noise* - são facilmente disponibilizados nos telefones móveis), controle a luminosidade e tome cuidado com a decoração do quarto. Como o bebê é um incansável aprendiz, tudo pode estimular sua atenção e desviar seu organismo do sono.

4. Crie um ritual de sono sustentável

Uma associação saudável e relaxante para induzir o bebê ao sono faz toda a diferença. O sono não deve ser associado a andar de carro, colocar num carrinho, ou a movimentos amplos, pois são comportamentos que não são sustentáveis a médio e longo prazos. É uma busca por acelerar um processo que é natural. Mantenha no seu colo, com seu carinho. Se não adormecer fácil, considere que perdeu a janela de sono, citada no item 2.

Para dormirmos bem precisamos de um ambiente calmo e uma mente calma

Deepak Chopra (2010) adverte: "o que acontece com o sono não pode ser compreendido senão com base naquilo que vivemos durante o dia, quando estamos despertos".

Desta forma, precisamos ter uma atenção especial ao dia a dia da criança. Quando não sabemos o que a estressa (vivências que não conseguem elaborar) ou um bebê (não interpretar corretamente suas necessidades), podemos construir um mau comportamento de sono, sem tomar consciência. E quando buscamos métodos para educar o sono ou consideramos que a criança dorme mal por 'manha', estamos promovendo mais estresse. De acordo com Sue Gerhardt (2016), a má qualidade das interações ente pais e filhos (cuidadores e filhos) nos anos iniciais da vida da criança podem causar graves consequências sobre a saúde física e emocional futura.

Nos afastamos emocionalmente dos nossos filhos quando não somos responsivos, quando não olhamos para eles. Nos distanciamos ao encararmos suas necessidades sem empatia, sem respeito, ou ainda pior, quando nem a percebemos. E o contrário, quando temos respostas sensíveis, somos instrumentos de expressão de emoções e sentimentos dos nossos filhos, nos empenhamos para entender suas necessidades e responder adequadamente, nossos filhos se tornam mais resilientes, autônomos e aprendem a se autorregular através do nosso apoio e exemplo.

Considerando que somos responsáveis pela qualidade de sono dos nossos filhos, um novo horizonte nos é revelado. Além do aspecto fisiológico que já buscávamos promover, passamos agora a observar também as experiências vividas por nossos filhos, dentro e fora de casa, e seu impacto sobre o sono. Ao invés de nos esforçarmos por uma educação de sono, proporcionaremos o colo, seremos o porto seguro, o corregulador. Desta forma os ajudaremos a se organizarem emocionalmente por meio de comportamentos amorosos e compassivos.

Referências

BEAR, Mark F.; CONNORS, Barry W.; PARADISO, Michel A. *Neurociências: desvendando o sistema nervoso*. 4. ed. Porto Alegre: Artmed, 2017.

BOWLBY, John. *Apego e perda: apego*. 3. ed. São Paulo: Martins Fontes, 2002. v. 1.

CHOPRA, Deepak. *Restful sleep: the complete mind/body program for overcoming insomnia*. 1. ed. Lisboa: Pergaminho, 2010.

FERREIRA, Constança. *Os bebês também querem dormir*. Edição especial. Lisboa: Matéria-Prima, 2015.

GERHADT, Sue. *Por que o amor é importante?*. 2. ed. Porto Alegre: Artmed, 2017.

Primeira infância

OLIVEIRA, João Batista Araujo e. Desenvolvimento infantil: o que desenvolve? 1. ed. Brasília: Instituto alfa e Beto, 2017.

PAAVONEN, E.J. et al. Development of sleep–wake rhythms during the first year of age. J Sleep Res, 2019. Disponível em: <https://doi. org/10.1111/jsr.12918>. Acesso em: 29 out. 2020.

SEARS, Willian et al. The baby sleep book: the complete guide to a good night's rest for the whole family. 1. ed. New York, 2005.

Primeira infância

Capítulo 24

O filho real

Quando surge o desejo de se ter um filho, os pais começam a idealizá-lo em seus imaginários. A convivência com o filho real faz com que os pais revisitem vários momentos do seu passado. É importante os pais entenderem que os comportamentos "difíceis" da criança não são para tirá-los do sério. Um dos melhores presentes que você pode dar ao seu filho é aceitar a imperfeição dele e sua.

Lucinda Moreira

Primeira infância

Lucinda Moreira

Psicóloga graduada pela universidade FUMEC em 2003, ampla experiência em atendimento clínico com crianças, adolescentes e famílias, criadora e autora do Instagram *Maternidade Única*, educadora parental em disciplina positiva pela PDA.

Contatos
maternidadeunica@yahoo.com
Instagram: @maternidadeunica

Quando surge o desejo de se ter um filho, os pais começam a idealizar esse bebê em seus imaginários. Essa idealização vai tomando mais força e se tornando ainda mais nítida e cheia de detalhes, durante a gestação.

Nessa idealização, normalmente, existe um bebê que cumpre todos os requisitos de padrões impostos pela sociedade em que os pais estão inseridos. Então, os pais idealizam desde a aparência da criança até a sua profissão, passando pela personalidade e maneiras de se comportar. Tudo de acordo com o que para eles é perfeito e totalmente aceito pelas pessoas que os cercam.

Segundo o psiquiatra Alfred Adler, o objetivo primário de todos os seres humanos é se sentirem importantes e aceitos. E é exatamente por essa necessidade que a maioria dos pais idealiza um filho perfeito. E esse processo não ocorre apenas na primeira gestação. Pode ser a décima gravidez que ainda assim haverá expectativas, fora da realidade, quanto ao bebê. (NELSEN, p. 1)

Podemos perceber, nesse bebê imaginário, muitos aspectos dos pais que eles não conseguiram realizar ou ser e acabam projetando, nessa criança que está sendo gerada, suas próprias frustrações. Então, aquele pai muito tímido idealiza um bebê comunicativo que vai lidar bem em seus relacionamentos sociais. Aquela mãe que nunca era escolhida no time de queimada da escola vai idealizar um filho esportista. Ou seja, tudo aquilo que eles tiveram dificuldades em ser aceitos, ou não se sentiram importantes, eles tentam eliminar da vida do ser que está sendo gerado.

Porém, esse bebê idealizado não é e nunca será o bebê real. E encarar essa disparidade, gera muita dor e frustração nos pais. Eles se veem obrigados a desconstruir algo perfeito e a encarar uma realidade que, na maioria das vezes, toca em feridas próprias e que eles as deixaram de lado há algum tempo por vários motivos, mas que ao serem remexidas ainda causam muita dor e angústia.

Portanto, nesse primeiro embate entre imaginário e real é muito importante acolher a dor dos pais, encorajando-os a falar sobre ela. Incentivando-os a elaborá-las. Pois, só assim e bem aos poucos eles começam a conseguir encarar a realidade e passam a ver que seus filhos não são perfeitos. Mas que são únicos e importantes naquela família.

Primeira infância

> Se não nos esvaziarmos de nós mesmos e nos colocarmos no lugar dos outros, os pensamentos que produzimos sobre eles não têm nada a ver com o que realmente são, serão fundamentados apenas em nossa personalidade. (CURY, p. 122)

Na frase acima, o psiquiatra e escritor Augusto Cury nos mostra a importância de fazermos a separação do eu e do outro. E na relação pais e filhos essa separação se torna ainda mais essencial, para que não ocorra uma fusão de desejos e frustrações, o que causaria uma tragédia emocional para todos os envolvidos.

Aceitar que o filho real não é perfeito e permitir que ele vivencie essa imperfeição é fundamental para saúde emocional e mental de todos os membros da família.

Também é extremamente importante aceitar que você, pai ou mãe, não será capaz de suprir todas as necessidades de seus filhos e que muitas vezes serão impotentes frente aos seus sofrimentos e angústias. Eles precisarão passar por várias dores e sofrimentos, como as primeiras cólicas, joelhos ralados, rejeições e frustrações com amigos e namorados. Essas experiências fazem parte do amadurecimento físico, social e psíquico. Poupá-los de vivenciá-las lhes trará muito mais prejuízos do que benefícios.

A convivência com o filho real faz com que os pais revisitem vários momentos de sofrimento do seu passado. E muitas vezes se ver no filho é tão dolorido que os pais não dão conta e perdem a cabeça com seus filhos, brigam, gritam, castigam ou simplesmente os abandonam.

Quando isso acontece, os pais estão apenas repetindo o que ocorreu com eles e não cabe aqui nenhum tipo de julgamento. Eles estão fazendo o que dão conta naquele momento. Mas se não houver nenhuma intervenção, quando seus filhos forem pais também repetirão o mesmo padrão.

Portanto, é importante que quando você se vê em seu filho, você acolha o seu sofrimento. Se possível, tente pensar no que gostaria que tivessem feito com você naquela situação. E então faça com o seu filho.

Há situações que a dor é muito grande e a emoção não deixa a razão trabalhar. Quando isso ocorrer, não tenha vergonha nem medo de se arrepender e pedir desculpas para seu filho e para si mesmo. E aproveite esse momento para pedir ajuda, solicite a ele uma solução para a situação. Construam juntos um novo padrão que seja confortável e saudável para vocês dois. Caso perceba que não consegue lidar com essa dor sozinho, procure a ajuda de um profissional.

Assim como não existe filho perfeito, também não há pais perfeitos. Aceitar essa imperfeição e lidar com ela, diariamente, de uma forma leve, ameniza o grande sentimento de culpa, que é o maior fantasma da maioria das mães.

O ideal seria, ao invés do sentimento de culpa, que as mães carregassem consigo a empatia por si mesmas. Entender que nem sempre conseguirá fazer o ideal e tirar dessas situações difíceis um aprendizado. Identificando os gatilhos que provocaram aquilo e avaliando saídas para que eles não ocorram com tanta frequência.

Também é importante os pais entenderem que os comportamentos "difíceis" da criança não são para tirá-los do sério. Não é algo pessoal! E sim, é a forma como elas demonstram o que estão precisando. É o meio que elas têm de se comunicarem.

A criança pequena não consegue nem reconhecer nem expressar seus sentimentos. Se ela quiser a atenção dos pais, ela vai chorar, puxar o pai, deitar no chão, etc. Ela não tem a capacidade de dizer "papai, eu preciso da sua atenção nesse momento".

Segundo a autora do livro *Disciplina Positiva*, Jane Nelsen, "na maioria das vezes, as crianças pequenas estão apenas agindo como crianças, e não se comportando mal". (NELSEN, p. 58).

Não podemos cobrar padrões de comportamentos adequados, para a nossa sociedade, de crianças que ainda não têm seus cérebros desenvolvidos para tal. Portanto exigir que uma criança de um ano vá ao cinema e fique sentada e calada durante duas horas é desumano. Respeitar o tempo de desenvolvimento de cada criança é fundamental, pois assim ela desenvolverá suas habilidades linguísticas, comportamentais, físicas, sociais e emocionais da melhor forma possível.

Exigir de uma criança um comportamento que ela ainda não tem capacidade cognitiva, mental ou emocional para compreendê-lo, fará com que ela se sinta desrespeitada, e a chance de o mau comportamento piorar é enorme. Pois, quando se exige algo além do que a criança dá conta, causa uma ansiedade e uma irritabilidade grande nela, fazendo com que se comporte ainda mais "inadequadamente".

Além disso, a criança tende a se sentir cada vez mais incapaz, passa a não acreditar mais em seu potencial. Acha que é pior do que todos ao seu redor. E esse sentimento pode trazer consequências graves para a vida adulta, pois a autoestima dessa pessoa será sempre baixa. Ela dependerá sempre da aprovação de terceiros, ou pior, não terá coragem de produzir nada por acreditar que não é capaz.

Para ajudar seu filho a desenvolver as habilidades emocionais é importante, primeiro, ensiná-lo a reconhecer e validar os seus sentimentos. E depois apresentar boas opções para lidar com cada um deles. Vamos falar sobre cada um desses três passos:

1. Reconhecer os sentimentos: nomeie para seu filho o que ele está sentindo – "isso que você está sentindo é raiva", "isso é alegria", "isso é ciúmes" etc.

Primeira infância

2. Validar os sentimentos: mostre para seu filho que é normal e importante sentir – "filho tudo bem sentir raiva, quando algo não sai como planejado, também me sinto assim".

3. Boas opções: ensinar ao filho novas formas para lidar com aquele sentimento ou criar boas soluções junto com ele – "filho, eu já entendi que você está com raiva, mas não precisa morder o coleguinha por causa disso, que tal sair de perto e tentar se acalmar desenhando?" ou "Filho, você mordeu o coleguinha porque estava com raiva, certo? Você acha que essa foi a melhor maneira para se resolver isso? Como você acha que deve agir se isso acontecer novamente?".

Através desses três passos a criança se sentirá acolhida e pertencente à sua família. Pois, foi dado a ela o direito de sentir e ao mesmo tempo houve uma oportunidade para achar uma boa solução de como agir frente aquele sentimento, caso ocorra novamente.

Os adultos também podem seguir esses passos, pois muitas vezes agem por impulso e não sabem exatamente o que estão sentindo e o porquê de terem agido de uma determinada forma. Parar e refletir sobre os próprios sentimentos, ajuda a ter melhores opções de reações para eles.

Enfim, criar um filho é lidar diariamente com a imperfeição dele e sua. Aceitar que essa imperfeição é inerente ao ser humano, faz tudo se tornar mais leve.

Portanto, não perca seu tempo, nem do seu filho, tentando ser perfeito ou ter um filho perfeito, tendo que se encaixar em padrões que não os representa. Está insatisfeito com algo em você, mude por você e não porque o outro quer.

Um dos melhores presentes que você pode dar ao seu filho é não o comparar com ninguém. É aceitá-lo e amá-lo do jeitinho que ele é. Claro que você pode orientá-lo a buscar o que for melhor para ele, mas não se esqueça que nem sempre o que você acha que é o melhor, realmente será.

Também é importante que você se aceite e se ame! Pois, esses serão os maiores exemplos que seu filho poderá ter para se desenvolver de forma segura, saudável e feliz.

Por fim, não importa o tamanho da diferença entre o bebê imaginário e o filho real. O que realmente importa é que vocês desenvolvam uma relação de respeito, amor, empatia e confiança. Na qual vocês se permitam ser imperfeitos e incompletos. Mas que sempre busquem ser o melhor que vocês podem ser!

Referências

CURY, Augusto. *20 Regras de ouro para educar filhos e alunos*. 1. ed. Academia, 2017.

NELSEN, Jane. *Disciplina Positiva*. 3 ed. Manole, 2015.

NELSEN, Jane; FOSTER, S.; RAPHAEL, A.. *Disciplina Positiva para crianças com deficiência*. 1. ed. Manole, 2019.

PIAGET, Jean. *Seis estudos de psicologia*. 23 ed. Editora Forense Universitária, 1998.

ROSENBERG, Marshall. B. *Comunicação não violenta*. 4. ed. Ágora, 2006.

Primeira infância

Capítulo 25

A mãe professora ou a professora mãe?

Quando falo que sou mãe para os meus alunos, a reação é incrível, eles acreditam que ser professora é uma profissão tão mágica que tudo que acontece conosco é diferente. Bem, a vida não é bem assim... e aqui vou mostrar que o ditado "Casa de ferreiro, espeto de pau" se faz verdadeiro.

Mariane Fazolim Simioni

Primeira infância

Mariane Fazolim Simioni

Professora formada pela Anhanguera Educacional (2012), Professor-Influenciador de 2017 pela Escola Luminova, curso de acampamento temático: *Brincar, Encantar e Ser Encanto em Fantasia* (2013), *Seminário Digital de Brincadeiras e Jogos* (2014), *Seminário Internacional de Mães edições II, III, IV e V*. Como professora, já atuou nas redes pública e particular, em ONG's e instituições filantrópicas, tendo assim a oportunidade de conhecer melhor as crianças em todos os ambientes da sociedade.

Contatos
mariane.fazolim@sebsa.com.br
Instagram: @mariane_simioni
Facebook: mariane.simioni
LinkedIn: www.linkedin.com/in/mariane-fazolim-simioni-6102a2128/

Ah, a maternidade...! Ah, vida profissional! Os desafios que estas duas palavras juntas apresentam são incríveis. Acredito que somente as corajosas mães sabem as dores e as delícias destes momentos, pois não é uma rotina simples em que tudo funciona como um bom relógio inglês. Pelo contrário, estamos mais para o relógio do chapeleiro maluco de *Alice no País das Maravilhas*. Nossa realidade é um desafio diário e como eu relatei, somos as corajosas que encaram essa "batalha" com um sorriso no rosto e no fim do dia com o coração tranquilo (às vezes) pela sensação do dever cumprido. Neste capítulo, vou abordar com vocês os meus desafios de ser mãe e professora ou seria professora e mãe? Até hoje eu não decidi, o que eu decidi foi que nas duas missões mais importantes da minha vida eu quero fazer o melhor, seja para as minhas filhas ou para os meus alunos. Para isso eu tenho estudado constantemente, respirado fundo e pausadamente, rindo com os meus erros bobos e me alegrando com os acertos. A vida de quem está sempre cercado de crianças, como eu, precisa ser um pouco mais leve, afinal eu estou guiando o futuro de nossa nação e todo cuidado é pouco para não sufocar as novas sementes do amanhã.

Vou dividir o capítulo em três tópicos:

- Professora e mãe;
- Mãe e professora; e
- A separação da mãe e da professora.

Professora e mãe

Antes de ser mãe, eu fui professora, e será por aí que vamos começar. Fui parar no curso de Pedagogia e lá meus horizontes foram abertos. Tive o privilégio de ter mestres em Educação que nos ensinavam com propriedade sobre a função do professor. Durante todo o curso, estive em sala de aula aprendendo com as professoras que auxiliava e com os alunos que sempre tinham uma pérola para colocar na minha coleção. Foi dentro daqueles espaços que anotei tudo o que eu queria ser como profissional e o que não queria ser. Quando chegou minha vez de estar à frente de uma sala de aula, sentia-me pronta, estava formada, fazia alguns cursos e tinha o roteiro perfeito na cabeça. Primeiro dia: eu, 25 alunos, uma sala,

Primeira infância

um desastre! Nada daquilo que eu planejei deu certo, e na minha cabeça o erro não estava em mim, mas nas mães. Logo de cara coloquei a culpa nas famílias que não orientaram os seus filhos de 5 anos a se sentarem e ficarem quietos que a professora (egocêntrica) queria falar sem ser interrompida. Bem, foi um grande desafio até as férias de julho que foi o momento de reflexão, e depois eu entendi o que fazia de errado e a nossa história muda aqui. Quando estava de férias, eu parei, olhei minhas práticas e disse: a escola é o local onde tudo deve ser aprendido, então por que eu não estou ensinando? Foi como uma luz! Voltei em agosto com outro olhar e tudo se alinhou: os combinados da sala, a aprendizagem, o comportamento, tudo fluía. Daquele ano em diante minhas salas de aula sempre foram boas, pois eu aprendi a ensinar para os meus alunos a disciplina positiva. Acredito que muitos já devem ter ouvido falar deste método e sabem como ele se aplica. Veja bem, eu não sabia naquela época deste nome ou da teoria, só fui descobrir em 2018 no Seminário Internacional de Mães (SP) com o material da Jane Nelsen e Adrian Garsia. Pois bem, do meu jeitinho fui criando os recursos para aproximar meus alunos de mim e conseguir estabelecer com eles a relação que queria. Os principais meios que utilizo até hoje são os seguintes:

- **Gentil e firme** – ao falar com os alunos sou gentil, mas demonstro firmeza e convicção nos comandos para que fique claro;
- **Escuta ativa** – quando as crianças vêm falar comigo, eu escuto cada palavra e peço para repetir se tiver dúvidas, assim demonstro o meu interesse nele e valido o que está sentindo ou expressando;
- **Estabelecer combinados** – independentemente da idade, as crianças precisam entender os combinados/regras de onde estão. Em sala de aula, construo com eles estes combinados para que participem do projeto e deem suas opiniões;
- **Pausa positiva** – quantas vezes não acordamos bem ou tivemos algum problema em casa e levamos isso para nosso ambiente de trabalho? Na escola, é a mesma coisa. Se observo que algum aluno não está bem naquele dia, ofereço para ele mais espaço e assim fica mais confortável.

Pronto, para minha vida profissional estes eram os segredos da felicidade e tudo corria bem, estava realizada e tinha a plena convicção de que quando me tornasse mãe, era só seguir isso que tudo daria certo (ingenuidade minha). Depois de 5 anos como professora, resolvi ser mãe, estava segura de que ia ser a melhor, afinal eu cuidava de no mínimo 20 crianças por dia, cuidar de uma deve ser moleza! A professora-mãe já tinha tudo esquematizado: fui atrás de livros e artigos sobre maternidade, assisti vídeos no YouTube, participei de grupos de gestantes, fiquei no berçário da escola que trabalhava e vi a rotina do bebê (na escola) e tudo me parecia fácil e estava pronta, além de ter a certeza de que com 4 meses eu deixaria ela no berçário de escola e voltaria à ativa em sala de aula. A Lara nasceu e assim passei a ser a mãe-professora... bem, a minha vida, como vocês podem imaginar, mudou e muito.

Mãe e professora

Ah, maternidade... como você me surpreendeu! Logo no início os desafios foram surgindo: cesariana, pontos, o leite não descia, só pegava um peito, cólicas, choros intermináveis e a cada desafio fui vencendo junto com meu esposo que é presente em todos os momentos. Aos poucos tudo foi se encaixando e a primeira ideia fixa que eu tinha, de voltar a trabalhar com 4 meses do bebê, foi embora. Pelo fato de a pequena sofrer uma grave crise de bronquiolite e precisar de cuidados que nenhuma escola conseguiria oferecer, resolvi pedir demissão e ficar com ela em casa, afinal eu daria conta, a fase mais difícil já tinha passado (risos de nervoso). Os meses foram passando, desafios vinham, nós superávamos em família e a cada momento a professora em mim ficava ansiosa pelo momento de ensinar algo para a minha filha: músicas que conhecia, historinhas que amava ler para os alunos, jogos de encaixe, eu não via a hora de ensinar! Mas como mãe o desafio foi a espera, isso mesmo, a espera, para ela estar pronta para aprender. Quantas vezes eu quis ensinar e ela não queria, preferia dormir, ver desenho, engatinhar pela casa, mamar e nisto eu comecei a aprender de novo. Aprender a respeitar minha filha, a casa dela, os momentos em que ela só queria colo, aconchego, amor e não letras, cores, números. Quando ela já tinha 2 anos, nossa vida voltou ao eixo e conseguia ensinar para ela várias coisas e estava amando os momentos com ela, e quando você se anima, o que isto te trás? Confiança. E quando você se sente confiante, você fica seguro, e no meu caso a segurança me trouxe a bebê Beatriz. O começo foi fácil, afinal eu era a famosa "mãe de segunda viagem" e tudo corria bem até ela fazer 7 meses. Aqui neste momento a mãe-professora entra em ação, voltei a trabalhar em uma escola ministrando aula no 1º ano do ensino fundamental, pois tudo estava sob controle a meu ver, sabia o que fazer em casa e em sala também. Então por que não? Queridos, a cada dia que passava um pedacinho do meu núcleo de perfeição desabava. A mais velha começou a ter ciúmes da mais nova, a mais nova sofria com ciúmes também e os alunos deste ano estavam diferentes, mais antenados e nada do que eu fazia dava resultado. Entrei em pânico. Como eu tinha esquecido os meus "truques de professora"? Eu sei toda a teoria, mas por que a prática não funciona? Bom, a cada pergunta migrava para um dilema que resultava em problemas em casa. As meninas não obedeciam aos combinados, não seguiam a rotina e o stress tomou conta de tudo, eu não via a solução em nada,

Primeira infância

às vezes me faltava até o ar e então algo aconteceu e eu consegui voltar a respirar. O momento que foi o meu divisor de águas foi o dia 4 de maio de 2019, em São Paulo, no V Seminário Internacional de Mães. Foi nesse dia que eu fiquei sozinha pela primeira vez desde que a Bia nasceu (nos seminários anteriores eu já tinha a Lara e no de 2018 estava grávida da Bia, por isso não estava sozinha), fui para lá com o coração cheio de dúvidas e esperanças por um novo recomeço e assim foi. Durante aquele dia cada palestra veio como um abraço, fui ensinada e aprendi a ensinar novamente. Em conversas nos intervalos das palestras, vi que eu não estava sozinha, só estava de olhos vendados lutando no escuro e agora eu tinha luz. Fui para casa com a bolsa cheia de livros, o caderno cheio de anotações e o coração cheio de esperança. Hora de colocar tudo que aprendi em prática, conciliar a mãe e a professora e aceitar a primeira coisa, que não é porque eu sou uma educadora que meus filhos devem ser perfeitos exemplos de educação. Por isso eu digo "Casa de ferreiro, o espeto é de pau", o que vale em um ambiente de sala de aula não vale muitas vezes para a sala da minha casa, então eu voltei ao material da Disciplina Positiva, da Jane Nelsen, e separei o que estava dando certo em minha casa, e são os seguintes passos:

- **Rotinas** - criamos a rotina da casa, a família toda junta, e colocamos um cartaz na sala e assim seguimos o que está descrito lá. Se precisamos fazer alguma alteração, avisamos às crianças antes;
- **Os três R's da reparação** - reconhecer o erro, Reconciliar se desculpando e Resolver o problema pensando juntos. Desta forma, temos a oportunidade de mostrar como agir quando não fazemos o correto;
- **Encorajamento** - "Uma criança precisa de encorajamento tal como uma planta precisa de água." (Rudolf Dreikurs) - ao encorajar minhas meninas elas avançaram no que se refere à autonomia e disposição de participar da rotina da casa;
- **Momento especial** - começamos a reservar momentos especiais durante a semana com as meninas de maneira individual e em família para criar memórias e bons momentos com elas, e assim que iniciamos, vimos a mudança diária em suas atitudes.

Pronto, agora eu já sabia o que fazer em casa e o que fazer em sala de aula, mas como unir isso e voltar a me sentir bem nos dois lugares? Foi assim que coloquei tudo em perspectiva e plantei a semente do mudar. Demorou para ela criar raízes, ter força para rasgar o solo e brotar, afinal ela só desabrochou e deu flores em 2020. Vamos para a última parte e colher as flores comigo?

A separação da mãe e da professora

Separei a mãe e a professora, e a primeira coisa que brotou em mim foi a necessidade de parar de me cobrar e querer comparar os alunos e minhas filhas. Não teria como eles serem parecidos, afinal eu as crio de uma forma e as mães dos meus alunos de outra, cada um sabe o que é melhor para seus filhos. Depois disto separei as Mariane's e deixava a professora na escola e a mãe vinha para casa, e nossa como foi saudável fazer isso. Os meus alunos tinham e têm o meu melhor. Assim, estabelecemos os combinados que eu já usava no passado e agreguei neles os novos comandos que uso com minhas filhas. A sala de aula se transformou em um ambiente acolhedor, respeitoso e aberto para que eles venham até mim e recebam meu apoio e motivação incondicional. Assim eles aprendem do jeito que eu gosto, de maneira ativa, como protagonistas, agentes ativos na aprendizagem. Nossa, como eles se desenvolvem bem quando a sua professora está dedicada integralmente a eles. Quando saio da minha sala de aula, eu sou a mãe novamente, aquela que abraça, beija, brinca com suas filhas, tem paciência nas horas de brigas e bagunças, sabe ponderar os momentos de birras e confusão, age como juíza e médica sempre que preciso e como professora também, mas não como a da sala, mas sim a que ensina sobre a vida, ensina sobre respeito, limites, amor ao próximo, gratidão e resiliência. Descobri que quando eu sou a mãe em casa e a professora na escola, sinto-me completa. Não que às vezes esses papéis não se misturem, pois acontece, às vezes os alunos precisam de um colo a mais, um carinho, um abraço e atenção em que fazemos levemente o papel de mãe, e em casa às vezes as meninas precisam nas suas lições da professora que ensina e orienta de maneira mais enérgica e solicitada.

Ser mãe e professora é uma dádiva e um desafio constante, mas quando você aceita que a perfeição não existe, nem receita mágica, a vida se torna mais leve e você consegue aproveitar melhor a caminhada.

Referências

NELSEN, Jane. *Disciplina positiva: o guia clássico para pais e professores que desejam ajudar as crianças a desenvolver autodisciplina, responsabilidade, cooperação e habilidades para resolver problemas*. Barueri: Manole, 2015.

NELSEN, Jane et al. *Disciplina positiva em sala de aula: como desenvolver o respeito mútuo, a cooperação e a responsabilidade em sua sala de aula*. Barueri: Manole, 2016.

Primeira infância

Capítulo 26

O afeto e as emoções: uma relação fiel de aprendizado

Para que se possa compreender os comportamentos observados nas crianças, é preciso, primeiramente, compreendê-las em sua totalidade. Olhar para cada uma delas com respeito, individualidade, conhecimento e, acima de tudo, amor. Quando houver compreensão de que nenhuma mudança é possível sem a magia do amor, maior será a chance de lidarmos com seres humanos mais fortes, corajosos e felizes.

Paula Campos

Primeira infância

Paula Campos

Psicóloga e pedagoga, criadora da Turma do Amoreco, idealizadora do Grupo de Capacitação Conexão e criadora do Projeto Amor-Ré-Mi: Músicas como intervenções terapêuticas. Certificada em Educação Parental em Disciplina Positiva pela *Positive Discipline Association* (EUA) e facilitadora da Educação Emocional Positiva.

Contatos
www.turmadoamoreco.com.br
paulinha.campos@ymail.com
@paulacamposterapiacomamor
(11) 98639-4108

Acolhimento emocional

Há atualmente uma luta constante de pais buscando compreender e justificar os comportamentos dos filhos, que paralelo ao desenfreado ritmo acelerado de trabalho, resultam em impaciência, julgamentos, falta de disposição, falta de acolhimento e muito arrependimento.

Há incansáveis tentativas para manter uma boa relação de conexão com os filhos e, mesmo diante de possíveis leituras sobre educação com o intuito de estudar sobre as diversas formas de conduzir as situações, há frustração. Por vezes frustração frente a como os filhos reagem, por outras, a como os pais reagem frente aos filhos.

Também, há busca incansável em "adequar" o filho perfeito à sociedade, tornando-os mais gentis, amáveis e solícitos e nestes momentos, mais frustração. Entra-se, então, em um ciclo de baixa autoestima, onde, com frequência, há insatisfações e desmotivações.

É preciso compreender que os filhos são sim o resultado genético de pai e mãe, mas com certeza são muito mais do que isso. Eles são além do que os pais esperam que eles sejam. Indivíduos que, embora com influências de seu meio social, são únicos. Simples assim!

Dessa forma, não há como não relacionar frustração e expectativa. Em busca da perfeição, há um aumento significativo frente ao que se espera dos filhos (e de si) e com isso, aumento significativo da frustração. Entra-se, assim, em um ciclo, tornando difícil o entendimento frente ao caminho que se deve seguir.

É preciso, é claro, falar sobre a criança em si, suas potencialidades e características e acolher suas emoções, porém se faz de extrema importância compreender e acolher os pais. Olhá-los da maneira mais pura e libertadora, permitindo conversa e conexão com a criança interior de cada um.

Baseado nos estudos sobre Freud e o inconsciente, Garcia-Roza (1996) diz que tudo o que se vive na infância, impacta sobre nossos dias. Há uma carga diretamente relacionada às vivências, emoções, lembranças e fatos "guardados" em nosso inconsciente.

Lidar com os filhos e observar todas as suas ações, resgata memórias que nos servem como gatilhos e por vezes nos convidam a reações impensadas.

Primeira infância

Atualmente, a inteligência emocional vem sendo cada vez mais valorizada e discutida, fazendo parte da rotina familiar de tantas e tantas pessoas, mas nem sempre foi assim! Muitos de nós vivemos em uma época em que as emoções eram silenciadas, escondidas sob olhares autoritários e ameaçadores, reprimidas. Era forte quem não chorava, era feliz quem não fraquejava. Tais responsabilidades permeiam a vida adulta até hoje, o que torna cada vez mais difícil a compreensão do que se espera exclusivamente dos pais: sua luta constante de amadurecimento contra sua própria versão infantil que também vive ali.

Segundo Siegel (2016), faz-se muito importante interpretar e compreender como foram as primeiras relações de vínculo na infância para que se possa relacionar passado e presente, mantendo, então, uma relação segura com os filhos. Refletir sobre a história de cada um abre caminhos para novas possibilidades de conexão com os filhos e chance para novas escolhas.

Sem intenção alguma de julgar a história de vida que todos carregam, mas compreendendo o conflito existente, questiono: como envolver os pais em um trabalho emocional com seus filhos, buscando que falem, identifiquem, reconheçam e nomeiem as emoções se eles mesmos não foram educados emocionalmente?

É preciso, primeiro, abraçar os pais. Acolher suas fragilidades, dores e amores, para que eles possam ressignificar seu passado e vivam seu presente de forma harmoniosa e feliz.

A possibilidade de abraçar a criança interior de cada um e cuidar do que ainda precisa ser cuidado deve ser vista como um presente dado pelos filhos, como forma de amadurecimento e crescimento.

Ao entender o que aconteceu com você e como você respondeu as suas experiências de vida, abrem-se caminhos para uma realidade mais produtiva e saudável, não só frente à relação com o outro, mas consigo também. Incrível será quando se perceber que, neste contexto de troca, há uma relação mútua de saberes e crescimento, um aprendizado em comunhão.

O afeto e as emoções

O mais incrível e belo no ser humano é compreender a capacidade que se tem de crescimento e oportunidade. A partir de estudos sobre neuroplasticidade, Rodrigues (2015) diz que nosso cérebro está em constante transformação e "se modifica de acordo com a interação com o ambiente", permitindo desenvolvimento e crescimento.

Segundo Siegel (2016) "As experiências que acontecem na infância são as principais influências para o cérebro se desenvolver", desta forma, as primeiras relações familiares influenciam diretamente o ser humano que se forma. Neste contexto, trago olhar carinhoso para Henri Wallon, por privilegiar a afetividade como fundamental para o desenvolvimento.

Diante de acontecimentos com afeto, há verdadeiras conexões. As memórias afetivas então geradas são resgatadas a partir de gatilhos vivenciados ao longo da vida. Elas desencadeiam emoções que por sua vez, geram ações. Manter boa relação com os filhos e vínculos bem estabelecidos, garantirá saudável crescimento cognitivo e emocional. **Se vale a dica: o filme *Divertidamente* (Pixar, 2015) traz uma incrível elaboração sobre as memórias e as emoções.**

Quando a criança é inserida em um ambiente familiar que compreende a importância das emoções, ela se sente segura para, ao longo da vida, exteriorizar seus desejos e vontades. Quando educada emocionalmente, a criança é capaz de reconhecer, identificar e nomear cada uma das emoções, encontrando, quando preciso, opções saudáveis, construtivas e racionais para lidar com conflitos. Acolher e validar as emoções do outro é oferecer proteção, é um ato de amor. Há, neste contexto, relação entre afeto, segurança e acolhimento, que se faz lançar para o futuro seres humanos seguros, determinados e felizes.

A inteligência emocional é uma habilidade que precisa ser incentivada e desenvolvida, sendo os pais, figuras de vínculo, parte importante deste processo. O respeito, frente às características de personalidade de cada criança, permite amadurecimento familiar e pessoal, pois passa a enxergar a criança como um ser único, respeitando suas individualidades.

Para Caminha e Caminha (2017) é fundamental que se compreenda que as crianças (e adultos) não são as emoções, mas sim a capacidade de senti-las. Diante da quantidade de adultos que não tiveram suas emoções acolhidas e respeitadas, há, de um lado, grande déficit de validação das emoções das crianças, e de outro, excesso de permissividade.

Nenhum destes contextos é desejado e por isso, enxergar a criação dos filhos com coragem é se amar em primeiro lugar. É sentir carinho e afeto por você, que faz diariamente o melhor que pode.

É preciso tomar cuidado para que a falta de tempo, de oportunidade ou de conexão real com os filhos, demandadas pelo excesso de trabalho, não seja compensada pela possibilidade do "pode tudo". Nesta realidade, as crianças não são acostumadas a esperar com respeito, a ter empatia, a criar ou honrar seus compromissos e com isso se descompensam emocionalmente. Há expectativa dos filhos para com os pais e dos pais para com os filhos. Quando estas não são atendidas, há frustração e com isso, disputa de poder dentro da própria casa.

É preciso se libertar da ideia de que fazer os filhos felizes o tempo todo é papel do pai ou da mãe, quando, na realidade, "a construção é do próprio indivíduo" (FRAIMAN, 2019). Oferecer à criança a chance de se desenvolver como ser autônomo e atingir a melhor versão de si mesmo, é um movimento incrível de respeito e de afeto.

Dentro do ambiente familiar, quando se valoriza as emoções e se constrói um ambiente acolhedor, diminui-se a probabilidade de ação

Primeira infância

com permissividade ou autoritarismo. Isso porque, há comunicação eficaz, facilitando a conexão entre pais e filhos.

Na relação familiar, o movimento de "ir e vir" com as emoções é um sinal de maturidade. Estar para com os filhos numa relação de igualdade e compreender que pedir desculpas não é um sinal de fraqueza. Abraçar todas as emoções com carinho fortalece o afeto e cria memórias de conexão. **Se vale a dica:** *a Turma do Amoreco* **é uma ferramenta lúdica eficaz na condução de conteúdos relacionados às emoções.** (Veja www.turmadoamoreco.com.br)

Fonte: www.turmadoamoreco.com.br.

O aprendizado

Fazendo um passeio por tudo o que passamos na leitura deste capítulo, encontraremos, como principal, o acolhimento com afeto de todas as dores e amores. Tudo o que passa pelo coração, tem sentido, significado e por isso, deve ser valorizado.

John e Beatrice Lacey, em 1970, realizaram estudos sobre neurocardiologia que resultam na compreensão de que não é apenas o cérebro que se comunica com o coração, mas também o coração que se comunica com o cérebro. O estudo nomeado como a inteligência do coração torna possível usar o coração como ferramenta para gerenciar nossas emoções e regular nossa capacidade de raciocinar.

Independente, no meu ponto de vista, do caminho percorrido como determinante para a expressão das emoções, o que de fato importa é que quanto mais equilibradas e coerentes estiverem nossas emoções, mais aprenderemos a lidar com elas. Como dizia Aristóteles: Educar a mente sem educar o coração, não é educação.

Educar com amor, coragem e confiança pode não trazer a certeza de que não haverá falhas, mas sim, a certeza de que se tentou da melhor forma. Quando se compreender as emoções como a linguagem universal do ser humano, se compreenderá que os sentimentos nos unem, nos tornam iguais.

Aprender a abraçar e a amar todas as emoções (sim, todas, incluindo a raiva, vista como negativa), é aprender com afeto, é mostrar que todas importam e permitir que todos sintam. Talvez a palavra permitir seja forte ao contexto, mas pelos olhos da criança e pelo seu entendimento imaturo, não há clareza quanto ao que ela sente, ao que seu corpo mostra ou ao que sua boca diz quando diante de uma emoção desregulada. Ela precisa aprender a se regular. Para isso, a mediação e condução feita por pais regulados e conscientes, que a guiem para o aprender, resultam em consciência para a autorregulação ao longo da vida, diante das mais diversas emoções.

Por exemplo, para a criança, quando seus pais abraçam sua raiva com amor, ela se sente permitida a sentir e expressar. Ela não se cala, ela não se machuca e ela não se anula, ela aprende. Trata-se de uma educação saudável, com respeito à individualidade.

Faço aqui uma breve afirmação de que "pais regulados criam filhos regulados", já, "pais desregulados permitem desregulação nos filhos também". Não, não é correto imaginar que os pais entendam que devem anular suas emoções pensando apenas na regulação dos filhos. O ideal é imaginar que o mesmo acolhimento que se tem para com as emoções dos filhos, deve haver, primordialmente, para as emoções dos pais. *Conhecer-se, reconhecer-se e se respeitar* é um gesto lindo de amor, afeto e aprendizado.

Compreender a palavra Conexão como caminho certo de bom relacionamento, abre espaço para carinhos, olhares afetuosos e abraços confortáveis. Elimina qualquer tipo de hierarquia autoritária e quebra barreiras da frieza e da indiferença.

Os pais ajudam (e muito) quando abrem espaço para os filhos conversarem sobre suas falhas e frustrações, sem julgamento ou rótulos. Sem minimizar sua dor ou desprezar seus sentimentos. Os erros são as melhores oportunidades para aprender (NELSEN, 2015).

Suponho ser importante também discorrer sobre o papel das escolhas na vida dos filhos e no quanto há discussões sobre o quanto se deve ou não os deixar escolher. Para que se conclua de maneira fácil, sugiro a reflexão: busco criar filhos dependentes ou independentes quando estiverem em outros contextos sociais, como escola, grupo de amigos ou festas, e não tiverem a presença dos pais para fazer escolhas por eles? O caminho depende da condução de criação: ou se sentirão seguros para escolher, ou se anularão frente às escolhas ou farão escolhas impensadas.

É fato que há escolhas que, por maturidade e por sobrevivência, não cabem às crianças, mas resolver por eles o que eles têm potencial para resolver é, segundo Fraiman (2019), ensinar que são incapazes e incompetentes.

    Aprender a aprender nunca é tarde para tanto. Com afeto, emoção, humildade, proximidade e envolvimento, cercaremos as crianças de boas possibilidades para que tenhamos, no futuro, seres humanos mais fortes, corajosos e cheios de felicidade.

Referências

CAMINHA, R. M.; CAMINHA, M. G.; DUTRA, C. A. *A prática cognitiva na infância e na adolescência*. Novo Hamburgo: Sinopsys, 2017.

CAMPOS, Paula. *Turma do Amoreco*. Disponível em: <www.turmadoamoreco.com.br≥. Acesso em: 19 set. 2020.

DivertidaMente (Inside out). Direção: Pete Docter. Produção: Jonas Rivera. Walt Disney Pictures, 2015. 94 min, cor.

FRAIMAN, Leo. *A síndrome do imperador: pais empoderados educam melhor*. Belo Horizonte: Autêntica Editora; São Paulo: FTD, 2019.

GARCIA-ROZA, L. A. *Freud e o inconsciente*. Rio de Janeiro: editora Zahar, 1996.

MAHONEY, Abigail Alvarenga. *Introdução*. In: WALLON, Henri. *Psicologia e educação*. São Paulo: Loyola, 2000.

NELSEN, Jane. *Disciplina positiva*. 3. ed. Tradução de Bernadette Pereira Rodrigues e Samantha Schreier Sysyn. Barueri: Manole, 2015.

RODRIGUES, Miriam. *Educação emocional positiva: saber lidar com as emoções é uma importante lição*. Novo Hamburgo: Sinopsys, 2015.

SIEGEL, Daniel J. *Cérebro adolescente: a coragem e a criatividade da mente dos 12 aos 24 anos*. São Paulo: nVersos, 2016.

Primeira infância

Capítulo 27

Mãe em foco: a importância da mãe dentro da família na primeira infância

Mãe, você considera estar vivendo sua melhor versão, como mãe e líder do seu sistema familiar para promover a melhor e mais saudável experiência para seus filhos, na primeira infância? Neste capítulo, apresentarei alguns conceitos e ferramentas das mais poderosas, testadas e comprovadas, do *coaching* parental, para você se sentir uma mãe e mulher plena.

Patrícia Del Posso Magrath

Primeira infância

Patrícia Del Posso Magrath

De formação, é jornalista & educadora – há 37 anos. Atuou como professora, coordenadora e supervisora geral de cursos de GRD e ESL Kids e Teens. Autora de Material Didático Inglês ESL – Edigraph – GPI por 15 anos. É certificada pela SBC Sociedade Brasileira de Coaching em *Life&Professional Coaching* e pela Parent Coaching Brasil como *expert* em *parent coaching*, *coaching* de grupos e *coaching* vocacional. MBA em *Executive Coaching* e tem certificação internacional complementar como META PNL *Practitioner* e Neurossemântica. É consultora certificada de Perfil Comportamental DISC – DomIneSCo. Sócia-fundadora da MaGrath T&D – Treinamento&Desenvolvimento Humano. Paulistana mãe do Johnny e do Matt, e de coração do Rapha, casada com o Phil há 24 anos, e juntos são idealizadores do movimento *Mãe em Foco*.

Contatos
patriciamagrath@gmail.com
https://linktr.ee/patriciamagrath
Instagram: @patriciamagrath
(32) 98892-1110

Patrícia Del Posso Magrath

A mãe em foco

Maternar... como viver essa experiência de tanto amor e felicidade sem, ao mesmo tempo, sentir tantas dúvidas, culpas e incertezas?
Uma das questões mais comuns entre as mães com filhos pequenos é a de pensar em como vai ser quando seus pequenos estiverem crescidos e saído de casa. Muitas mães sentem emoções negativas relacionadas à perda, medo e insegurança quando pensam nesse assunto. Mas, a reflexão que quero trazer hoje é para olharmos para essa questão de outra forma, através de duas perguntas, que vão conduzir essa experiência:

1. Você está preparando seu filho para quando você não estiver ao lado dele?
2. Como está sua relação com você mesma hoje?

A forma como você se relaciona com você mesma e outras áreas da sua vida são de extrema importância. Você tem tido tempo para se cuidar? Como está sua relação com seu cônjuge e seus filhos? Você acredita que suas relações em família estão em perfeito equilíbrio? Quais são suas maiores dores, problemas e desafios como líder dessa extraordinária "empresa" chamada LAR S/A?

Eu sou Patricia Magrath e, como mãe de 3 filhos - que já vivem seus sonhos - e especialista em *coaching* parental, pretendo ajudá-la a responder essas perguntas e outras provocações, através de ferramentas que te guiem a conseguir as suas respostas.

O objetivo é que você consiga aplicar essas respostas em sua família com sustentabilidade, alcançando relações otimizadas dos membros do seu sistema familiar (que é único), para que todos gozem de uma experiência harmonizada, com muitos momentos de alegria e felicidade plena em família.

E por que é importante responder a tantas perguntas e superar inúmeras dores e desafios em busca de um maternar saudável?

Porque muito do que nossos filhos escutam, veem e sentem sobre você (e seu cônjuge) - desde a primeira infância - terá influência na fundação e na fundamentação de grande parte dos pensamentos, emoções e comportamentos futuros.

A partir do momento em que deixamos nossa própria família de origem para começarmos um novo lar, é como se estivéssemos abrindo uma nova empresa, a "Lar S/A". Assim, é importante assumirmos total responsabilidade como o CEO dessa instituição. E, claro, como em toda liderança, existem inúmeros desafios.

Os três primeiros desafios a serem superados na liderança familiar são autoliderança, comunicação eficaz e gestão de sua rotina.

Autoliderança – a mãe líder

O líder, tanto de uma empresa como o de uma família, consegue contaminar positiva ou negativamente todos seus colaboradores ou filhos.

Quanto mais claro estiver para a mãe como seu comportamento pode ditar o ritmo da saúde e bem-estar da sua família, mais esta mãe buscará conhecimento e respostas para suas dúvidas, anseios e medos.

Gestão de rotina (super, sub e otimizada)

Você já questionou como tem lidado com suas funções e ações no dia a dia? Quando não conseguimos equilibrar o modo como funcionamos, podemos viver uma vida nos extremos! Esses extremos são definidos pelo *coaching* parental como sendo o de superfuncionamento ou subfuncionamento. Ou nos sentimos mulher-polvo resolvendo tudo para todos o tempo todo; ou, ao contrário, sem autonomia para resolver muita coisa porque dependemos de alguém para bater o martelo e resolver para nós. (Para acessar o teste e descobrir em qual nível você se encontra, escaneie o QR *code* abaixo com seu celular).

O ideal é atingirmos um nível de funcionamento otimizado. Aqui, estamos falando de autorresponsabilidade, da capacidade de gerenciar a vida: o tempo, o estresse, de tomar decisões, ser responsável pelas coisas com as quais estamos envolvidos e atuar como seres autônomos que formam filhos autorresponsáveis, graças a uma boa conexão com eles.

Comunicação eficaz

Para criar essa conexão saudável e duradoura, precisamos entender como nós, mães, nos comunicamos e qual é a melhor forma de ajudar nossos filhos a entender e absorver essa comunicação. Uma comunicação com menos ruídos. Afinal, comunicação não é somente a mensagem que se passa, mas também o que o outro entende!

Educar, ensinar e criar filhos é a mais complexa de todas as responsabilidades humanas! E, eu garanto, por conhecimento de causa e muito estudo, que mesmo com toda essa complexidade, podemos ser a nossa melhor versão de mãe!

Mas como?

Responda para si mesma: como seria sua vida se você se sentisse plena como mãe, mulher, profissional e esposa? Não sentir culpa no trabalho por estar longe dos nossos pequenos, por exemplo? Ou não se sentir irresponsável como profissional quando está com os filhos?

A resposta está no autoconhecimento. Ele é a alavanca que mudará seu mundo!

Como você responderia as três perguntas metafísicas mais importantes usadas no início de um processo de *coaching* parental:

1. Quem eu sou (estou como mãe e mulher) hoje?
2. Onde me encontro nesse momento (como é a dinâmica da minha família)?
3. Onde eu quero estar quando meus filhos tiverem 5, 15 e 25 anos (como quero ser lembrada como mãe)?

Você saberia responder facilmente a essas perguntas e a partir delas criar uma forma de ajustar uma nova maneira pensar e agir para se sentir mais satisfeita com as suas respostas?

Um outro bom exercício para autorreflexão é fazer as seguintes perguntas diariamente, ao final do dia, e escrever suas respostas em um diário para perceber padrões (processo chamado de *journaling*). Faça o teste e responda:

1. O que eu acertei como mãe hoje?
2. O que eu poderia ter feito melhor como mãe?
3. O que não deu muito certo, e o que posso fazer para ajustar isso para amanhã?

O autoconhecimento vai te direcionar. Através dele, uma mãe pode se tornar a alavanca de mudança dentro da sua família. E também através do autoconhecimento você conseguirá ter a resposta para uma das perguntas mais fundamentais para todas as mães: "sou o modelo de adulto que quero que meu filho se torne no futuro?".

Como sua família funciona?

O próximo passo é entender como cada membro funciona, sente, se automotiva, desmotiva, e se comunica. Mais ainda, saber identificar as dinâmicas do seu sistema familiar em seus diversos ciclos. Certamente, em cada ciclo - gravidez, puerpério, infância, adolescência, etc. - você terá desafios diferentes. Mas é justamente durante a primeira infância que nossos filhos nos modelam através de processos chamados de espelhamento e *imprinting*. Através da observação, eles espelham, imprimem e copiam nossos comportamentos.

Precisamos estar atentos e prontos para tornar esse espelhamento uma ferramenta de modelagem positiva, já que uma primeira infância tratada com respeito, gentileza, firmeza e amor pavimentará o caminho para que a criança aproveite todo seu potencial em direção à vida adulta. Fica a reflexão: "Como você deve se comportar para oferecer ao seu filho sua melhor versão numa fase tão rica como a primeira infância"?

Dúvidas frequentes e como lidar com elas

Devo orientar meus filhos ou deixar que decidam por eles mesmo? Até quando? Devo permitir que usem a Internet até que ponto? Como lido com birras, choros, chantagens emocionais etc.?

O grande desafio de hoje está em escolher as melhores respostas com tantas escolas de pensamento, fontes das mais variadas e informação na ponta dos dedos, que podem ser baseadas em pesquisa e fatos ou em notícias falsas – as *Fake News*.

Quando seu filho faz birras, por exemplo, que tal perceber como é que você lida com as suas emoções? Sim, porque um comportamento está diretamente ligado a uma emoção sentida. E se sua queixa tem a ver com o estado emocional do seu filho, não se culpe, porque você não tem que nascer sabendo o que fazer, mas precisa adquirir essa competência de olhar para as emoções de maneira positiva e carinhosa. Percebendo que por trás de um comportamento inapropriado se esconde um sentimento, uma emoção e uma dor, que ele não sabendo como expressar, joga-se no chão, grita, chora. E nós, em vez de repreendermos apenas o comportamento inapropriado, e acolher sua emoção, muitas vezes repreendemos a criança pelo que ela sentiu, como se ele fosse o comportamento dela. Quem já não ouviu ou até mandou a criança "engolir" o choro (a emoção, a dor dela)?

Você, como mãe, quer se sentir uma boa educadora emocional e encontrar nas emoções um ponto de apoio e de crescimento? Para isso, vou propor que conheça seu estilo parental através de um teste desenvolvido por J. Gottman, que pesquisou famílias inteiras desde sua formação, do nascimento dos filhos à idade adulta. É fruto de uma pesquisa científica de mais de 20 anos!

A intenção do teste não é o seu resultado, mas sim a reflexão que você fará por conta dele. O que você acredita que o seu filho quer a comunicar com o comportamento dele e o que você pode estar ignorando por causa do seu estilo parental. Porque, novamente, o resultado não é um julgamento: trata-se de uma inexperiência ou consequência da educação que você mesma recebeu. O Importante é o seu despertar para entrar em contato com as emoções, como irá interpretá-las e quais as atitudes mais saudáveis a se tomar. Dê uma pausa na sua leitura e faça o teste, o mais honestamente que puder. Vamos lá?

Independente do seu resultado, a verdade é que não existe fórmula perfeita para educar e criar filhos. O que serve para uma mãe e uma família pode não servir para outra. Por isso, o *coaching* parental ajuda você a entender o que é o melhor para você e àqueles que você ama, usando um processo e ferramentas testadas e comprovadas.

Os valores da sua família

Com valores definidos, podemos, por exemplo, dizer ao nosso filho que ele não pode bater no irmãozinho, não porque é feio, mas porque aqui na nossa casa temos o respeito como um dos valores principais. Nós nos respeitamos, não batemos. Conversamos e explicamos o que nos aborreceu e como nos sentimos com base em valores. É assim que resolvemos isso.

Porque é através da identificação desses valores que você conseguirá explicar aos seus filhos o porquê da família. O propósito que você e seu parceiro ou parceira — CEOs dessa instituição maravilhosa chamada lar — querem transmitir. E que funcionará como uma espécie de círculo de segurança que protegerá sua família ao transmitir uma carga genético-moral de geração a geração.

Com esses valores claros, conseguimos passar de avós para netos e assim por diante, a essência da nossa família, mesmo com cada um buscando um sonho diferente. O mundo estará mudando cada vez mais rápido, os sonhos a se realizarem também. Cada vez mais, teremos uma certa distância que nos diferenciarão das gerações que vão chegando.

Mas essa distância pode vir a ser só física, geográfica, de estilo, de sonho. Essa distância diminui entre os membros de uma mesma família quando são claramente definidos e transmitidos, criando um DNA moral.

DNA moral da família - qual seu DNA moral?

DNA Moral - é assim que eu gosto de chamar aquilo o que difere uma pessoa da outra, logo também uma família de outra. É o conjunto de características que descreve como uma pessoa ou grupo se organiza, comporta-se e interage.

E como identificamos nosso DNA moral? Principalmente através de nossos valores centrais, nossas virtudes. Eles nos guiam e nos mostram os caminhos que estão alinhados conosco. São nosso mapa, nossa bússola. Vivemos por eles.

Quando estamos indo em direção a alguém, algo ou lugar e estes não estão alinhados com o nosso mapa, mudamos a direção. E será esse DNA que guiará seus filhos em suas escolhas, quando você não estiver por perto.

E, por último, mas não menos importante, nosso DNA moral garantirá a sustentabilidade da essência da nossa família por gerações e gerações, como se o *print* da nossa família se mantivesse vivo numa cápsula do tempo!

Este foi um capítulo cheio de perguntas. Acredito que as pessoas mais felizes são aquelas que fazem as melhores perguntas e, portanto, encontram suas melhores respostas.

Torço para que os conceitos aqui propostos, para a mãe como CEO do Lar S/A, a importância do autoconhecimento, o *coaching* parental, as perguntas poderosas e a ideia do DNA moral, tenham plantado sementes férteis em seu solo familiar, podendo gerar frutos saudáveis e belos. Afinal, como disse o poeta: "Os frutos nunca caem muito longe da árvore!".

Referências

CURY, Augusto. *20 regras de ouro para educar filhos e alunos*. Editora Academia, 2017.
GOTTMAN, John. *Raising an emotionally intelligent child*. 1997.
THOMAS, Lorraine. *A mamãe coach*. São Paulo: Literare Books, 2018.
VILELA, Jacqueline. *Meu filho cresceu e agora?*. São Paulo: Literare Books International, 2019.

Primeira infância

Capítulo 28

Confissões de uma mãe segura

Os medos e anseios de uma mãe durante a jornada para a escolha da primeira escola de sua filha. As dúvidas, novos olhares e a adaptação escolar.

Roberta Nascimento Soares

Primeira infância

Roberta Nascimento Soares

Psicóloga graduada com licenciatura plena pela Universidade São Judas Tadeu, pedagoga com especialização em administração escolar e consteladora familiar sistêmica com formação internacional registrada na ABRATH. Dedica-se à educação de bebês e crianças há mais de 25 anos e tem foco em como as relações parentais influenciam nos demais vínculos estabelecidos na primeira infância. Mantenedora e diretora escolar na Baby Prime Berçário e Educação Infantil em São Paulo.

Contatos
www.babyprime.com.br
diretoria@babyprime.com.br
Instagram: @babyprimeoficial | @consteladorarobertasoares

Chovia naquela manhã e tudo parecia comprovar que realmente não deveria ser certo o que eu estava prestes a fazer. Sair para procurar uma escola para uma criança tão pequena, tão indefesa...

Eu sempre sonhei ser mãe, mas meu lado profissional também me encantava. Eu já sabia o que fazer. Cuidei de tudo durante minha gravidez para que a esta altura, eu pudesse retornar ao meu trabalho. Parecia tudo simples, bem planejado, mas agora, olhando o meu bebê tão pequeno, todas as dúvidas vieram na minha cabeça. Estaria eu fazendo certo?

É justo com ele?

Um turbilhão de sentimentos invadia minha cabeça e meu coração... Tudo parecia cada vez mais difícil.

Tentei organizar meus pensamentos numa lista que não saiu...

O que olhar na escola que receberia minha filha? Como algum lugar poderá ser tão bom para ela quanto meu colo, com meus cuidados?

Por que não uma babá? Perguntei a mim mesma e a resposta veio quase que automaticamente: eu preferia um ambiente preparado, com pessoas capacitadas, com outras crianças para o meu bebê "conhecer" e acima de tudo, que ele pudesse brincar muito, em cada fase. Eu e meu marido concordamos nesse ponto. Se vou voltar a trabalhar, vamos oferecer a ela o que é melhor para ela.

Nada de celulares e tablets entretendo nossa filha grande parte do tempo. Ela precisa se movimentar, brincar, aprender.

Ajeitei as coisas e saí rapidamente quando me dei conta que já estava em cima da hora marcada. Dei um beijo na minha mãe, na minha filha e fui.

Cheguei naquele berçário e de fato não sabia o que olhar. Na verdade, eu não estava pronta para gostar das pessoas e nem de lugar algum. Não dei chance a ele e nem a mim.

Voltei para casa decidida a largar tudo e ser mãe em tempo integral. Disse ao meu marido sobre minha decisão e o semblante dele de dúvida, a respeito do que eu estava a dizer, junto com as palavras de apoio que ele me falou a seguir, só me deram a certeza que as consequências de uma ou outra decisão estavam comigo. Somente comigo, afinal, era da minha vida profissional que estávamos falando.

Primeira infância

Passei o dia com minha filha e com minhas reflexões. Fui constatando que aquilo tudo era insegurança.

Voltei para minha lista quando ela dormiu.

Coloquei na lista, um a um os berçários da minha região, olhei os sites, por ali já descartei alguns e os que me pareceram mais confiáveis, separei para ligar e marcar visita.

Nos dias que se seguiram, fui conhecer um a um.

Decidi olhar a estrutura e a segurança, num primeiro momento.

Percebi que isso contaria muito para convencer a mim mesma que valeria a pena.

Desde a portaria, a forma como era recebida, a limpeza dos ambientes, as pessoas que ali trabalhavam, as crianças.

Foram elas que me ajudaram muito.

Comecei a olhar onde pareciam mais felizes, mais tranquilas, melhor cuidadas.

Ao final do dia eu já sabia mais de projetos pedagógicos do que poderia imaginar. Nem sabia que deveria pensar nisso agora, mas faz sentido, afinal ao escolher determinada instituição, em pouco tempo meu bebê iria crescer e de lá seria "aluna". Sorri ao pensar nela maior.

Percebi que sim, eu deveria me identificar com o modo como ensinam e como prezam que as crianças aprendam.

Nunca pensei que procurar um berçário envolveria tantos aspectos.

Entre as visitas, conversei com amigas que têm filhos em outras escolas. Isso também me ajudou.

Confesso que mesmo assim, ainda olhava cada cantinho. Se era limpo, se as pessoas eram asseadas, se estava tudo organizado.

Conversava com os responsáveis, perguntava sobre o ensino, mas foi outra coisa que me fez escolher o berçário da minha filha.

Numa das escolas que eu entrei, eu gostei logo de cara. Estrutura, segurança, organização, mas, sobretudo, senti um algo a mais. Era a cor, a vida, os sorrisos de uns para mim, a concentração de outros na interação com os bebês a ponto de nem me perceberem passar... E o meu olhar mudou naquele momento.

Sim, eu olhei tudo, sim, eu olhei se a escola era limpa, sim, eu olhei se as pessoas pareciam profissionais, sim, eu conversei sobre a proposta pedagógica daquela escola para este e para os anos que se seguiriam.

Mas foi ver o sorriso das crianças que estavam lá, o sentimento que me transmitiam, a interação das crianças com as educadoras o que mais mexeu comigo.

De repente eu comecei a enxergar a minha filha ali. Eu comecei a pensar que ela de fato pudesse se divertir, que de fato pudesse ser bem cuidada e que de fato ele pudesse ter uma jornada feliz. Foi a primeira vez que esses pensamentos passaram pela minha cabeça e isso me causou uma certa confusão.

Afinal, como eu poderia estar pensando que minha filha poderia ser feliz longe de mim? Mas era a primeira vez que eu conseguia ver um lugar que me trouxesse essa sensação.

A essa altura eu já estava ciente de que existe uma linha, ou seja, um padrão que determina a faixa de valor de cada tipo de escola e eu já estava ciente do que buscava, do que eu era capaz de abrir mão numa escola e o que era inegociável. Foi então que eu percebi: a escolha estava feita!

Defini por aquela em que me senti melhor onde encontrei os bebês mais felizes, acolhidos.

Voltei para casa com um misto de felicidade e tristeza. Contei ao meu marido que tinha feito a minha escolha e marquei um horário para que ele pudesse conhecer.

Fui com ele, bem apreensiva e ele gostou de cara, saímos de lá com contrato assinado.

Estranha sensação!

Felicidade em podermos oferecer à nossa filha, nossa melhor escolha, feliz em poder investir na sua educação.

Passamos para os preparativos, para a adaptação...

Outro momento difícil pela frente.

A escola a acolheu, mas muito mais do que acolher minha filha no primeiro momento, aquelas pessoas me acolheram.

Considero que o cuidado nessa etapa é uma das partes mais importantes do processo.

Eu percebi que ao matricular um filho, assim como ao nascer um filho, tudo muda na vida da mãe também.

Quando nasce um filho, nasce uma mãe.

Quando se matricula um filho, nasce uma mãe de aluno, com dúvidas, inseguranças e várias certezas.

Por isso considero que ser acolhida e bem orientada nesse momento é fundamental.

Ter acesso ao que meu bebê está fazendo, acompanhar o processo, fazer parte, ser incluída.

Esse é o direito de toda família e é o que me trouxe segurança.

E a adaptação foi acontecendo, para ela e para mim, nos primeiros dias, progressivamente.

Perceber que as educadoras estão acostumadas com esse processo, que há o acompanhamento da coordenação, mas que, sobretudo, a escola toda compreende que para a mãe é a primeira vez, é muito bom.

Ficar junto com ela, dentro do berçário, no primeiro dia foi muito bom.

Falamos de tudo, das mamadas, do soninho, da rotina dela em casa.

Tudo isso ajudou a organizar meus pensamentos em relação à rotina dela na escola.

Pouco a pouco, fui me acostumando a deixá-la mais tempo e percebi que eles carinhosamente estavam "se conhecendo".

Primeira infância

Em alguns dias, minha filha já reconhecia a escola e a tia, e a educadora conhecia cada vez mais suas necessidades. Agradeci por poder me dedicar aos dias de adaptação do meu bebê no berçário. Sei que algumas mães não podem e eu estava feliz em ter esse tempo.

Foi um processo, como tudo na vida.

Confesso que foi um processo mais assustador enquanto estava somente na minha cabeça, do que na verdade foi.

Pude voltar ao meu trabalho e me senti produtiva novamente. Isso me trouxe satisfação.

Minha filha brincava no chão, brincava com água, pintava com tinta, abraçava os amigos, era abraçada. Alimentava-se bem, desenvolvia-se bem, estava feliz na escola.

Escolhi uma escola que respeitava minha filha, estimulava e a apoiava nos seus processos de desenvolvimento, fiquei orgulhosa disso.

Peguei-me, por algumas vezes, com um certo sentimento de culpa, afinal ainda fomos criadas numa sociedade que atribui apenas à mãe a responsabilidade de "criar" os filhos. Mas ao receber minha filha no final do período, com um sorriso e sentir que ela estava de fato feliz, no seu espaço, se desenvolvendo, fazendo amigos e querendo voltar no outro dia, me deu forças para continuar.

E quando, novamente me vi tentando avaliar se minhas escolhas estavam certas, cheguei à conclusão que posso ter dúvidas e se necessário, voltar atrás ou mudar o rumo. Nada é definitivo.

Nesses momentos, o fundamental é respirar fundo e saber que é a composição de todos os meus papéis que me torna quem sou.

Posso ser uma excelente mãe sim, trabalhando e sendo uma excelente profissional.

Melhor ainda quando também consigo cuidar de mim com o mesmo amor que cuido da minha filha.

E me lembrei de um artigo que eu li, cujo autor não me recordo, que dizia que uma mulher precisa saber cuidar de si, para então poder dar o seu melhor, seja aos filhos, seja à família, seja ao trabalho, seja a todos eles. Tudo isso me fez sentido a partir desse momento.

São escolhas!

Cada uma vem com um pacote de ônus e bônus que devemos conviver.

Quando menina, ainda sem responsabilidades, ficamos apenas desejando, querendo, sonhando.

De repente, o tempo passa e somos mulheres, responsáveis, esposas, mães.

É assustador, claro!

Enfrentar meus desafios, com calma e sem necessidade de ser perfeita, fez-me amadurecer. E tudo isso me fez mais completa para minha filha e mais madura para receber com amor, meu segundo filho, um ano depois.

E foi essa busca, em que pude acolher meus medos e angústias e que me fez crescer como pessoa, que serviu, anos depois, como referência para eu estudar, planejar, me especializar e concretizar meu maior sonho que foi montar meu próprio berçário.

Já se vão muitos anos dedicados à maternidade e à educação.

Hoje meus filhos já estão com 19 e 17 anos, seguindo cada qual o seu caminho.

Aprendi, nessa jornada, que ser mãe é estar disponível aos filhos, de formas diferentes, em cada fase da vida. E que para oferecer o nosso melhor, precisamos estar felizes e acima de tudo, respeitar nossos limites, nossas características e necessidades como indivíduo, só assim aprendemos a respeitar nossos filhos e com isso, deixar que a vida deles flua.

Mas aí, já é uma outra parte da história.

Primeira infância

Capítulo 29

Vivenciando a parentalidade consciente: um novo olhar para a educação no século XXI

É o envolvimento de mim mesmo com o que me cerca. Vem de mim. Nasce aqui dentro do coração. Consciente de que devo ser quem sou e na busca de melhoraria contínua a dar o meu melhor na missão a mim confiada que é educar. Olhar atento às necessidades dos pais e filhos é o objetivo desse exercício de autoridade parental. A educação de filhos é um tema sempre em evolução.

Sarah Donato Frota

Sarah Donato Frota

Formada em Direito (2014), especialista em Direito de Família (2016) pela Faculdade Damásio de Jesus - SP, especialista em Parentalidade e Educação Positiva- EPEP – PT (2019), educadora parental certificada em Disciplina Positiva pela Positive Discipline Association- PDA-USA (2019), membro da Associação Brasileira de Disciplina Positiva. Pós-graduada em Neurociências e Comportamento pela Pontifícia Universidade Católica do Rio Grande do Sul. Fundadora e formadora da Escola de Pais e Profissionais da Parentalidade Sobral-CE. Escritora, palestrante e consultora educacional. Mediadora familiar e certificada em Práticas Colaborativas. Idealizadora da *hashtag* "Vivenciando a Parentalidade Consciente" nas mídias sociais, contribuindo semanalmente com conteúdos e informações sobre parentalidade. Mãe de quatro lindos filhos, amante da parentalidade e eterna aprendiz da arte de amar e educar.

Contatos
sarahsobral2909@gmail.com
Instagram: @sarahdonato_parentalidade
@escoladepaiseprofissionais
Facebook: Sarah Donato Parentalidade
WhatsApp: (88) 99924-5446

Sarah Donato Frota

Uma criança pode chegar ao mundo de diversas formas, planejada ou não, por qualquer via de parentalidade: concepção biológica, por adoção, socioafetiva etc.

Cada pessoa se descobre mãe e pai, somente com a chegada da criança no lar. Para as mães são muitos os desafios da maternidade: a amamentação, adaptação da rotina, noites mal dormidas, mudanças hormonais, praticar o autocuidado, ciúmes entre irmãos, a rede de apoio, tudo isso aliado aos sentimentos e emoções de ambos, pai e mãe.

Apesar das dúvidas, do medo, da ansiedade e das frustrações, a grande maioria dos pais passa por esse momento sem orientação educacional, o que pode resultar em cansaço, fadiga, indisposição, isolamento e até mesmo tornar pouco gratificante essa tarefa tão importante, a maternidade e paternidade.

Considerando a dificuldade, muitos casais envolvidos com os afazeres diários constantes associados ao bebê, ao trabalho e à vida pessoal ficam distantes um do outro podendo gerar um efeito negativo de insegurança e instabilidade para a criança.

O bebê precisa de colo, alimento, atenção e amor, isso que prevalece na construção dos valores e do vínculo na família.

Para o pai, é um desafio conciliar essa nova descoberta da paternidade com a mãe, o bebê, o trabalho e o desejo de juntos construírem um mundo fraterno, humano e justo para a criança crescer. Mas a maternidade/paternidade não é só isso!

Há uma tarefa muito importante a executar: a Parentalidade Consciente!

A educação não deve ser um processo rígido e traumático para a criança e o adolescente. É um período de autodescobrimento sobre os próprios sentimentos, emoções, limites, o mundo ao seu redor e de criar vínculos.

É preciso estudar pra ser pai e mãe. Pra serem melhores pais. É preciso capacitação, atualização e investir tempo em treinamento com os filhos.

Na prática, para transformar os desafios de comportamentos dos seus filhos em cooperação e em importantes habilidades de vida, como respeito, responsabilidade, empatia, compaixão, conexão, comunicação, resolução de conflitos, birra, medo, mentira, entre tantas outras, é preciso que os pais entendam de que ponto de partida estão traçando suas estratégias.

Primeira infância

É possível que estejamos utilizando estratégias e mecanismos equivocados na busca de alcançar esses resultados.

O vínculo com nossos filhos não é bom somente para eles, mas para nós também. É preciso conectar-se com sua criança interior, para desenvolver empatia, olhar generoso e deixar o amor brotar de dentro para fora.

Muitas questões mal resolvidas em nós, fruto da educação autoritária, permissividade ou negligência, causaram muita confusão no exercício responsável e consciente da autoridade parental. Muitas famílias sentem-se fragilizadas, confusas, sem apoio, mas há uma forma de mudar essas realidades familiares e sociais. A busca consciente pelo desejo de mudar.

Conscientizando pais

Conscientização não é uma porção mágica, em vez disso, é um estado que emerge como parte de um processo de autoconhecimento.

Para envolver-se nesse processo de consciência, é preciso buscá-la no seu potencial de percepção acentuada. Isso significa que a consciência é acessível a todos nós.

A descoberta do relacionamento entre pais e filhos é que ela constantemente nos apresenta oportunidades para nos elevarmos a um estado de consciência intensificada.

Os nossos filhos têm o poder de nos elevar à condição dos pais que eles precisam que sejamos. Por essa razão, a experiência de criar filhos não é de pais versus filho, mas de pais com filho.

Para a criação de filhos conscientes, devemos proporcionar aos filhos não somente os elementos básicos de abrigo, alimento e educação, mas também ensinar-lhes o valor da estrutura, do aprendizado, da apropriada contenção de suas emoções e habilidades sociais, como forma de testar a realidade.

O primeiro passo no desenvolvimento de um ser humano individual acontece na concepção, quando cada um de nós recebe uma combinação de genes que vai moldar nossas experiências para o resto da vida.

Durante toda a vida do ser humano, os fundamentos do desenvolvimento: físico, cognitivo, socioemocional e comportamental começa na infância e deve ser tratada com uma visão integrada.

É preciso que a criança integral em foco seja familiarizada logo ao nascer com o seu ambiente de desenvolvimento. Quem vai cuidar dela, como vai se estabelecer a divisão de tarefas da mãe e do pai, adequar-se ao arranjo de trabalho dos pais e sempre atender às necessidades da criança que demandam, além das tarefas domésticas, as emocionais: entender choro, sono, dor, fome, colo é fundamental para o desenvolvimento da criança.

Encorajando pais

Em busca de filhos perfeitos, muitos pais procuram ansiosos por respostas prontas aos comportamentos dos filhos, que os transformarão em pessoas com absoluta resolução de conflitos, psique, relações humanas interdependentes e saudáveis.

Encorajar-se para a criação consciente de filhos é mais que criar estratégias e aplicar técnicas, é a filosofia de uma vida inteira envolvendo um processo que tem o poder de transformar ambos, pais e filhos, em um nível elementar.

A criação consciente encorajada permite que eu perceba a situação particular de cada filho, o momento e o modo como agir melhor.

É preciso ter coragem para abandonar o controle, a perfeição, a briga de poder, a luta do ego e os conflitos de interesse. A dinâmica de pais e filhos transcende uma experiência repleta de comoventes trocas, seres que se reconhecem merecedores de seus esforços e o privilégio de encontrar o equilíbrio consciente da relação parental.

A coragem para começar, mudar, reiniciar, reinventar-se, animar-se, mudar o paradigma, recalcular a rota, precisa de ingredientes-chave para tornar essa jornada de autoconsciência, educação, aceitação e reconhecimento mais fácil, prazerosa e realizável.

Somos todos responsáveis pela busca de encorajamento para a mudança que queremos ser na nossa vida e na dos nossos filhos.

O desenvolvimento infantil envolve, além da familiarização, as relações sociais e emocionais da criança, a sua personalidade, o senso de identidade e pertença.

É através da relação parental que as descobertas feitas durante toda a infância da criança vão formando as experiências que levará por toda a vida.

Educar é uma busca que move a relação entre pais e filhos. Porque aqui é relação de troca, de conhecimento do eu e do outro, envolve paixão e compaixão. É sobre sentimento, sobre respeito, sobre ajuda mútua, sobre crenças e ousadia.

A parentalidade consciente é exercer a responsabilidade de pais na educação e criação dos filhos, com a finalidade de promover o desenvolvimento das crianças e adolescentes, um padrão de vida capaz de assegurar a saúde e bem estar, educação, alimentação, vestuário, habitação, lazer, devendo orientá-los no sentido pleno do desenvolvimento da personalidade humana e fortalecimento do respeito pelos direitos humanos e liberdades fundamentais.

Os pais têm prioridade de direitos na escolha do gênero de instrução que será dado a seus filhos.

O processo de educação é relação e começa com a nossa relação com nós mesmos. A relação que nos inquieta, causa angústia, desejo de mudança é a que traz de forma consciente as nossas reais intenções como pais.

Vivenciar a parentalidade consciente é muito mais que técnicas ou ferramentas, é adquirir novos hábitos, novas perspectivas, é ensinar o coração!

Primeira infância

Ensinar ao coração o desejo de que nossa família cresça com o verdadeiro propósito de sermos melhores pais e mães para os filhos sem esquecer a nossa essência. A parentalidade consciente valoriza nossos sonhos e expectativas em relação a nós, aos nossos filhos e ao mundo.

É desenvolver habilidades para viver as relações com seu filho, ajudando você a se conectar melhor, compreendendo as suas fases de vida, agindo, escutando, auxiliando a desenvolver responsabilidade, autoestima, confiança, senso de capacidade, empatia e respeito por si e pelos outros.

Esse processo pela vivência da parentalidade consciente a leva a uma profunda viagem de cura e autoconhecimento, comprovando que é possível educar sem castigos, punições, ameaças, constrangimento, vergonha ou humilhação, partindo do princípio da firmeza e gentileza. Educar consciente exige conhecimento, preparo e enfrentamento dos desafios modernos que vivenciamos diariamente na família.

O desafio de educar no século XXI é que precisamos ver a família como a estrutura principal para construir pessoas. Olhar para a família como potencial de crescimento de desenvolvimento humano para as relações interpessoais e intrapessoais.

A parentalidade consciente é compartilhada pelo exercício responsável da autoridade parental. Os demais envolvidos com as crianças: pais, cuidadores, avós, tios, escola e profissionais que atuam direta ou indiretamente dando suporte à família. É um trabalho construído diariamente pelos pais, educadores e envolvidos na criação de filhos, no entanto os pais são os responsáveis para que os filhos se tornem protagonistas de sua própria história de vida, cabendo a eles a busca por formação, conhecimento e aperfeiçoamento de modo que aprendam como lidar com os desafios diários, auxiliando os filhos na busca de sua autorrealização e propósito de vida.

Referências

GERHARDT, Sue. *Por que o amor é importante: como o afeto molda o cérebro do bebê*. 2. ed. Porto Alegre: Artmed, 2017.

NELSEN, Jane. *Disciplina Positiva*. 3. ed. Barueri: Manole, 2015.

TSABARY, Shefali. *Pais e mães conscientes: como transformar nossas vidas para empoderar nossos filhos*. 1. ed. Rio de Janeiro: Editora Bicicleta Amarela, 2017.

Primeira infância

Capítulo 30

Por que optei por ter um único filho?

Este capítulo relata a experiência da autora com a chegada de seu filho e suas reflexões sobre a decisão de ter somente um. Propõe a quebra de paradigmas sobre os aspectos negativos de ter um filho único, ao mesmo tempo em que demonstra que pode ser, na verdade, a melhor escolha, dependendo do perfil familiar.

Tatiane Cristina Semmler

Tatiane Cristina Semmler

Farmacêutica-bioquímica graduada pela FCFRP/USP - Faculdade de Ciências Farmacêuticas de Ribeirão Preto – Universidade de São Paulo (2004). Especialização em Gestão em Saúde pela Unifesp - Universidade Federal de São Paulo (2016). Trabalha na Prefeitura da Estância Turística de Salto, no cargo de farmacêutica, desde 2008. Sócia-proprietária de uma unidade de franquia no ramo de lavanderia, desde 2016. Contribuição neste livro como mulher e mãe, permitindo reflexões baseadas na experiência pessoal.

Contatos
tatisemmler74@yahoo.com.br

Tatiane Cristina Semmler

Eu estava com quase 31 anos e tinha tantas dúvidas e tanto medo de ter um filho que se meu marido dissesse que não queria, eu concordaria só para não correr o risco. Tinha receio de não poder ser mãe, da gestação, do parto, de possíveis doenças, de não saber cuidar, educar e de tudo relacionado ao assunto.

Para começar a história, na época, procurei um ginecologista, dizendo que precisava fazer exames, pois estava pensando em engravidar. Queria fazer o que pudesse para prevenir complicações. O médico me pediu alguns exames de rotina e prescreveu vitaminas para tomar assim que suspendesse o anticoncepcional. Completou dizendo: "Filha, agora vai para casa, faz o bebê e volta aqui depois, que a gente faz mais exames".

Depois de dois meses voltei ao consultório e disse: "Doutor fiz o que mandou e estou grávida" - risos. Ele logo nos levou para outra sala e usando um aparelho de ultrassom, disse: "Está vendo aquela bolinha ali? É o bebê. Mas precisa voltar na próxima semana, pois ainda não dá para ver o coração bater".

Foi tanta emoção ver aquela bolinha! E depois foi ainda maior quando vi a bolinha com outra bolinha dentro pulando. Era o coração! A partir dali nasceu a mãe que eu não sabia que poderia ser. Já não restava nenhuma dúvida sobre a questão. Já conhecia o maior e mais sublime amor!

A gravidez foi ótima e a ansiedade em saber se estava tudo bem foi amenizada com ligações para o médico e, principalmente, por ele ter o aparelho de ultrassom disponível em toda consulta de rotina. Além disso, ele era muito seguro nas suas respostas e eu pensava que se tivesse que decidir algo, não haveria ninguém melhor. Pois se eu estava num momento tão inseguro da minha vida, o médico deveria ser o oposto.

Desde a 12ª semana, o médico, que não costumava errar, arriscou o palpite de ser um menino! Meu palpite de mãe dizia que ele estava certo. Meu marido também sempre falava que era um menino e na cabeça dele já imaginava jogando bola juntos.

Lucas nasceu às 08:10 da manhã do dia 27 de agosto de 2012. Poderia descrever aqui cada momento, cada dificuldade, cada emoção, mas não é esse o objetivo, então vou me conter. Posso dizer que em meio a maior alegria, senti também medo e frustração por não conseguir acalmá-lo e fazê-lo parar de chorar. Tinha lido um livro sobre rotina de bebês, mas foi tudo diferente, vieram as cólicas, o refluxo, a alergia à proteína do leite de vaca e inúmeras noites mal dormidas.

O choro constante e noites sem dormir se estenderam até ele completar nove meses. "Dormíamos" em uma poltrona na sala, sentados. Ele se acomodava no meu peito grudadinho. Ainda lembro da sensação e fico emocionada, pois nós não nos desgrudamos desde que fiquei grávida. O difícil foi o cansaço físico e mental por não dormir, o calor, a recuperação da cirurgia, a culpa por não conseguir fazer dar certo a tal rotina do sono, dormir no berço, horários para isso e para aquilo... para mim foi do jeito que dava. Embora tivesse um pouco de ajuda da minha mãe e da minha sogra, por vezes na casa delas e por vezes na nossa casa, como elas são de cidades diferentes, na maior parte do tempo estávamos sozinhos.

O Fabio até que conseguia descansar à noite, com exceção dos dias em que eu não aguentava mais e o acordava para ficar um pouco com o Lucas. Uma noite, depois de passar acordada com ele, Fábio levanta e fala: "Ele dormiu bem essa noite, né amor?". E eu fuzilando com os olhos disse: "Quem dormiu bem aqui foi só você!".

Se eu soubesse que não era a "Mulher Maravilha" que eu achava que era, tinha planejado melhor minha rede de apoio. Orgulhava-me de ser independente, corajosa, dona da minha vida, mas quando o Lucas nasceu, senti-me frágil, despreparada, ansiosa e acabei ficando deprimida.

Depois dos nove meses tudo foi se ajeitando. Começou a dormir a noite toda, mesmo que grudado comigo na cama. E é incrível como gostamos de dormir assim até hoje. Eu não resisto àquele bracinho envolvendo meu pescoço. Fazendo carinho no meu cabelo até adormecer. E o cheirinho... ah, o cheirinho de filho é um bálsamo para a alma das mães.

Voltei a trabalhar quando ele estava com onze meses. Passou por três escolas até que encontramos uma nos moldes do que eu acreditava que ele precisasse. Era uma escola infantil recém-inaugurada e ao visitar gostamos muito das proprietárias que transmitiam segurança, muito afeto e acolhimento. Ali o Lucas ganhou a extensão do colo que precisava para sentir-se seguro e iniciar novas descobertas.

Quando ele estava com um ano mais ou menos, comecei a ter vontade de ter outro filho. Pensei que gostaria de passar por tudo novamente, mas agora com mais experiência. Na verdade, acho que o que eu realmente queria era ter o Lucas bebê de novo. Ele estava crescendo rápido demais.

Mas afinal, por que decidi ter apenas um filho? Ao longo desta jornada com o Lucas, deparei-me com experiências de outras pessoas e pensamentos normalmente usados para justificar a decisão de ter ou não mais de um filho.

Começando pela questão financeira e a disponibilidade de tempo, uma vez vi uma imagem em rede social divulgada pela Prefeitura de um município que dizia o seguinte: "Só tenha os filhos que puder criar – Não tem condições emocionais, pessoais e econômicas? Pense bem antes de ter filhos!", ou seja, é de responsabilidade dos pais prover alimentação, vestuário, remédios, plano de saúde, escola, entretenimento, lazer, além de tempo de qualidade para a criação dessas crianças, com atenção, carinho e amor. No Brasil, a educação e saúde são direitos garantidos pela Constituição Federal de 1988, mas que, por diversos fatores, incluindo investimentos/recursos insuficientes, acabam deixando a desejar e fazendo com que muitas famílias optem por assegurar, no setor privado, a qualidade almejada.

As variáveis "questão financeira" e "disponibilidade de tempo" acabam sendo inversamente proporcionais e fortemente influenciadas pela quantidade de filhos. Ou seja, quanto mais filhos, mais os pais devem fazer escolhas: trabalhar mais para garantir o básico e com isso sobra menos tempo de qualidade. Se optar por mais tempo com eles, trabalha menos e provê menos também. Cada família deveria pensar e encontrar o equilíbrio para que não falte muito de nenhuma das duas. E no meio de todas as escolhas para os filhos, vem outra questão: e o tempo para os próprios pais?

Busquei informações a respeito de filho único em artigos de revistas, depoimentos de pessoas na internet, mas o que mais me agregou conteúdo foi o livro *Primeiro e Único – Por que ter um filho único ou ser um é ainda melhor do que se imagina*, da escritora Lauren Sendler. Na introdução, escreveu: "Minha mãe era profundamente dedicada à minha criação. Para ter uma filha feliz, ela descobriu que precisava ser uma mãe feliz e, para ser uma mãe feliz, ela precisava ser uma pessoa feliz. Então precisava preservar sua própria essência, o que não conseguiria se imaginar fazendo com um segundo filho" (SENDLER, 2014, p. 9).

Imagino que se os pais cederem às pressões sociais para ter o segundo filho e forem desses que não têm condições psicológicas e financeiras, poderão criar filhos e pais frustrados.

O escritor e palestrante Marcos Piangers escreveu um artigo sobre o assunto: "Não tenha filhos. Não tenha filhos se você não tem tempo, se tem muitas contas para pagar, se precisa ir na academia. Não tenha filhos se está muito cansado, se não tem saco para lidar com criança". Em outra parte do texto: "Se já tem, então crie. Crie com todo amor e carinho. Crie com menos gastos e mais tempo juntos. Filhos exigem reorganizar tudo o que você estava fazendo".

Penso que se eu tivesse um segundo filho teria que suspender algumas viagens, passeios, atividades extracurriculares do Lucas e ficaria decepcionada. Além disso, como temos uma rotina muito corrida, muitas vezes iria acabar precisando da ajuda dele, transferindo responsabilidades que não caberiam a ele como filho mais velho, passando do limite de colaboração em família para obrigação. Assim como não me

Primeira infância

sentiria bem se tivesse que contar com a ajuda da minha mãe e sogra novamente, mesmo que pouca, pela distância. Os avós têm um papel importantíssimo no desenvolvimento emocional dos netos, mas a responsabilidade da criação é dos pais.

Antigamente havia a imposição cultural da sociedade para as famílias terem filhos e quando alguma optava pelo filho único, era considerada egoísta, ou quando os pais não podiam ter mais filhos, eram vistos com pena. As famílias moravam distantes umas das outras, geralmente no campo e uma criança sozinha em uma casa acabava não tendo muito contato com outras. Nas famílias maiores, os mais velhos cuidavam dos mais novos e os pais não participavam da vida infantil com muita intensidade. Havia muita influência religiosa nesse aspecto também.

Ainda hoje escuto: "Quem tem um, não tem nenhum", referindo-se a pais que estariam desprotegidos em relação aos cuidados necessários na velhice. Penso que não gostaria de colocar esse peso no meu filho, ou se tivesse outros, também não. Quero que meu filho me faça companhia, que me ame e que não sinta obrigação de cuidar de mim. Ele precisa viver, cuidar da sua própria família. Mais filhos não é garantia de cuidado com os pais, vejo muitas famílias brigando para resolver quem vai cuidar e muitas vezes acaba sobrecarregando um só. Essa frase também faz referência a se algo acontecer com um filho, tendo outro continuaria encontrando sentido em viver. Mas imagino que esse vazio nunca é preenchido de qualquer forma para os pais, quando a ordem natural se inverte.

Fábio e eu devemos nos preocupar em ser pais do Lucas e não o contrário. Vejo muitas vezes os filhos tendo que ser mais responsáveis e resolver situações causadas pelos próprios pais. Filho único não tem com quem dividir a carga emocional. Também não podemos colocar todas as nossas expectativas de felicidade e projeções nele. Suas escolhas nem sempre irão de encontro com o que planejamos e, sendo filho único, o holofote vai estar sempre voltado para ele.

Sobre a questão de os filhos únicos serem solitários, egoístas e desajustados, Lauren Sendler conta que não coincide com a realidade de muitas pesquisas a respeito, que ela cita em seu livro. Posso dizer que até este momento, Lucas não é nem um pouco solitário, tem seu egoísmo normal de uma criança que se apega a um brinquedo, mas que por muitas vezes cede mais do que os que tem irmãos. O que vejo é um menino educado, doce, responsável para a sua idade, carinhoso, amoroso, inteligente, que gosta de esportes, jogos, desenho, adora crianças, principalmente bebês, mas não sente falta de um dentro de casa.

Durante os oito anos do Lucas fizemos várias viagens em família e que são nossos melhores momentos de cumplicidade e formação de boas memórias. Esses momentos nos fazem mais próximos, permitem-nos prestar mais atenção ao redor e em nós mesmos. Esse fato também me fez pensar que se tiver um bebê agora, esses eventos em família serão deixados de lado por um tempo e quando puder retomar, o Lucas já estará na adolescência e talvez com outros desejos. Claro que uma família pode fazer algumas viagens com bebês, mas acabam priorizando locais mais adequados. Com o Lucas já podemos fazer algumas aventuras. Ele adora trilhas, por exemplo.

Muitas mulheres sonham em ter dois ou mais filhos e têm estrutura para isso. Essa reflexão não é para elas, mas sim para mães que, como eu, decidem pensar bastante no assunto e optam por ter apenas um filho. É para mães que sentem sua família completa com ele e não querem mudar isso. O objetivo é mostrar que não são as únicas e diminuir a carga de culpa sobre elas. O filho único pode não viver as boas experiências de ter um irmão, mas viverá outras que não viveria se tivesse.

Sempre vamos ter muitas dúvidas, rodeados de decisões a serem tomadas. Às vezes também a vida não pergunta o que queremos e nos faz uma surpresa, como é o caso de muitas mães que não planejaram o primeiro, segundo ou terceiro filho. E por fim dá tudo certo se os pais não se esquecerem deles mesmos. Um exemplo disso é o que uma amiga me falava quando eu estava exausta: "Lembra das orientações em viagens de avião, onde os comissários de bordo ensinam a colocar a máscara de oxigênio em caso de necessidade? Explicam que antes de ajudar outra pessoa, primeiro você tem que colocar a máscara em você". Eu pensaria desesperadamente em colocar a máscara no meu filho, por exemplo, mas se me faltasse o oxigênio rapidamente, não conseguiria estar lúcida para isso.

Não importa por quantos filhos você optou ou se adaptou. Tenha um tempo para você. Faça o que gosta quando puder. Coloque a máscara de oxigênio primeiro em você. Sua família vai te agradecer por isso!

Referências

BONUMÁ, Tatiana. *Filho único: problema ou solução?*. Revista Crescer, 2014.
PIANGERS, Marcos. *Não tenha filhos*. Revista Crescer, 2019.
SANDLER, Lauren. *Primeiro e único: porque ter um filho único ou ser um, é ainda melhor do que você imagina*. Rio de Janeiro: Leya, 2014.

Primeira infância

Capítulo 31

Ansiedade: dicas práticas para os pais lidarem e reduzirem o estresse de seu dia a dia

Os pais, em geral, buscam ser amorosos, pacientes, serenos e inspiradores. Porém, nesta sociedade em que vivemos, isto se torna um grande desafio. Neste capítulo, relacionarei alguns conselhos práticos que nos ajudarão a lidar melhor com o estresse e até mesmo reduzi-lo. Focarei nas importantes responsabilidades dos pais de se controlarem, de se cuidarem e de serem generosos com eles mesmos.

Thais R. M. Victor

Thais R. M. Victor

Formada em Psicologia, com pós-graduação em Gestão de Pessoas e Tecnologias. Realizou o curso de atualização em Terapias Cognitivo-comportamentais nos transtornos de ansiedade pelo IPq - Instituto de Psiquiatria da Faculdade de Medicina da Universidade de São Paulo - USP. Possui experiência em recrutamento e seleção de talentos e em treinamento e desenvolvimento. Atualmente trabalha na área ADM/Recursos Humanos de uma instituição financeira, onde atua como agente de desempenho na sistemática da GDP – Gestão do Desempenho de Pessoas. Além de ser estudiosa e apaixonada pelo desenvolvimento humano, principalmente o infantil, também é esposa e mãe de dois filhos (Mauro e Marcio), que são os seus maiores instrutores sobre parentalidade consciente.

Contato
psicologia.thaisvictor@gmail.com

Thais R. M. Victor

Começarei este capítulo compartilhando o relato sincero de uma mãe, moradora da cidade de São Paulo. Apesar de ser apenas uma, ela poderia muito bem representar as vozes de muitas outras, afinal o nosso país sofre de uma epidemia de ansiedade. Segundo os dados da Organização Mundial da Saúde (OMS), o Brasil tem o maior número de pessoas ansiosas do mundo, mais de 9,3% da população convivem com o transtorno:

> [...] eu me considero uma mulher feliz. Tenho um marido companheiro e filhos maravilhosos. Amo ser mãe, na verdade era um dos meus sonhos, desde criança. Porém, com a correria do dia a dia, com as exigências insanas do nosso mundo atual, me sentia como uma malabarista, equilibrando várias "bolinhas" preciosas e me esforçando para não deixar nenhuma delas cair ao chão: parentalidade, casamento, vida profissional, vida acadêmica, saúde espiritual, física e mental. Cheguei em um ponto onde comecei a me sentir realmente exausta e esgotada, como se estivesse no meu limite. Meus pensamentos viviam acelerados, preocupada com o presente e ansiosa pelo futuro. Sabe aquela sensação de que, se uma "bolinha" cair, irão todas para o chão? Pois bem, comecei a ter frequentes crises de choro e a me sentir muito desanimada, irritada e extremamente impaciente. Estava hipertensa, sabia da necessidade urgente de mudar os meus hábitos, de fazer atividades físicas, mas simplesmente não tinha disposição e nem vontade de praticá-las. Esta situação afetava diretamente os meus relacionamentos, pois se eu não estava bem comigo mesma, como eu conseguiria ser a minha melhor versão para os meus amados, para as pessoas mais preciosas da minha vida? Não demorou muito para que eu sentisse na pele outros desagradáveis impactos psicossomáticos, como terríveis sensações de falta de ar. Após algumas visitas ao pronto socorro e posteriormente a uma pneumologista, fui orientada a buscar tratamento psicológico/psiquiátrico. Por fim,

Primeira infância

fui corretamente diagnosticada com Transtorno de Ansiedade. Por este motivo, considero a prevenção muito importante. Precisamos reduzir o estresse do nosso dia a dia, prestar atenção aos alertas do nosso corpo, cuidar de nós. Não podemos demorar em buscar ajuda, tratamentos direcionados e orientações assertivas. Hoje me sinto muito bem. Consigo lidar melhor comigo mesma e consequentemente com as pessoas que eu amo.

Não existe uma divisão precisa entre ansiedade normal e patológica. Considera-se a segunda opção, quando os nossos mecanismos de alerta para os perigos (internos ou externos) são desproporcionais, excessivos, desadaptativos ou levam a sofrimentos intensos.

Ela acomete uma grande parte da população mundial, inclusive muitos de nós que somos pais. Não é à toa que a ansiedade é considerada pelo psiquiatra Dr. Augusto Cury como o novo mal do século, superando inclusive a depressão.

A verdade é que os seres humanos não foram feitos para lidar com a quantidade de estresse do nosso estilo de vida moderno. É como se estivéssemos sendo forçados a sermos pais "em segundo plano", após termos finalizado as nossas tarefas domésticas e profissionais.

Além disso, a autocobrança e as "pressões" da parentalidade se intensificam ainda mais, quando os pais se conscientizam da necessidade de serem boas referências para os seus filhos.

O exemplo dos pais não é apenas uma boa forma de educar, e sim, a mais poderosa e eficiente de todas. Estudos e experiências práticas nos ensinam que a presença de um adulto tranquilo e calmo tem mais influência sobre uma criança do que acessos de fúria e gritarias. Para refletirmos, já pensou em situações extremas em que pedimos "gritando" aos nossos filhos, que parem de gritar? Uma das nossas primeiras responsabilidades como pais é nos controlar. Através do nosso bom exemplo, produziremos crianças emocionalmente controladas, responsáveis e respeitosas. Conseguiremos lidar melhor com os nossos filhos se estivermos saudáveis e equilibrados.

A parentalidade é maravilhosa e todos os dias recebemos novas chances de interagirmos com os nossos pequenos de um jeito que cure a ambos. Nós merecemos nos sentir bem. E nossos filhos merecem conhecer a nossa melhor versão. Precisamos de repertório, de boas estratégias para curarmos as nossas cicatrizes, aprofundarmos a nossa própria conexão interna, para assim conseguirmos criar também uma conexão mais profunda com as nossas crianças. Sermos pais mais calmos e eficazes e, consequentemente, mais saudáveis e felizes.

Entendemos, então, que o nosso estresse também pode ter impactos negativos em nossos filhos, tanto de maneiras diretas quanto indiretas. A seguir encontraremos alguns conselhos práticos que nos ajudarão a lidar melhor com ele e até reduzi-lo:

Não sofra antecipadamente

Bem, não temos como fugir, as ansiedades realmente fazem parte da rotina dos pais, fazem parte da vida. Mas nós não precisamos aumentá-las ainda mais sofrendo antecipadamente pelo que ainda vai acontecer amanhã. Vamos nos esforçar para vivermos um dia de cada vez. Temos que aprender a gerir as nossas emoções, ou seja, não podemos perder a cabeça por fatores e situações que não podemos controlar. Além disso, na maioria das vezes, as coisas com que tanto nos preocupa nem acontecerão de fato. E as demais ocorrerão de maneira diferente da que desenhamos.

Utilize a técnica do DCD para higiene mental:

Esta técnica do DCD (duvidar, criticar e decidir), não substitui o tratamento psicológico, por se tratar de uma técnica educacional preventiva. Mas, conforme nos ensina o psiquiatra Dr. Cury, ela pode ser bastante eficaz para realizarmos higiene mental, para resgatarmos a liderança do Eu e para aliviarmos a ansiedade:

- **Duvide:** tudo o que acreditamos nos controla. Se o que acreditamos é doentio, consequentemente pode continuar nos adoecendo pelo resto da vida. Para superar sentimentos ruins, como insegurança, ansiedade e irritabilidade, temos que duvidar dos pensamentos que nos aprisionam, que nos controlam.

- **Critique:** para nutrirmos lucidez e maturidade psíquica temos que criticar cada pensamento disfuncional, perturbador, cada emoção angustiante. Temos que refletir sobre a passividade do Eu, criticar os pensamentos que nos ferem. Conhecemos muitas pessoas que são ótimas para encontrar defeitos alheios, são muito exigentes com o próximo, porém incapazes de fazer uma boa autocrítica.

- **Decida:** para concretizarmos os nossos importantes projetos de vida, temos que lutar, ter autodeterminação, disciplina, determinar estrategicamente aonde queremos chegar, senão as nossas metas se tornam apenas motivações superficiais.

Portanto, assim como cuidamos periodicamente da nossa higiene física, como tomar banho e escovar os dentes, também temos que nos preocupar com a nossa higiene mental. Podemos aplicar a técnica do DCD diariamente e livremente. Ela deve ser realizada durante um pensamento angustiante ou durante a produção de uma emoção negativa, no silêncio de nossa mente, enquanto a "janela" ainda está aberta e sendo impressa pelo fenômeno RAM (Registro Automático de Memória).

Primeira infância

O DCD também tem sido usado por inúmeros pacientes como complemento da psicoterapia e do tratamento psiquiátrico. Porém o Dr. Cury nos alerta sobre a importância de duvidarmos e criticarmos antes de determinarmos. Caso contrário, o DCD se tornaria apenas "uma técnica de autoajuda sem sustentabilidade e não uma técnica científica e efetiva".

Seja organizado, mas não seja perfeccionista

Sejam generosos consigo mesmos. Não podemos esperar demais de nós mesmos e dos outros. Se reconhecermos que todos nós temos limitações, nossas expectativas serão mais modestas e razoáveis. Isto reduzirá o estresse de todos, melhorando o ambiente à nossa volta e aumentando as probabilidades de as coisas darem certo. Outro ponto importante é termos bom humor. Quando rimos, aliviamos a tensão e nos sentimos melhor.

Apesar do perfeccionismo ser perigoso, uma certa dose de disciplina mantém a nossa vida organizada. Procrastinar, deixar tudo para depois, contribui para a desorganização e consequentemente para o aumento do estresse. Algumas sugestões práticas seriam:

- Organizar as tarefas e o tempo, estabelecendo prioridades. Quanto mais controlarmos o nosso tempo, menos pressionados nos sentiremos.
- Fazer uma programação realista e se esforçar para segui-la.
- Identificar e corrigir atitudes que te façam adiar as coisas.

Fique atento ao que te estressa

Precisamos identificar o que nos estressa, prestar bastante atenção em nossos pensamentos, sentimentos e comportamentos. Quando nos concentramos em nossa reação, conseguiremos lidar melhor com o estresse. Outra ação prática importante é eliminar "coisas estressantes" da sua vida. Se não for possível eliminá-las, vamos pelo menos nos esforçar para reduzi-las.

Lembre-se que podemos mudar o nosso ponto de vista, para o nosso próprio bem. O que me estressa pode não estressar outras pessoas. Tente ver a vida com outros olhos, não se precipite em achar que "aquela" pessoa fez "aquilo" por maldade, esforce-se para ver o lado positivo de uma situação e use as oportunidades para ganhar tempo. Por exemplo: em salas de espera, aproveite para ler, checar e-mails ou adiantar trabalho.

Saiba diferenciar os problemas sérios dos triviais. Se pergunte: será que daqui um tempo este problema vai ser tão sério assim?

Desacelere, descanse e valorize a sua qualidade de vida

Se ficarmos constantemente "ligados", podemos nos tornar excelentes profissionais, porém irresponsáveis com a nossa saúde emocional. Precisamos viver de maneira equilibrada, tirando um tempo para relaxar, fazendo coisas que nos dão prazer. Mas cuidado: apenas assistir televisão passivamente, talvez não seja a melhor forma de desestressar.

Para termos uma mente livre e emoções saudáveis, não podemos trair o nosso sono, nossos finais de semana, nosso relaxamento e nossas férias.

Temos que ter tempo com os nossos filhos para transferirmos a eles o nosso legado, as nossas experiências. Os diálogos saudáveis aliviam ansiedades, alicerçam relações e dão alegria à vida. O tempo passa muito rápido e corremos o risco de perder o melhor de nossos filhos.

Cuide da sua saúde e busque ajuda quando for preciso

Cuide de sua saúde física, emocional e espiritual. Faça exercícios físicos regularmente, pois eles ajudam o corpo a liberar substâncias que agem na autorregulação do organismo, causando relaxamento e prazer. Tenha hábitos saudáveis, procure não se sobrecarregar e compartilhe parte de suas responsabilidades com outras pessoas.

A prevenção é fundamental. Porém quando a ansiedade começa a nos prejudicar, seja pela sua intensidade, seja pelo tempo delegado a ela ou pelo sofrimento gerado, não podemos ter vergonha de buscar uma ajuda profissional. O tratamento precoce é muito importante.

Uma sugestão seria a terapia cognitivo-comportamental (TCC), uma das abordagens que mais crescem na psicologia atualmente. Estudos comprovam que ela é bastante eficaz nos Transtornos de Ansiedade, pois nos ensina a identificarmos, avaliarmos e a modificarmos pensamentos negativos. Observamos melhoras significativas nos quadros de ansiedade e nas relações interpessoais.

Além de colocarmos em prática as referidas sugestões relacionadas neste capítulo, temos que ter a coragem para "viajarmos" para dentro de nós mesmos. É através do autoconhecimento que identificamos as nossas fragilidades e comportamentos disfuncionais. Precisamos nos educar, corrigir os nossos "caminhos", pois ninguém poderá fazer isto por nós. O auto controle é um dos trabalhos mais difíceis que existem, mas não temos escapatória, é o que nos possibilitará sermos pessoas mais calmas e serenas, vivendo um dia de cada vez.

"Um coração calmo é saúde para o corpo."
(Provérbios 14:30)

"O tolo dá vazão a toda a sua ira, mas o sábio continua calmo e a mantém sob controle."
(Provérbios 29:11)

Primeira infância

> "Nunca fiquem ansiosos por causa do amanhã, pois o amanhã terá suas próprias ansiedades."
> (Mateus 6:34)

(Conselhos registrados na Bíblia há milhares de anos atrás, ratificados pela ciência atual e ainda muito úteis nos dias de hoje.)

Um dos segredos da vida adulta é que ainda estamos crescendo e a parentalidade nos força a buscarmos novos aprendizados. As crianças amarão a nossa presença alegre, acolhedora e paciente.

Futuramente, quando os nossos filhos forem adultos, será que se recordarão de todos os conselhos e palavras que dissemos? Provavelmente não muitas. Mas uma coisa é certa, gravarão em suas memórias a forma como se sentiam ao nosso lado. Revisitarão com frequência essas lembranças felizes, positivas e edificantes. Reproduzirão este legado de amor e serenidade com os seus próprios descendentes: filhos, netos e bisnetos.

Referências

AMBAN. *Teses e dissertações*. Disponível em: <http://www.amban.org.br/textos-educativos/>. Acesso em: 29 out. 2020.

Como lidar com o estresse. JW.ORG. <https://www.jw.org/pt/biblioteca/revistas/despertai-no1-2020-mar-abr/como-lidar-com-o-estresse/>. Acesso em: 29 out. 2020.

CURY, Augusto. *Ansiedade: como enfrentar o Mal do Século*. São Paulo: Saraiva, 2014.

LOPES, J. (org.). *Como vencer a ansiedade*. Bauru: Astral Cultural, 2019.

MARKHAM, Laura. *Pais e mães serenos, filhos felizes: crie uma conexão de empatia*. São Paulo: nVersos, 2019.

MASTINE, I.; THOMAS, L.; SITA, M. (coord.). *Coaching para pais: estratégias e ferramentas para promover a harmonia familiar*. São Paulo: Literare Books, 2018. v. 2.

Primeira infância

Capítulo 32

É preciso ir além!

Aqui, duas histórias nos levam à reflexão sobre a importância de sermos agentes transformadores no cuidado com a saúde das crianças. A proposta é incentivar uma postura responsável, tendo a informação como aliada. O olhar atento e disposto a encarar os nãos e desafiar os sins dessa jornada é fundamental para um presente e um futuro melhor, é capaz de mudar histórias, salvar vidas.

Verônica Garrido

Primeira infância

Verônica Garrido

Jornalista graduada pela Universidade Federal do Rio Grande do Norte (2007) e pós-graduada em Propaganda e Marketing na Gestão de Marcas pela mesma instituição. Com mais de 10 anos de experiência em assessoria de comunicação para diversos segmentos, como esporte, política (incluindo duas campanhas eleitorais), gastronomia, eventos, congressos científicos e terceiro setor. Atuou também em *marketing* para eventos, produção de programa para TV e com gestão de conteúdo, redação, planejamento e social media em agências de comunicação digital no RN e em SP. Desde 2017, integra a Assessoria de Comunicação do Instituto Vidas Raras (www.vidasraras.org.br), com sede em Guarulhos-SP, e a equipe da OY Creative Studio (São Paulo-SP), na qual coordena o projeto *Mãe Que Ama* (www.maequeama.com.br), um canal informativo digital, sem fins lucrativos, sobre saúde da mulher, da gestante e da criança.

Contatos
www.vidasraras.org.br
veronicaroncari@gmail.com
Instagram: @vegarrido | @vidasraras
Facebook: veronica.garridoroncari | vidasraras

Verônica Garrido

"Da vida, além do fim, a certeza que tenho é que o não já me persegue, então, eu nasci para desafiar o sim. Tem dado certo."
(Regina Próspero)

Pensei em diversas formas de iniciar esta conversa. A Regina falou por mim. Mais adiante conto um pouco da história dela. Antes, explico o motivo da inspiração: queria trazer uma fórmula para garantir às crianças um presente e um futuro com saúde. Quem não queria? Mas como não temos o futuro em nossas mãos, é preciso encarar o cuidado com a saúde delas sob outra perspectiva, como agentes formadores e transformadores. O olhar atento e disposto a encarar os nãos e desafiar os sins dessa jornada é fundamental para a construção de um presente e um futuro melhores. É capaz até mesmo de mudar histórias e salvar vidas.

E começa hoje. Afinal, o adulto do futuro está sendo formado agora. A ciência demonstra isso. O desenvolvimento integral e saudável na primeira infância é a base para toda a vida e é nesse comecinho que se pode influenciar o que virá. Nós temos um papel decisivo nessa missão. E atentar para isso é urgente.

Estou longe de ser especialista no assunto, não trago dados e argumentos técnicos para te convencer. Falo como jornalista, comunicadora, atuante nessa área desde 2017, e como mãe. A partir de duas histórias que acompanho, uma delas a da Regina Próspero, quero propor a reflexão para incentivar uma postura proativa e responsável, chamando atenção para uma grande aliada nessa missão de cuidado: a informação.

Informar-se é reunir conhecimentos que tenham referências confiáveis e precisas e que, com uso racional, contribuem para esclarecer questões, reduzir incertezas, atribuir significados, orientar decisões e resolver problemas e definir pensamentos. Mães, pais, responsáveis pelos pequenos, todos precisamos de informação, não nascemos sabendo e temos que buscar esse direcionamento. É o que estamos fazendo aqui. E essa busca tem sido cada vez mais possível.

Você pode questionar se, naturalmente, já não fazemos isso nas consultas médicas de rotina para acompanhar o desenvolvimento das crianças. Sim, essa é uma conduta indispensável, mas não é e nem pode ser suficiente, porque somos parte importante desse cuidado com as crianças. E também somos fontes de informação sobre elas, as mais confiáveis, porque acompanhamos tudo de perto, sabemos os detalhes da rotina, das reações, vontades, sentimentos, efeitos disso ou daquilo. Temos uma "base de dados" que pode ser determinante para aquele direcionamento, inclusive, na percepção dos médicos e profissionais da rede de desenvolvimento. Já pensou nisso?

A ideia é despertar esse olhar de agente formador e transformador. Os médicos são guias, orientam-nos a partir da ciência, de protocolos, são aliados, mas são parte do processo. Nós somos os responsáveis, precisamos procurar entender, aprender e, considerando nosso convívio com os pequenos, se preciso, questionar, desconfiar, buscar avaliações diferentes. A proposta é irmos além. É ouvir e ouvir-se.

A informação não pode ser rara!

Quando Niltinho nasceu, em 1988, Regina Próspero precisou ir além. Aos seis meses, ela insistia que o filho tinha algo diferente, mas os médicos negavam. O resultado, depois de muito insistir, foi o diagnóstico de uma doença rara, a Mucopolissacaridose. É uma alteração genética que leva à falta de funcionamento adequado de enzimas. Na época, quase nada se sabia sobre doenças raras, não havia acesso à internet e, quando os médicos tinham boa vontade, também esbarravam na falta de informação e literatura específica.

Regina foi buscar. Um médico alertou que se tratava de uma doença rara, sem cura e que a expectativa de vida era de até cinco anos e que não era aconselhado engravidar porque as chances de o próximo filho ter a doença eram de 25%. Dias depois, ela descobriu que estava grávida. O Dudu também nasceu com MPS.

Com diagnóstico conclusivo tardio e sem acesso ao tratamento adequado, Niltinho teve complicações da doença e faleceu aos seis anos. A partir do luto, Regina percebeu que sua missão estava só começando. Tinha que fazer algo pelo Dudu, que, com 5 anos, começava a ter sinais evidentes da MPS, perdendo audição, visão e com problemas respiratórios mais frequentes.

"Ninguém sabia explicar. Os médicos até queriam ajudar, mas esbarravam na falta de informação. Não tinha literatura sobre a doença, não tinha internet, ninguém sabia o que fazer", lembra Regina. Era imprescindível lutar para que seu filho pudesse viver. Por ele e pelas outras vidas que precisavam de ajuda, ela prosseguiu com a busca incansável por informações.

A doença progrediu e trouxe sequelas. Dudu perdeu a visão e a audição, recuperando essa última quando, entre muitas buscas, Regina soube de pesquisas que estavam sendo feitas nos Estados Unidos. "Conseguimos trazer o estudo para o Brasil e o Dudu passou a fazer parte da pesquisa clínica, começou um tratamento experimental de reposição enzimática que melhorou sua qualidade de vida. Diante dos resultados positivos, começamos a ser procurados por pacientes que tinham outras doenças raras de todo o Brasil", conta Regina.

Antes disso, em 2001, já empenhada em ajudar outras famílias que passavam pelo mesmo sofrimento, Regina participou do nascimento da Associação Paulista de Mucopolissacaridoses, que começou a se dedicar também a outras doenças, alcançando famílias em todo o país. Em 2016, a associação teve um *upgrade* e passou a ser Instituto Vidas Raras (www.vidasraras.org.br).

A organização social se tornou internacionalmente conhecida por um trabalho sério com pacientes de doenças raras e suas famílias, orientando e conscientizando a sociedade, políticos, autoridades públicas e também a classe médica. Com a instituição, Regina lidera uma rede de apoio nacional com centenas de famílias cadastradas e milhares de assistidos. Reúne mais de 80 associações atuantes de diversas doenças raras, além de mais de 200 parceiros pontuais pelo Brasil.

Entre perdas e conquistas, essa mãe foi além pelos seus filhos e abraçou a luta como missão para amenizar o sofrimento de outros. Abraçou, assim, muitas mães como ela, pais, famílias carentes de informação, direcionamento e apoio. "Da vida, além do fim, a certeza que tenho é que o não já me persegue, então, eu nasci para desafiar o sim. Tem dado certo. Vejo a superação de cada criança e familiar como se estivesse salvando a vida do filho que não consegui salvar e isso me faz seguir em frente lutando por todos", explica Regina.

Do diagnóstico de Niltinho até hoje, a realidade das doenças raras no país mudou bastante. "Há mais informações, mais pesquisas, maior interesse em desenvolver tratamentos, mas ainda temos muito o que fazer. Pior do que receber o diagnóstico de uma doença cruel é não saber o que se tem. O caminho a ser percorrido é sofrido e longo", comenta.

A informação pode salvar vidas!

A jornalista Larissa Carvalho, de Belo Horizonte (MG), mesmo em tempos diferentes, não fazia ideia que enfrentaria esse caminho quando nasceu seu filho mais novo, o Théo. Já pensou fazer o pré-natal, dar à luz e só depois de quase dois anos descobrir que ele tem uma doença genética rara? Larissa conta que tudo aconteceu normalmente na gravidez, no parto e, até o terceiro mês de vida, Théo se desenvolveu dentro do esperado e sem sintomas de que algo não estava bem. A partir do quarto mês, ela percebeu que o filho ainda não sustentava a cabeça e dormia muito. A mãe desconfiou e decidiu procurar ajuda médica.

Em uma ressonância, foi identificada a perda de neurônios. Médicos indicaram que teria faltado oxigenação no parto, mas Larissa sempre duvidou, pois o nascimento tinha sido tranquilo e os exames de reflexos feitos no dia não indicavam problemas. Ela não parou de investigar.

Primeira infância

"Foi um ano e meio de angústia. Os médicos apostavam que Théo tinha perdido neurônio porque tinha ficado sem ar no parto. Eu não. Questionei, lutei, insisti. E o diagnóstico certo só veio com quase 2 anos, tarde demais", conta.

Théo nasceu com Acidúria Glutárica tipo 1 e não podia consumir livremente proteínas presentes no leite, na carne, no ovo e em alguns tipos de vegetais porque seu corpo não consegue digerir esse nutriente devido à doença. Mas o diagnóstico só veio com 1 ano e 10 meses. E, ao ser amamentado e comer papinhas com carne e feijão, por exemplo, ele desenvolveu uma paralisia cerebral. Com 5 anos, Théo não fala e não anda.

Depois do diagnóstico, veio a informação de que tudo isso poderia ter sido evitado. A doença poderia ser diagnosticada nos primeiros dias de vida, caso o Théo tivesse feito o Teste do Pezinho Ampliado, que detecta um número bem maior de doenças raras congênitas logo após o nascimento. Mas Larissa não sabia. E como a maioria dos bebês, Théo passou pelos exames básicos de triagem neonatal, oferecido na rede pública de saúde, com a análise de apenas seis doenças.

Você sabe para que serve esse teste? Ele detecta doenças de nascença que não trazem sintomas aparentes, dando aos pais e ao bebê a chance de iniciar um tratamento imediato, o que fará toda a diferença no futuro da criança. Como é um exame de diagnóstico precoce, deve ser feito em todo recém-nascido na primeira semana de vida. Basta um furinho no calcanhar do bebê para coletar algumas gotas de sangue, que serão submetidas à análise, gerando um laudo em poucos dias. Sua versão ampliada, disponível em redes particulares, com custo entre 450 e mil reais, identifica cerca de 53 doenças, mas pela rede pública só está disponível no Distrito Federal.

"O maior problema nem é o custo, mas a falta de informação. Se meu filho tivesse feito o teste do pezinho ampliado e eu tivesse a chance de ter cortado a proteína da alimentação dele logo, o Théo estaria correndo por aí", lamenta Larissa.

As histórias da Larissa e da Regina se cruzam. Depois da descoberta da doença, a jornalista decidiu ajudar outras gestantes e encontrou o Instituto Vidas Raras, que tem o diagnóstico precoce como uma das principais bandeiras. Engajou-se e se tornou porta-voz da campanha Pezinho no Futuro (www.pezinhonofuturo.com.br), que é organizada pela instituição e que conta com uma petição online para ampliar o Teste do Pezinho na rede pública de saúde em todo o país.

Percebe por que é preciso ir além? Não me refiro apenas a casos de doenças raras (que apesar do nome "raras", acomete cerca de 15 milhões de pessoas no Brasil, sabia?). O conhecimento é primordial para melhor cuidar, independente de condição. Precisamos da rede de informação e apoio para gestar, parir, amamentar, alimentar, acompanhar o desenvolvimento, desconfiar (se preciso) e preparar crianças para que sejam adolescentes e adultos saudáveis, confiantes e bem resolvidos.

Todos pensam em comprar o enxoval para o bebê, mas poucos alertam para o que mais importa, talvez por apostarem no instinto e confiarem apenas nos médicos. Sem desconsiderar a importância dos preparativos convencionais, apenas penso que não são suficientes. Quando minha filha nasceu, não sabia como amamentar e me apoiei no instinto. Mas, com muito esforço, a amamentação de Laís não chegou ao terceiro mês. Hoje, com as informações que adquiri, entendo o que aconteceu na época e provavelmente uma correção na pega teria garantido meses de aleitamento materno. Eu não tive orientação e não busquei.

Esse é só um exemplo simples de muitos que eu poderia listar. Não chega perto da gravidade de um diagnóstico tardio de uma doença rara, mas mostra que não é preciso ter uma causa como da Regina ou da Larissa para entender que a informação ajuda a mudar histórias e até mesmo salvar vidas.

Sabemos que os sistemas e os serviços essenciais são negligenciados por autoridades, como no caso do teste do pezinho. Sem entrar no mérito dessa questão, é importante dizer que esse é um ponto que não pode ser ignorado: jamais devemos deixar que isso nos acomode e justifique a nossa falta de cuidados. Pelo contrário, precisamos entender sobre o sistema e a realidade em que estamos inseridos para lutarmos por melhorias em benefício de todos.

Não quero propor que abracemos causas sociais (se essa não for a vontade), não sugiro que sejamos "Reginas" ou "Larissas", mas que, inspirados nelas, abracemos nossos filhos, sobrinhos, os filhos dos nossos amigos... As crianças são a causa e a informação fortalece esse abraço, nunca é demais! Talvez pareça não nos servir, mas alguém pode cruzar o nosso caminho e precisar exatamente do que sabemos e, com responsabilidade, a rede de cuidados se forma a partir desse contato e conhecimento compartilhado. Assim, também seremos fontes confiáveis nessa missão.

Termino com uma sugestão da amiga de trabalho (e presente da vida) Rosely Maria, irmã da Regina, sobre a única certeza que temos a respeito da maternidade (e paternidade): foi-nos dado um dom extraordinário, único. Sentimos pelos nossos filhos, entendemos o que eles não dizem. É mais que instinto. Nossa intuição diz muito. Considere trilhar por esse caminho e busque informações para seguir. Siga. E se for para lutar por algo, lute, mesmo que pareça impossível, pois tudo era impossível antes de não ser. O não você já tem.

Primeira infância

Capítulo 33

Brincar! Descontração para desenvolver com conexão

Convido vocês a explorarem ainda mais a brincadeira no dia a dia em família. Com as contribuições do brincar para o desenvolvimento desde a primeira infância e conexão pais e filhos na construção do vínculo, com a presença afetiva dos pais, é uma oportunidade de fortalecer essa relação de companheirismo e conexão de forma leve e descontraída.

Viviane Iziquiel

Primeira infância

Viviane Iziquiel

Psicóloga graduada pela Universidade Mackenzie (2005), com pós-graduação em Psicologia Hospitalar especialista em Saúde Mental pela Irmandade de Misericórdia da Santa Casa de São Paulo (2007), certificada em Psicopedagogia. *Coach* parental – certificada e com o título de *Expert* em *Coaching* Parental pela Parent Coaching Brasil (2018), dispondo de ferramentas, conceitos e práticas para desenvolver habilidade nos pais, cuidadores, educadores e crianças. Facilitadora do Cinema da Inteligência Emocional para crianças. Realiza jornadas e recursos com técnicas da inteligência emocional para o autoconhecimento responsável e consciente para as conexões familiares. Apaixonada pelo desenvolvimento humano e estudiosa da educação emocional, atua desde 2005 com atendimento clínico e com consultoria familiar.

Contatos
vivianeiziquiel@gmail.com
Instagram: @semendovinculospsicologia
Facebook: semeandovinculosPsicologia
(11) 98496-4530

Viviane Iziquiel

Amarelinha, esconde-esconde, empilhar blocos, puxar carrinhos, faz de conta, jogos de roda, super-heróis e princesas são brincadeiras que caracterizam a infância e levam o nosso olhar sobre a importância do brincar desde a primeira infância.

Brincar é essencial para o desenvolvimento das crianças, e a figura do pai e da mãe são fundamentais nesse momento que favorece a formação do vínculo com conexão. Sabemos que o mundo contemporâneo é marcado pela correria, pela influência da mídia, pelo consumismo e violência, que podem refletir na qualidade das brincadeiras e do poder estar juntos de forma descontraída. Escolhi escrever sobre o tema brincar para explorar as contribuições do brincar no desenvolvimento da criança desde bebês, mostrando que a conexão dos pais nesse processo enriquece não só cognitivamente a criança, mas é também uma oportunidade para pais e filho estarem construindo essa relação de companheirismo e conexão de forma leve e descontraída. Nesse contexto, convido você para uma reflexão sobre: a importância da singularidade da criança nas suas formas de ser e de se relacionar com o mundo através do brincar, como o envolvimento humanizado do brincar agrega no seu desenvolvimento e a importância da conexão positiva entre pais e filhos pelo brincar.

Brincar! Infância e desenvolvimento

A brincadeira é uma palavra que nos remete à infância, ou seja, às crianças. Há vários teóricos e estudos que nos mostram o direito e a importância do brincar desde os primeiros meses de vida. Minha experiência profissional no consultório, com o atendimento de psicoterapia infantil, mostra o quanto o brincar influencia e beneficia o aprender, e quando feito de forma livre, oferece à criança ricos processos e possibilidades de aprendizagem para seu desenvolvimento.

A criança desde o nascimento é um ser com potencial para relacionar-se, e na brincadeira presenciamos um dos momentos mais legítimos de conexão e de troca, que estabelece o surgimento da relação de confiança e colaboração entre pai, mãe e filho. Enquanto o adulto vê apenas uma criança empilhando cubos, para o pequeno, aquele é o momento de experimentar, de construir, explorar e conhecer o mundo, podendo aprender as cores, formas, texturas, tamanhos, cheiros, um momento de muitas descobertas.

Primeira infância

A literatura e as pesquisas nos mostram que o brincar explora três pontos na vida das crianças: o prazer, a expressão das emoções e a aprendizagem. Brincando a criança passa o tempo com qualidade, descobre informações e demonstra sua personalidade e temperamento.

Em torno dos 3 anos de idade, novos tipos de brincadeiras surgem, como o faz de conta, imitações, brincar de casinha, de médico, permitindo que a criança entre em contato e interaja com situações imaginárias, contribuindo no desenvolvimento dos recursos emocionais para situações reais. Já a partir dos 5 anos, deixam de brincar individualmente, para brincar interagindo com outras crianças, mas vale lembrar e reforçar que cada criança tem sua singularidade para desenvolver e aprender, sendo necessário respeitar o ritmo e o temperamento relacional da criança, sem trazer grandes preocupações. A brincadeira cria uma zona de desenvolvimento proximal, permitindo que as crianças explorem suas competências socioemocionais, cognitivas e seu pensamento crítico, impulsionando-as a conquistar novas habilidades de compreensão, comunicação e relação com o mundo.

Brincar livremente! Como o próprio nome já diz, possibilita à criança na primeira infância desenvolver e explorar as atitudes mais diversas de maneira espontânea, sendo a base para construção de vínculos, aprendizagem das regras sociais, amadurecimento emocional, desenvolvimento criativo e a resolução de problemas. Oferecer brinquedos diferentes e de todos os tipos, sem catalogar por gêneros, é o recomendável, pois a criança está na fase de experienciar cada brinquedo dando a sua importância particular. Entende-se que o importante é o brincar e não o brinquedo, por isso improvisar brinquedos com coisas e matérias simples que estejam à mão, permite que a criança explore ainda mais sua criatividade, sem ficar preso a algo já dirigido e sistematizado, engessando o processo de aprendizagem inicial. É assim que cabos de vassoura se tornam cavalos e com eles as crianças cavalgam para outros tempos e lugares; pedaços de pano transformam-se em capas e vestimentas de príncipes e princesas; pedrinhas em comidinhas; cadeiras em trens; crianças em pais, professores, motoristas, monstros, super-heróis etc.

Na primeira infância, o brincar incentiva o desenvolvimento da autonomia da criança, estimulando a flexibilidade e o equilíbrio emocional. O brincar não é apenas um entretenimento, mas sim representa a sua principal atividade, é a maneira que internaliza, aprende a conviver com regras e explora sua imaginação a cerca deste mundo, desenvolvendo sua inteligência, criatividade e construindo sua personalidade, conectando as suas emoções. Pode-se afirmar que crianças que brincam em liberdade desenvolvem harmonia nos gestos, têm noção do esquema corporal apresentando maior equilíbrio e coordenação motora, desenvolvem sentimento de competência, gerando autoestima e segurança emocional, além de apresentar melhor concentração e criatividade.

Para melhor aproveitamento no brincar com a criança, ter o conhecimento prévio dos tipos de brincadeiras para cada faixa etária auxilia no nosso envolvimento com a criança, facilitando um melhor desempenho da criança a cada atividade. Como por exemplo: as crianças de até 2 anos normalmente preferem brincadeiras que estimulam os sentidos, como correr, puxar carrinhos, jogar bolinhas, escalar objetos e as pelúcias. As crianças de 3 e 4 anos estão na fase das brincadeiras do faz de conta e de atividades cotidianas, já as de 5 a 6 anos, em geral, começam a gostar de jogos de movimento e o faz de conta um pouco mais aprimorado, daí surge o interesse pelos jogos de tabuleiros, jogos coletivos e as brincadeiras de roda, e as crianças a partir de 7 anos começam a estar mais aptas a participarem e se divertirem com todos os tipos de brincadeiras e jogos. Ao planejarmos atividades lúdicas, é importante nos perguntarmos qual a finalidade da atividade para a criança e se realmente estará contribuindo para seu processo de aprendizado e interação.

Brincar é coisa séria!
A influência da neurociência na descontração

Conhecimentos estudados por Emmi Pikler, pediatra e ortopedista, que através de suas vivências como médica de família, reforça por meio de estudos científicos a importância do brincar livre no desenvolvimento da criança, trazendo descobertas e contribuições da neurociência para o brincar na primeira infância. A neurociência afirma que o cérebro se dá a partir de uma intermediação complexa entre a genética herdada e as experiências vivenciadas pelas crianças. A formação e as ligações de neurônios ocorrem à medida em que a criança experimenta o mundo que o acerca e estabelece vínculos com os adultos. Nesse primeiro momento, a conexão acontece com seus pais, para futuramente relacionar com outros familiares e com o ambiente escolar. São as sinapses produzidas nos três primeiros anos de vida que irão modelar o cérebro para o desenvolvimento da motricidade, da aprendizagem, da sua psique, com suas experiências e memórias afetivas, que são resultantes das interações que a criança vivencia no brincar livre e nas atividades pré-estabelecidas para cada faixa etária, contribuindo no desenvolvimento criativo e genuíno da criança.

Conexão! É na brincadeira que ela acontece

De acordo com Vygotsky (1987), um dos principais representantes dessa visão, o brincar é uma atividade humana criadora, na qual imaginação, fantasia e realidade interagem na produção de novas possibilidades de interpretação, de expressão e de ação pelas crianças, como já citado.

A cada brincadeira com a criança, proporcionamos novas formas de construir relações sociais, sendo ideal na formação do vínculo e do olhar humanizado que é criado para a criança naquele momento que se dá por meio da observação atenta a ela, colaborando para que ela se sinta pertencente a um ambiente seguro, de parceria e envolvimento, e assim compartilhando suas alegrias diante de suas conquistas e descobertas com espontaneidade.

Quando falamos do brincar como ferramenta de conexão, implica compreensão do significado da brincadeira, do faz de conta, como caminho para a criança se conhecer, experimentar o mundo e a relação com outro e, sobretudo, se organizar internamente diante das experiências vividas no dia a dia. Portanto, a criança que chama o pai ou a mãe para brincar está, na verdade, pedindo um momento de escuta, de atenção nessa interação para criar memórias afetivas positivas que fortalecerão o vínculo entre pais e filhos.

O brincar supõe também momento de aprendizado para o adulto, momento de se conectar com sua criança interior para brincar e interagir com a criança que está ali sentada no chão a sua frente. São principalmente nas brincadeiras de imaginação/fantasia, que exigem que seus participantes compreendam o que está se fazendo não é o que aparenta ser, por exemplo, quando o adulto imita uma bruxa para uma criança, esta sabe que ele não é uma bruxa, e assim pode experimentar, com segurança, a tensão e o medo, e solucioná-los, fugindo ou prendendo a bruxa.

A brincadeira é também um espaço de "mentirinha", no qual os participantes envolvidos estão conectados para aprender e ensinar situações do mundo real que envolvem consequências imediatas, permitindo na brincadeira a liberdade para poder explorar a incoerência, a ultrapassagem de limites e novas experiências de forma lúdica para o desenvolvimento da criança, enriquecendo a comunicação e a relação entre pais e filhos. É necessário que a criança tenha esse espaço lúdico para ampliar os conhecimentos sobre si mesma e sobre a realidade ao seu redor. A partir daí, criam-se novos modos de brincar, como assistir desenhos animados e escutar contos. Isso contribui no processo criativo, sendo uma oportunidade que as crianças terão para acessar conteúdos coletivos e as experiências culturais.

Brincar junto é construir e manter um espaço interativo de ações coordenadas, que envolve a partilha de objetos, espaços, valores, conhecimentos, significados e negociação de conflitos. Nesse contexto, as crianças estabelecem laços de sociabilidade e constroem sentimentos e atitudes de solidariedade e de amizade.

Precisamos explorar mais esses momentos do brincar com conexão, estando atento e interagindo com o filho de um modo único e inesquecível, somado a experiência rica de aprendizado vivido em família, criando espaços para compartilhar, confiar e criar brincadeiras juntos, tornando-se cúmplices, parceiros.

Explore e incentive na sua casa, com seu filho, mais momentos brincantes juntos, o brincar está na forma como olhamos e nos permitimos viver cada momento, e porque não escolher fazer do momento de tomar banho ou de tomar café um momento que permita a leveza do brincar para que seu filho aprenda a desenvolver reponsabilidades diante de sua rotina e você possa está mais junto dele para observar e conhecer melhor seu filho, compreendendo seus universos e desenvolvendo formas mais assertivas de se relacionar e comunicar, sem perder a autoridade, a referência e o respeito nesta relação. É preciso que o brincar faça parte desde a primeira infância na vida da criança e da família, e assim possam aprender juntos a rir, a inverter a ordem, a representar, a imitar, a sonhar e a imaginar.

Quando esse encontro do brincar e da arte é permeado pela conexão entre pais e filhos, ampliam as percepções da criança sobre si acerca do universo e, para o adulto, o espaço permite soltar a imaginação, descarregando o cansaço do dia e fortalecendo ainda mais o vínculo e as memórias afetivas criadas por esse momento que é regado de cumplicidade e trocas entre os adultos e as crianças.

Espero ter contribuído com minhas reflexões sobre a importância do brincar na primeira infância, e poder reforçar algumas razões do brincar para o desenvolvimento da criança.

Brincar! Estimula as competências socioemocionais; gera resiliência; ensina o respeito ao outro; promove a criatividade e a imaginação; estabelece regras e limites. Acredito ser o brincar um dos momentos mais ricos, pois traz a leveza que se dá pela descontração, o desenvolvimento pela aprendizagem e a conexão pela amorosidade, sendo essencial na relação e comunicação entre pais e filhos. Concluo com uma frase de Mario Quintana: "As crianças não brincam de brincar, elas brincam de verdade".

Referências

KISHIMOTO, Tizuko Morchida. *O brincar e suas teorias*. Boston: Cengage Learning, 2019.

SÁ, Eduardo. *O ministério das crianças adverte: brincar faz bem à saúde: a importância do tempo livre e do bem-estar na educação do seu filho*. Rio de Janeiro: Casa da Palavra, 2016.

SOARES, Suzana Macedo. *Vínculo, movimento e autonomia: educação até 3 anos*. 1. ed. São Paulo: Omnisciencia, 2017.